屍介護

三浦晴海

角川ホラー文庫
23231

目次

壱夜　拘《こう》縮《しゅく》

1

八月の山は気配に満ち溢《あふ》れている。

途切れることなく続くセミの悲鳴に、野鳥の甲高い声が切り裂くようにこだましている。

谷川を流れる水の音は地鳴りのように響き、風を受けた森の木々は無数の枝葉をざわめかせていた。

獣たちは柔らかな土を踏みしめて歩き回り、昆虫や爬虫類《はちゅうるい》がその間で逃げ惑っている。

焼けつくような日の光と蒸した大気の中、草や花や菌類や、他のあらゆるものがゆっくりと生長を続けていた。

走行するワゴン車の後部座席で窓から外を見つめながら、栗谷茜《くりやあかね》はそんな気配を感じていた。

ただし、あくまで想像だ。

一瞬のうちに通り過ぎて行く風景の中ではセミも野鳥も見分けられず、鳴き声も車のエンジン音と土の轍《わだち》を削るタイヤの音に掻《か》き消されてしまう。

谷川もここからでは見当たらず、森の木々や枝葉が揺れているかも定かではなかった。野生動物が自動車の前を横切ることもなく、それより小さな生き物など見えるはずもない。

エアコンの効いた車内では外の気温や湿度も分からず、草花の生長など当然ながら知るよしもなかった。

だから何もかも自分の勝手な思い込みにすぎない。

八月の山はきっとそうだろう、という過去の知識と体験から予想しただけだ。

それではこの気配も錯覚なのだろうか？

脳内に生じた偽りの感覚なのだろうか？

それとも本当に外部から何かを感じ取っているのだろうか？

目に見えず、耳に聞こえず、肌にも感じられない何かを……。

「栗谷さんって、イノシシを見たことはあるかしら？」

運転席から声をかけられて、茜は窓から目を移す。

これは気配ではなく、実際の声だ。

ハンドルを握る女、高砂藤子《たかさごふじこ》が正面を向いたまま話しかけてきた。

「動物園で飼われているのじゃなくて、野生のイノシシよ。こう、毛むくじゃらのブタみたいなので、それよりもっと大きいの」

「イノシシは知っていますけど、実際に見たことはありません」

そう正直に答えると、高砂はそうよねぇと返す。豊かな白髪頭を後ろに撫《な》でつけた、老婆と呼べる年代の女。上品なチェーン付きの眼鏡を掛けて、口は小さく顎《あご》も細い。何となくカマキリの顔を思い起こさせる容貌《ようぼう》だった。

車内は二人きりで、助手席には書類をまとめた青い表紙のリングファイルや、高砂の持ち物であろう茶色の革バッグが置かれている。

後部座席に座る茜の隣には旅行用の大きなトランクが二つあり、これは茜自身が持ち込んだものだった。

「イノシシが出るんですか？　この山に」

「どの山にだって出るわよ。秋くらいが特に多いわね。森の中だとこう、黒い岩みたいに見えてね。鼻で地面をほじくりながら、結構速く動き回るのよ」

「危なくはないんですか？　人間に体当たりしてくるとか」

「そうよ。でも本当に危ないのは、牙《きば》よ。オスのイノシシには口の端から上に向かって大きな牙が生えているの」

「牙……」

「しかも顔の高さが人間の足やお腹の辺りだから、まともにぶつかったら大怪我じゃ済まないわよ」

高砂は脅すような口調で語る。茜は太腿《ふともも》の内側を抉《えぐ》り取られるような感覚を覚えて寒気がした。そっと再び窓の外に目を向けるが、木漏《こも》れ日の射す木々の隙間に獣の姿は見えない。しかしその奥に広がる暗い森に何かが潜んでいたとしても、やはり見ることはできないだろう。

「高砂さんは、そんなイノシシと出会ったらどうするんですか？」

「逃げるのよ。でもいきなり走って逃げちゃ駄目。驚かせるとかえって追いかけてくることもあるから。ちゃんと相手と向かい合って、目は合わせないで。あら失礼。あなたの縄張りにお邪魔しちゃいました。お互い気をつけましょうね。ごめんあそばせとか言いながら、ゆっくりと離れるの」

高砂は戯《おど》けた口調で言って、ほほほと笑う。茜もつられて苦笑いするが、運転中の彼女からは見えなかっただろう。

「引田《ひきた》さんはイノシシだけじゃなくて、シカやタヌキやサルも見たことあるって言っていたわ。夜の内にお屋敷に忍び込んで庭に足跡やフンを残していくんですって。嫌ねぇ。私、サルは嫌いよ。意地汚いから」

「怖いですね……」

「あら、ごめんなさいね。怖がらせるつもりはなかったのよ。大丈夫、昼間はほとんど見ないし、夜もお屋敷の中にまでは入ってこないから。だけど、そうね。生ゴミとかを外へ出しておくのは良くないでしょうね。餌があると思われちゃうと、何度だって来るでしょうから」

「分かりました。気をつけます」

メモを取ろうかと思ったがやめておいた。そういう細々とした注意点はまたあとで指導を受けるだろう。

道は上り坂になったかと思うと下り坂になり、さらに山奥へと進んで行く。山間《やまあい》の小さな無人駅で降りてこの車に乗ってから、そろそろ二時間は経とうとしていた。

「お屋敷は、まだ先にあるんですか？」

「いいえ、もうすぐよ。このあとにまた山を上るの。酔っちゃったかしら？」

「平気です。高砂さんこそ運転大丈夫ですか？」

「ええ。私はもう何度も来ているから慣れっこなのよ。一本道だから地図もいらないし、対向車も来ないから楽よ。だけど往復に時間がかかるのと、砂埃《すなぼこり》で車が汚れるから難儀《なんぎ》するわ」

車は白色のワゴン車で、側面には【訪問介護ひだまり】という会社名と、ハートをモチーフとしたロゴマークが青緑色で書かれている。元は三列シートのようだが二列目までしかなく、三列目は車椅子が乗り降りできるように改造された空間となっていた。

「だからヘルパーさんもお屋敷に住み込みで働いてもらうしかなくって……栗谷さんに来てもらって私たちも本当に助かっているのよ」

高砂は大袈裟《おおげさ》に褒めて溜息《ためいき》をつく。恐らくこちらの緊張をほぐそうとしてくれているのだろう。茜はそれを知っていても、ぎこちない愛想笑《あいそわら》いしか返せない。しばらく引き籠《こ》もりがちだったせいで、社交性までなまってしまったような気がした。

「……でも、本当に私で良かったんでしょうか」

「あら、どうして？」

「私、こういった介護のお仕事は初めてですから。住み込みとなると、その、上手《うま》くできるかどうか……」

「でも栗谷さんは看護師さんだったんでしょ？」

「ええ、まあ……」

「それなら何も心配いらないわよ。うちもそれであなたの採用を決めたんだから」

高砂の言う通り、看護師の業務には患者の介護も多分に含まれている。毎日の健康状態をチェックして、必要があれば飲食や移動の世話も行っていたので、介護ヘルパーとしては初めてでも全くの素人よりは経験を積んでいるつもりだ。

しかし住み込みとなると、それ以上の日常生活全てにも関わることになるだろう。すでに炊事や洗濯、清掃も業務に含まれると事前に聞かされている。そんな、いわば家政婦のような仕事となると、二十六歳の茜も自信があるとはとても言えなかった。

「誰でも最初は不慣れなものよ。もちろん栗谷さん一人にお任せするんじゃなくて、ちゃんと教えてくれる先輩も一緒に働いているから心配しないで」

高砂は穏やかな口調で励ましてくれる。

「お屋敷の妃倭子《きわこ》さんも物静かでとても良いかただから大丈夫。きっと歓迎してくれるわよ。ほら、暗い顔していちゃ駄目よ。【ひだまり】では笑顔が基本。スマイル、ハッピーにね」

「ありがとうございます。精一杯頑張ります」

茜は努《つと》めて明るい声で返答する。弱気になってはいけない、自ら望んだ仕事なのだから。

隣のシートでは大きな二つのトランクがガタガタと音を立てている。昨夜、住み込みの仕事に必要となりそうなものを、つまり生活の全てを詰め込んで持ってきた。引き返さなくてもいいように、心機一転をはかる覚悟だった。

山道は次第になだらかとなり、やがて周囲の森を切り拓《ひら》いた平らな敷地に入る。先にはトゲのある黒い鉄製の柵《さく》があり、その向こうには大きな洋風の屋敷が見えた。あれが、今日から住み込みで働くことになるお屋敷なのだろう。

その時、耳元でバチンと大きな音が聞こえた。

驚いて振り向くと、車のガラスの外側に大きな虫が張り付いている。都会では見かけない、子供の拳《こぶし》ほどもありそうな、ずんぐりとした体つきの真っ黒な昆虫だった。六本の脚を一杯に伸ばしてその場に留《とど》まり、蛇腹模様の赤黒い腹部が波打つように蠢《うごめ》いている。まるで見知らぬ来訪者を威嚇《いかく》するかのように。

茜は黙って目を逸《そ》らすと、ただ外へ出るまでにいなくなっていることを願った。

2

【訪問介護ひだまり】は、都心の駅前に建つ雑居ビルに事務所を構える小さな会社だった。

転職サイトの会社情報によると、社員数は二十三名。その名の通り、施設ではなく利用者の自宅へと直接訪問して世話をする介護サービスを業務としていた。

梅雨明け間もない七月の中旬、茜は面接を受けるために会社を訪れて、薄ピンク色のソファに腰を下ろして高砂と対面していた。

フロアは白色を基調とした清潔感のある色で統一されており、どこか病院の待合室を思わせる。視界の端に見える花瓶にはピンクのバラと黄色いヒマワリと、安直だがこれ以上なく時節にあった花が賑《にぎ》やかに活《い》けられていた。

社内はコンパクトに収まっており、応接の間も個室ではなくパーティションで仕切られたブースに過ぎない。営業中はヘルパーの社員も出払っているらしく、高砂の他には電話応対を務める女性社員が二人見えるだけだった。

「それにしても、インターネットって凄《すご》いのねぇ」

一通りの挨拶《あいさつ》を済ませたあと、高砂藤子が眼鏡を外して話を切り出す。テーブルの上では茜が提出した履歴書が、エアコンの風を受けてかすかに靡《なび》いていた。

「実はね、栗谷さん。うちの会社、今回初めてインターネットで採用募集を出してみたのよ。今までは知り合いとか、業界の伝手《つて》を頼って紹介してもらっていたんだけど、社長が急に新しい血を入れる必要があるとか言い出して、大々的に一般募集をかけてみたのよ」

「そ、そうなんですか」

茜は高砂の気さくな振る舞いに戸惑いつつ返答する。

「そしたら、やれ会社情報だの、やれ採用要件だの、やれアピールポイントだの入力することが多くて大変。しかもそれで募集を公開したら一週間で四十三人も応募が来たのよ。四十三人よ。だから慌ててすぐに消しちゃった。だってそんな大勢来られても対応できないわよ」

高砂は口元に手をあてて笑う。彼女の言う通り、転職サイトに掲載された【ひだまり】の募集広告は、わずか十日で募集終了となって取り下げられていた。早々と募集一覧から消えたことで茜は会社の存在に不審を抱いていたが、どうやら単純に応募の多さを驚いただけのようだ。

「それで栗谷さん、こういうのって普通のことなのかしら？　どこの会社もこんなに多くの人を面接しているの？」

「それは……どうなんでしょうか」

「介護業界は人手不足と聞いていたのに、やりたい人って多いのねぇ」

高砂は眉《まゆ》を寄せて頬に手をあて首を傾げる。業界の実情は知らず、雇う側の立場になったこともないので答えようがない。茜としても単にこの会社が自宅から近かったので応募しただけだ。

さらに付け加えると、掲載されていた給料が良かったこともある。初任給で四十万円はこの業界では破格の好待遇だ。恐らくそれが多くの応募者を集めた理由にもなったのだろう。

「それで、栗谷さんは未経験者で、前は看護師をされていたのね」

「はい。矢塚《やづか》市総合病院で三年間勤務したあと、昨年末に退職いたしました」

「応募者の中でも看護師は栗谷さんしかいなかったんだけど、どうして介護の仕事をしようと思ったのかしら？」

「自分にはこちらのほうが向いているように思ったからです」

「看護師よりも？」

「病院の場合は患者一人一人に付きっきりで介護をするのは難しいので、どうしても手が回らずに中途半端な処置にならざるを得ないことが多々ありました。また怪我や病気の症状が落ち着けば退院するものなので、通院の機会がなければその患者と会うこともなくなります。それが病院のシステムなのは理解していますが、私は特定の患者と深く長く付き合える仕事がしたいと思って、介護専門の仕事への転職を望むようになりました」

茜は真摯《しんし》な気持ちで高砂に伝える。すらすらと答えられたのは、当然、事前に回答を用意していたからだった。

「なるほどねぇ。ということは介護にも携わっていたのね」

「はい。食事や入浴や排泄《はいせつ》の介助は日常業務として行っていました。また看護師の資格を持っていますので喀痰《かくたん》吸引や経管栄養の技術も習得しています。退職後には介護職員の初任者研修も履修しました」

「あら、じゃあ未経験者とは言えないわね」

高砂は安心したように微笑《ほほえ》む。

看護師と介護福祉士の業務には共通するところも多く、看護学校でも介護の知識と技術を習得することになる。それに加えて薬剤の管理や注射、医療機器の操作など診療の補助行為も行えるため、看護師は介護の現場でも重宝されると聞いていた。

「うちも初めての人を一から指導する余裕はないから、やっぱり経験者のほうが助かるのよ。栗谷さんなら充分対応できそうね」

「介護の仕事には慣れているつもりです。訪問介護は初めてですが」

自信をもってそう返すと、高砂は少し目を逸らす。

「ああ、その訪問介護のことなんだけど……」

「はい？」

「ちょっと、インターネットの募集には書いていなかったことがあるのよ」

高砂は視線を戻すと顎《あご》を下げて窺《うかが》うような素振りを見せる。

「……実は訪問じゃなくてね、住み込みでの介護をお願いしたいのよ」

「住み込み、ですか？　患者……いえ、利用者さまのお宅に住むんですか？」

「そう。うちの介護を受けているかたの中に、遠くに住んでいる人がおられるのよ。それが山梨にある岸尾山《きしおさん》という凄い山の中で、とても通える距離じゃないの。だから特別に住み込みでお世話しているんだけど、新しいかたにもそこに加わってほしいのよ」

いきなり想定外の条件を突きつけられて茜は戸惑う。

「もちろん、栗谷さんが一人で行くんじゃなくて、今も二人のヘルパーさんが住み込みで働いてくれているのよ。でも二人だとお休みも取りにくいし、一人が体調を崩すと回らなくなっちゃうでしょ？　だからやっぱり、もう一人必要って話になったのよ」

「はぁ……」

「それで新人さんを募集したんだけど、応募してくれた人もこの話をすると、それはちょっと困りますって断る人ばかりで困っているのよ」

それはそうだろう、茜も自宅から通うつもりでこの会社に応募していた。どうしてそんな重要な条件を募集内容に書き加えておかなかったのかと思ったが、それも不慣れゆえのことかもしれなかった。

「どう？　栗谷さん。そういう話でもうちで働く気持ちはあるかしら？　お宅へ帰って周りのかたと相談してからでいいんだけど」

高砂は探るような眼差《まなざ》しで茜をじっと見つめる。

茜は少し迷ったあとに口を開いた。

「そういうことでしたら……いえ、私はそれでも構いません」

「え、本当に？　来てくれるの？　採用の候補に入れても大丈夫かしら？」

「住み込みのお仕事というのは初めてなので、色々とご指導いただくことになるかと思いますが」

「もちろん、その辺のことは心配いらないわ。住み込みといってもお休みはあるし、家に帰る日も作りますからね」

「それなら大丈夫です。よろしくお願いします」

茜は腹を括《くく》った気持ちでうなずく。どうせ独り身で一人暮らしなのだから、返事を保留にしたところで相談する相手もいない。新しく仕事を始めるなら、それくらい思い切ったほうがいいという思いもあった。

3

「あら、椿《つばき》」

その時、高砂はふいに遠くに向かって声を上げる。

茜が振り向くと、パーティションの向こうから色白の若い女が顔を覗《のぞ》かせていた。

「ご苦労さま。打ち合わせ？」

「打ち合わせじゃないわよ。面接よ。今日三人お見えになるって話したでしょ。あなたも早く入ってきなさいな」

高砂に叱られて、椿と呼ばれた女が入ってくる。長い黒髪を中央で分けて、綺麗《きれい》に整った富士額を晒《さら》している。丸顔でゆったりとしたワンピースを着た、平安貴族のような雰囲気の女だった。

高砂からの扱いを見る限り、彼女もこの会社の社員らしい。しかし面接の場に立ち会わせる意味は分からない。のんびりとした人間らしく、手にはなぜか板状のチョコレートを持っていた。

「面接のかたなのね。ごめんなさいね。わざわざ会社まで来てもらって」

「いえ……」

「チョコレート、半分どうですか？」

「え？　いえ……」

「やめなさい、椿」

高砂が窘《たしな》めると、女は軽く肩を竦《すく》めた。

「初めまして。社長の神原《かんばら》と申します」

「え、社長さんですか？」

とっさに椅子から立ち上がりかけた茜を片手で制して、神原は高砂の隣に腰を下ろす。

社員ではなく社長。でも、どういうこと？

茜は言うべき言葉が思い浮かばず、ただ二人の様子を見つめていた。

「毎日面接ばかりで大変ね」

「何言っているの、あなたがやろうって言い出したことじゃないの。私は周りから探したほうがいいって言ったのに」

「ママの知り合いは嫌よ。こちらのかたは？」

「ママはやめなさい。栗谷茜さんよ。ほら、前職が看護師の、覚えている？」

「ええ、もちろん。どこまで話が進んでいるの？」

「もうほとんど話し終えたわよ」

「お屋敷でお仕事をすることも？」

「住み込みでも来てくれるそうよ。ねぇ栗谷さん」

「あ、はい」

高砂に声をかけられて返答する。

神原はにっこりと微笑んでから、テーブル上の履歴書を手に取って見つめていた。

なるほど、二人の会話から察するに、どうやら母娘《おやこ》の関係らしい。歳はかなり離れていそうだが、目の大きなところや言葉遣いもどことなく似ている気がした。

さらに高砂の仕事に知悉《ちしつ》した態度から想像すると、恐らく彼女は先代の社長なのだろう。社長職を娘の神原に譲ったものの、まだ心配であれこれ口を挟んでいる、といった状況が窺えた。

「あら、ママ見て。栗谷さんって私と同級生だそうよ。私のほうが三か月だけお姉さんみたい」

神原は履歴書を指でなぞりながら楽しげに話す。母親と違って口調も態度ものんびりとしており、穏やかだが緊張感のないお嬢様といった印象があった。

「それで栗谷さんは……よいしょっと」

神原は椅子に座り直して姿勢を整える。

その時、茜は彼女の緩やかな服装と、よいしょの声から、妊婦の振る舞いを想起した。どうやら彼女は妊娠しているらしい。それで何かと無理をしない態度でいるようだ。高砂と名字が異なるのもすでに結婚しているからだろう。

「栗谷さん？」

「あ、はい」

我に返って顔を上げると、神原の優しげな眼差しと重なった。

「もうほとんどママが……高砂が説明したらしいから、私から話すこともないんだけど、ちょっといくつか尋ねてもいいかしら？」

「何でしょうか？」

「栗谷さんは、どうして看護師さんを辞めたの？」

「それは……介護の仕事のほうに興味を持ちましたので」

「それだけ？　家の親御さんやお身内のかたも賛成してくださったのかしら？」

「田舎の親からは好きにすればいいと言われています。割と放任主義なところもあるので……」

「田舎？　じゃあ栗谷さんは一人暮らしなのね？　履歴書にも配偶者なしってあったけど」

「そう、ですね。独身で一人暮らしです」

茜はやや口籠《くちご》もりつつ答える。無邪気さゆえか、同じ歳と知ったせいか、高砂よりも突っ込んだ会話を求められている。この回答も採用判断の参考になるのだろうか。親とも同居しておらず、一人で生きている女に他人の介護などできないと思われたような気がした。

「介護の仕事に興味があるの？　でも看護師さんだって介護の仕事はあるわよね。お給料もいいし、何より看護師の資格は介護福祉士よりも上に見られている」

「そうかもしれませんが……」

「うちの社員さんでも、ゆくゆくは看護師の資格も取りたいって人はいるけど、逆に看護師からヘルパーや介護福祉士になりたいって人はいないわよ。それなのに、どうして栗谷さんはそう考えたのかしら？」

「……実は、看護師として働いていた頃に、少し体調を崩してしまったんです」

茜は堪《たま》りかねて正直に答える。思いのほか鋭い質問に誤魔化せなくなっていた。

「仕事が忙しかったせいか、胃腸のほうをやられてしまって。精神的にも少し……」

「あら、そうなの？」

「……そういうことで看護師の業務にも支障を来《きた》すようになって、周りにも迷惑をかけることが多くなったので、いっそ退職して別の仕事を探そうと決めました」

廊下ですれ違う女性看護師たちの、蔑《さげす》むような冷たい視線。

急に避けるようになった、あの男の態度。

茜は腹の前で重ねた両手に強く力を込める。

思い出すだけで刺すような痛みを感じて、過呼吸に似た息苦しさを覚えた。

「そうだったのね……今はもう平気？　こっちの仕事もそこまで楽なわけじゃないわよ」

「平気です。健康診断も問題ありませんでした」

茜はためらいなく即答する。まだ万全とは言えないが、ここで曖昧《あいまい》にすることもない。

体調不良の理由は人間関係にもあったのだから、これ以上悪化することもないだろう。

幸いにも、神原もそれ以上追及する気はないようだ。

「分かったわ。ごめんなさいね、色々と疑うようなことを聞いてしまって。栗谷さんがどういう人か慎重に見極めたかったのよ」

「いえ……」

「私がこんなことを聞くのもね、栗谷さんにお任せしたいお仕事に少し特別な事情があるからなのよ」

「特別な事情？」

「ちょっと、椿」

これまで黙っていた高砂が声を上げる。娘が何か口を滑らせることを恐れたようだが、神原は無視して話を続けた。

「私が外から新人さんを探しているのも、募集の条件に住み込みでのお仕事を書かなかったのも、実はその事情に関係しているの。仕事先が山奥のお宅で、通うのが難しいことは高砂からも聞いたと思うけど、それだけじゃなくて、普通の人がそこでお仕事をするにはかなりハードルが高いと思っているの」

「……何でしょうか？」

もったいぶった話しかたに不安を抱きつつ質問する。

神原は眉《まゆ》を寄せてじっとこちらを見つめてうなずいた。

「……スマホが使えないのよ」

「スマホが？」

「そう。電波が一切届かないの。もう何をやってもずっとゼロ。電話会社や機種を変えても全部同じ。私もお屋敷へ行って確かめたから間違いないの。本当にもう、うんともすんとも言わないのよ」

「ああ、そうなんですか」

茜は拍子抜けした口調で返答する。もっと過酷な事情、水が出ないとかクマが出るとかいった状況を想像していた。街から離れているせいか、地形の影響かは知らないが、山奥でスマートフォンの電波が届かないことなどそう珍しくもないだろう。

「しかし、それでは連絡はどうやって取っているんでしょうか？　緊急事態が起きた時などは……」

「それは大丈夫。お屋敷に電話線は引いてあるから固定電話が使えるわ」

「それなら、まあ……」

ますます問題はない。固定電話があるならWi-Fi《ワイファイ》を使ってスマートフォンも通信できるようになるのではないかと思ったが、詳しいことは茜も知らない。恐らく工事や通信機器が必要になるので今すぐには設置できないのだろう。

神原は平然としている茜にやや驚いた表情を見せる。

「え、いいの？　栗谷さん。スマホが使えないのよ？」

「それは、確かに不便かもしれませんが、特には……」

「だけど、電話もネットも使えないのよ？　留守番電話もお友達からのメッセージも届かないのよ？　住み込みだから電波が繋《つな》がるところまで移動することもできないのよ？」

「ですが、ずっとお屋敷から出られないということではないですよね？」

「それはもちろん、一応は週休二日制を取っているし、週に何度かは食材の買い出しで麓《ふもと》の町へ行くこともあるらしいわ。でも……」

「ではその時に電話の確認もやり取りもできますので、問題ないかと思います」

病院に看護師として勤務していた頃も個人のスマートフォンは使用禁止だった。それ以前に茜はあまり社交的な性格ではなく、毎日頻繁にやり取りする友達も持っていなかった。特に今は世間から距離を置きたい気持ちもあったので、無遠慮に連絡が届くことがないのはむしろ望ましい環境にも思えた。

神原は右手を顎《あご》にかけて、熟考するようにふうんとうなずく。ただ自分の意思はともかく、あまりにも正直に答えてしまったせいで不審を抱かれたかもしれない。スマホが使えないのは大変困りますが、頑張りますくらいでお茶を濁したほうが良かったか。体調を崩して前職を辞めてしまったことも、親と疎遠であることも併《あわ》せると、やたらと孤独で寂しい性格と思われてしまったことだろう。

「ママ」

ややあってから、神原は隣の高砂に横目を向ける。

「このかたを採用するわ。他の応募者はお断りして」

「え？」

高砂は茜の代わりに驚きの声を上げる。

「来月から勤務してもらいましょう。栗谷さんの要望もちゃんと聞いてあげてね」

「そう、もういいのね。あなたがそう言うならいいけど……」

神原は椅子にもたれて大きな腹を撫《な》でつつ、聖母のような穏やかな笑みをたたえている。

茜は呆気《あっけ》に取られた顔で彼女を見ていた。一体何が良かったのか、どこが気に入られたのか分からない。スマートフォンがなくても平気な人というのが、それほど珍しかったのだろうか。

「期待しているわ、栗谷さん。これからよろしくね」

「こ、こちらこそ、よろしくお願いします……」

茜は両手を膝《ひざ》に置いて深々と頭を下げる。

こうして茜は住み込みで働く屋敷へと派遣されることとなった。

4

屋敷は森の中にただ一軒、ひっそりと存在していた。

黒ずんだ太い木の柱に、黄土色のレンガを積み重ねた壁が立ち、飾り付けられた窓枠が等間隔に並んでいる。二階建ての上には苔《こけ》むした大きな屋根が載っており、端には四角い煙突が空に向かって延びていた。

相当な年代物らしく、ヨーロッパの田舎にあるような、領主のお屋敷といった印象がある。極めて巨大な古木の切り株が、朽ちてゆくままに放置されているようにも見えた。

車は黒い鉄柵《てっさく》に囲まれた敷地に入って、さらに屋敷へ向かう。鉄柵の間に門のようなものはあるが、朽ち果てて開きっ放しになっていた。

「さあ着きましたよ。どう？　素敵なお屋敷でしょう」

高砂は、ほっとしたような声でそう言うと庭の空き地に車を駐《と》める。その隣にはやや小型の白いミニバン車が駐車しており、サイドのドアにはこの車と同じ【訪問介護ひだまり】の社名がプリントされていた。

エンジンが停止すると油で揚げたようなセミの鳴き声が聞こえ始める。ドアを開けるとその音はさらに大きくなり、さらに湿った熱気とむっとするような濃い土の臭いが鼻を突いた。

茜は高砂に続いて重厚感の漂う屋敷へと向かう。近づいてみるとさらに大きく、まるで明治時代や大正時代に建てられたレトロな西洋館のように見えた。ただし観光と保存を目的にリノベーションされた各地の屋敷とは違う。長年にわたって住み続けられてきた実質的な古さに覆われているような気がした。

広い庭も地肌が目立つほど荒れ果てており、かつて植えられたのであろう針葉樹だけが手入れもされずに点在している。それはこの屋敷に庭を掃除する者はいるが、新たに草花を育てようという者はいないことを物語っていた。

「ん？」

その時、視界の隅でさっと動く黒い影があった。

とっさに視線を向けたが、もうそこには何も見えない。

遠くの針葉樹の陰から屋敷の端に向かって、何か小型の動物が通り抜けたように思えた。

気のせいだろうか、それとも本当に何かいたのだろうか。茜は車内で聞いたイノシシの話を思い出して不安を抱いた。

「栗谷さん、こっちよ」

高砂に呼ばれ慌てて振り向くと、ちょうど屋敷のドアが開いて一人の女が顔を出していた。

「はじめまして、引田千絵子《ちえこ》です」

やや年上らしきその女は、目鼻立ちのくっきりとした顔に笑みを浮かべて挨拶《あいさつ》した。

白いポロシャツにベージュのチノパンツを穿《は》き、ピンク色のエプロンを着けている。顔写真と名前を表示したパスケースをネックストラップに付けて首から下げていた。運動部系というか、体格が良く、いかにも介護士らしい頼もしさが感じられる。髪は後ろに束ねており、前髪に隠れた額の中央にある大きめの黒子《ほくろ》が特徴的だった。

「遠路はるばるお疲れさまでした。大変だったでしょ。高砂さん、飛ばすから」

「あら、そんなことないわよねぇ」

引田と高砂が笑い合う。親子ほど歳が離れているように見えるが親しい間柄のようだ。

「とりあえず中へ入って入って。今日は特に蒸し暑いよねぇ」

引田はドアを大きく開いて招き入れた。

屋敷に入ってすぐのエントランスは赤いカーペットが敷かれた広いホールとなっている。天井が高いせいで照明も暗く感じられるが、窓から入る日射しのお陰で十分明るい。やけに冷たく湿った空気も、夏の盛りとあって涼しげで心地よかった。

「栗谷さん。引田さんもここで働いてくれているヘルパーさんよ」

高砂はハンカチで首元を拭《ぬぐ》いつつ話す。

「うちに入ってもう六年目になるかしら？」

「ちょっとちょっと高砂さん、歳がバレますってば」

「あら、いくつだっけ？　三十歳は過ぎたの？」

「まだ二十八です！」

「なんだ若いのね。でもうちでの仕事はベテランだから、栗谷さんも分からないことがあれば引田さんに何でも聞けばいいわよ」

「いやぁ、私なんてまだまだですよ。一緒に頑張ろうね」

「栗谷茜と申します。今日からよろしくお願いします」

茜は引田に向かって頭を下げる。住み込みとなると彼女と共同生活を送ることになるので仲良くしなければいけない。気さくで優しそうな先輩と知って少し安心した。

「それじゃ、栗谷さんは車から荷物を下ろしてちょうだい。引田さんも手伝ってあげて」

高砂が挨拶を交わす二人に指示を出す。

「私は妃倭子さんにご挨拶してくるけど……熊川《くまかわ》さんはどちらに？」

「ええと、もうすぐ高砂さんと新人さんが来ることは伝えましたけど……あ、光江《みつえ》ちゃん、光江ちゃん」

引田が屋敷の奥に向かって声を上げ手招きする。そこには別の女性が、慌てた様子もなくペンギンのように体を揺らしながらこちらにやってきた。

「光江ちゃん。ほら、このかたが新しく来てくれた栗谷さんだよ。栗谷さん、この人も同じヘルパーの熊川光江ちゃんです」

「く、栗谷茜です。よろしくお願いします」

「ああ、うん……」

熊川は茜と目を合わせずに、ぼそぼそと低い声で返事する。引田と同じ服装だが、彼女と比べると背が低く、その代わり横に大きく太っている。長い黒髪に細い目をした、市松人形のような澄まし顔の女だった。

「光江ちゃんは私より一つ下の二十七歳だよ。栗谷さんは二十六歳だよね？　高砂さんから聞いたよ。じゃあ私たち一歳ずつ違うんだ。学校みたいだね」

引田は楽しげに熊川を紹介する。茜も社交辞令のつもりで感心した風に大きくうなずいた。

「光江ちゃんは元料理人で調理師の免許を持っているんだよ。イタリア料理のレストランで働いていたんだって」

「それは凄《すご》いですね。熊川さん、何てお店ですか？」

しかし茜が尋ねても熊川から返答はなく、こちらと目を合わせようともしなかった。

「ご苦労さま、熊川さん。妃倭子さんのご様子はいかが？」

高砂も笑顔で尋ねるが、熊川は表情を変えない。

「別に……普通ですけど」

「そう、なら良かったわ。熊川さんも栗谷さんの面倒を見てあげてね」

「いつまでですか？」

「いつまでって、ずっとよ。ここで一緒に働いている間はね」

「そうですか、分かりました」

熊川は冷めた口調で返答する。大人しい性格なのか、何か気に入らないのか、彼女の態度は素っ気ない。つかみどころのない雰囲気に茜も愛想笑いを浮かべて返すしかなかった。

「じゃあ私は妃倭子さんのお部屋に行くから、熊川さんは案内してちょうだい。引田さんはひとまず栗谷さんに住み込みのお部屋を案内してあげて。荷物も車から運んでね」

高砂はそう指示を出すと熊川と共にエントランスの奥へと向かって行った。

屋敷内は広いせいか他に人の気配はなく、会話が途切れると風の音が反響して聞こえるほどの静けさに包まれている。

事前に高砂から聞いた話によると、屋敷の主《あるじ》は宮園《みやぞの》妃倭子という三十二歳の若い女性らしい。原因不明の難病に冒されており、要介護のレベルは五段階で最大の五。ほぼ寝たきりの状態で、生活の全てをヘルパーの介護に頼っているそうだ。

だから宮園妃倭子自身がこのエントランスに現れることは考えられない。しかし他に誰も家人が顔を出さないのが不思議に思えた。

それとも妃倭子以外に家人はいないのだろうか？

「栗谷さん、栗谷さん。それじゃあなたが使うお部屋に案内するね」

引田の明るい声が響いて、茜は我に返る。

「そんなに緊張しなくていいよ。仲良くしてね」

「あ、はい。こちらこそ」

茜も笑顔で返すと荷物を下ろすために車へ戻った。

ヘルパーらしい陽気さと、少し押しつけがましい引田の態度も、先輩としては頼もしい。あれこれ考えていても仕方がない、今は現場に慣れることが先決だと意識した。

5

高砂と熊川はエントランスの向こうへと消えたが、ヘルパーたちの部屋は入口近くの右手に三室設けられていた。

廊下に面して三つのドアが並んでおり、それぞれ引田と熊川が一部屋ずつ使っている。残りの一室、一番奥の部屋が茜のために空けられていた。

「個室をお借りできるんですか？」

「住み込みで働く人のために開放してもらっているんだよ。広いお屋敷だからね。昔はお手伝いさんが使っていたんじゃないかなぁ」

引田は金色のノブが付いたドアを開けながら答える。てっきり二人部屋や三人部屋に住むことになると思っていたので、この配慮はありがたかった。

ドアを開けて入った部屋は縦横ともに三メートル弱、和室でいえば四畳半ほどの小部屋で、ベッドと小型のチェストと書き物机がスペースの大半を占めていた。格安ビジネスホテルのシングルルームよりもまだ一回り小さいだろうか。引田と入って二つのトランクを並べると、それでもう部屋は満杯になってしまった。

「やっぱり狭いよねぇ。私たちも牢屋《ろうや》みたいっていってよく言ってるの。我慢してくれる？」

「とんでもないです。ありがとうございます」

笑顔で申し訳なさそうにする引田に向かって頭《かぶり》を振る。確かに広いとは言えないが、外に面した壁には窓もあり、小型のエアコンも設置されている。寝起きするだけなら何の不足もないだろう。

「住み込みと聞いていたので、皆さんと共同生活を送ることになると思っていました。個室があるとも思っていなくて、私としては十分、好待遇です」

「さすがに合宿みたいにみんなで雑魚寝《ざこね》ってわけにもいかないよ。でもお風呂《ふろ》とトイレは共同だよ」

「それは全く問題ありません。水も出るんですね」

「……どうも栗谷さんは、とんでもないところで働かされると思っていたみたいだねぇ」

「あ、いえ……」

「水道も電気も普通に使えるよ。ガスは通っていないけど、お風呂のお湯とキッチンのコンロも電気式になっているから特に不便はないと思うよ」

引田はそう説明したのち、ふいに眉《まゆ》を寄せて深刻な顔つきになる。

「だけど栗谷さん、実はこのお屋敷でたった一つだけ、町とは違って凄く不便なところがあるの」

「不便なところ、ですか？」

「そう。こればっかりは私も光江ちゃんも本当に苦労しているんだけど……どうしようもなくて」

「何でしょうか？　スマホが使えないというのは聞きましたけど」

「え？　ああ……それ、そのことだよ。なんだ知ってたんだね」

「神原社長から、面接の時にお聞きしました」

「ああ、椿さん。あの人も、こんなところには一時間もいられないわぁって言ってたからね」

引田は神原の口調を真似て笑う。彼女が社長を名前で呼ぶのは、恐らく少し前までは老婆と同じ名字の高砂椿だったからだろう。

「本当に、お屋敷にいるとスマホも目覚まし時計としか使えないから、そこだけは諦《あきら》めてちょうだいね。まあ三十分ほど車で山を降りたら繋《つな》がるようになるから、どうしても耐えられなくなったら遠慮なく言って。辛《つら》いだろうけど挫《くじ》けないでね」

引田の親身な励ましに茜は首だけでうなずく。彼女たちが大袈裟《おおげさ》に語っているだけなのか、それとも世の中の人はそこまでスマートフォンに依存しているのか、茜にはよく分からなかった。

「それ以外に生活で困るようなことはあまりないと思うけど、栗谷さんが言った通り、私たちと共同生活になるのは覚悟してね。高砂さんからも聞いていると思うけど、ここでのお仕事は妃倭子さんの介護だけじゃないからね」

「はい、炊事や洗濯も引き受けているとお伺いしましたが……」

「いやいや、それよりも掃除だよ。これが一番大変。だってこの広さでしょ？　そんなに汚れないけど、ちょうど一週間かけて一通りやり終えるの。お庭もあるしね」

「お庭は、ちょっと寂しい気がしました。せっかく綺麗《きれい》に区分けされて、花壇もあるのに」

「だよね、だよね。茜ちゃんもそう思うよね？」

「茜ちゃん……」

いきなり名前で呼ばれて戸惑うが、別に悪い気はしなかった。

「私も何とかしたいなって思っているんだけど、なかなか時間がなくって。こんな夏のいい天気の日には、ああ、もったいないっていつも思っているんだよねぇ」

引田は共感してくれる者が現れて嬉《うれ》しいのか話を続ける。

「でも光江ちゃんはそんなの面倒臭いって言うんだよ。あの子は全然興味ないみたい。茜ちゃんがお仕事に慣れてくれたらちょっと余裕ができるかもね。一緒に何かやろうよ」

「でも、ヘルパーが勝手に庭を触ってもいいんですか？　妃倭子さんは……」

「妃倭子さん？　ああ……あの人はもう、色々と分からなくなっているから。でも妃倭子さんだってお庭は綺麗なほうが嬉しいと思うよ」

「他のかたは？」

「え、他のかたって？」

引田は小首を傾げて不思議そうな顔で聞き返す。

やはりこの屋敷には宮園妃倭子以外の家人はいないらしい。

一人の介護にこれだけの人員を割いて【ひだまり】の経営は成り立つのだろうか。

しばしの沈黙のあと、茜はあらためて口を開いた。

「……あの、率直な疑問なんですが、妃倭子さんは、どうしてこのお屋敷にお住まいなんですか？」

「どうしてって言われても……うーん、どうしてなんだろうねぇ」

「こんな立派なお屋敷に住んでいて、私も含めると三人もヘルパーを雇って介護を受けているんですよね。それだけでも凄《すご》くお金がかかると思うんですけど」

「ああ、それは私も思うよ。あとでお屋敷の中を見て回るといいけど、ベッドとかタンスとか、家具も凄く高そうなのがあるんだよ。だからまあ、半端ないお金持ちだろうね」

「ですが、要介護者が生活するには不便じゃないですか？　それならここに住むよりも、麓《ふもと》の町の介護施設に入居したほうがいいように思うんですが」

「そうなったら私たちの仕事がなくなっちゃうよ」

「それはそうですけど」

「それは冗談だけど……椿さんから聞いた話だと、何か事情があるらしいよ」

「はぁ……どんな事情が？」

「何でもこの宮園さんの家って、いわゆる名家って呼ばれるものらしくて、昔からお身内には国会議員とか大企業の社長とか学者とか、偉い有名人がたくさんいるんだって」

「名家、ですか」

「そう。今も親戚《しんせき》には衆議院議員がいるとか、誰でも知っている会社の社長や銀行の上役とも繋がりがあるとか……とにかく妃倭子さんって凄いセレブのご令嬢さんみたい。椿さんも全部は教えてくれないんだけど、遠縁には有名な俳優さんや女優さんもいるらしいよ」

「そんなかたが……だから介護施設には入れられないということですか？」

「私はそんな気がするよ。難病に罹《かか》ってほぼ寝たきりの身内がいるなんて、世間に知られたくないんじゃないかな」

「しかし、それならなおさら医療施設に入ってきちんと治療を受けるべきではないでしょうか？」

「そうかもしれないけど。ただ妃倭子さんがこのお屋敷で私たちから介護を受けている理由はそういうところにあるみたい。私たちもあまり追求しないようにしているんだよ」

「……確かにヘルパーが依頼者の家庭事情をあれこれ詮索《せんさく》するのは良くないと思いますが」

「そういうこと。私たちは依頼者の希望を汲《く》み取って、与えられた環境で介護に取り組むのがお仕事だからね。椿さんも事情を知った上でヘルパーのお仕事を請け負っているはずだから心配しないで」

引田は介護のプロとして先輩らしい全《まっと》うな意見を述べる。もしかすると、神原が自分を採用した理由もそこにあるのだろうか。体調不良で前職を辞めて、親とも疎遠で、スマートフォンが使えなくても困らない性格を見て、これなら屋敷と妃倭子の話を周囲に吹聴《ふいちょう》しないだろうと思われたのかもしれない。そう考えると、あの無邪気な同じ歳の社長もなかなかの切れ者に思えてきた。

「あ、ちなみにそんなセレブで特別なお家《うち》が相手だから、【ひだまり】の利用料金もかなり高めに設定しているみたい。茜ちゃんのお給料もしっかり振り込まれるはずだから安心してね」

「いえ、そんなつもりでお伺いしたわけでは……」

「それに、茜ちゃんも妃倭子さんに会ったら分かるよ。あの人が町の施設に入って介護を受けるのは……ちょっと難しいかもしれないって」

続けて引田は笑顔のまま意味ありげな言葉を残す。なんだろう？　どうやら他にも妃倭子がこの屋敷で介護を受けている理由があるようだ。

6

茜はそろいの介護服に着替えてネックストラップを首に下げてから部屋を出ると、引田とともに再びエントランスへ戻る。

引田から屋敷についての説明を聞くうちに、緊張がほどけて安堵《あんど》を覚え始めていた。宮園妃倭子の事情は知らないが、ここは想像していたほど悪い仕事環境ではない。スマートフォンは繋がらず、近所にはショップやカラオケはおろかコンビニエンスストアの一軒も存在しないが、都会から逃れてきた茜にとっては不便とは感じなかった。共同生活ゆえに完全とはいかないが休日もあり、給与も保証されているなら何の不満もない。それどころか、住み込みの仕事さえ厭《いと》わなければ理想的とも言える気がしていた。

エントランスでは、ちょうど高砂と熊川が戻ってきたところと鉢合わせになった。

「あら栗谷さん。引田さんの話は終わったかしら？　お部屋はどうでしたか？」

「はい、立派なお部屋をご用意いただいて。仕事の内容もよく分かりました」

「介護服はどうかしら？　面接の時に聞いた寸法で合わせてみたんだけど」

「問題ありません。ぴったりです」

「大丈夫？　やっていけそう？」

「多分……頑張れるかと思います」

「そう。それなら良かったわぁ」

高砂は目尻《めじり》に皺《しわ》を作って微笑むと、ほっと溜息《ためいき》をついた。

「やっぱり最初が肝腎《かんじん》ですからね。こんなつもりじゃなかったなんて言われたらどうしようかと思っていたの。大丈夫、栗谷さんならできるわよ」

「ありがとうございます」

「困ったことがあれば二人に相談して、もちろん会社に連絡してくれてもいいからね。ほらほら栗谷さん、また暗い顔してるわよ。笑顔、笑顔。スマイル、ハッピーよ」

「あ、はい。はは……」

茜は慌てて口角を持ち上げてぎこちなく笑う。性格上の問題か、ずっと笑顔でいるというのもなかなか大変だった。

「それじゃ、私はこれで帰るわね。引田さん、熊川さん、あとはよろしくね。栗谷さんも頑張ってね。ああ、これ、みんなへのお土産《みやげ》。ジャムと蜂蜜《はちみつ》のセットよ。朝食の時にみんなで召し上がってね」

高砂はそう言うと鞄《かばん》から土産物の箱を取り出して引田に渡す。そしてワゴン車に乗ると茜たちに見送られて屋敷から去って行った。

「高砂さん、相変わらずパワフルねぇ。こっちも負けていられないよ、茜ちゃん」

ワゴン車の姿が視界から消えて引田が話す。

「本当にお元気ですね。高砂さんは……神原社長のお母さん、ですよね？」

「そうそう。椿さんのママさんで、去年まで社長だったんだよ」

「ということは会長とか、相談役になるんですか？」

「いやいや、そんな立派な会社じゃないから。高砂さんも今の私は雑用係と運転手よって自分で言ってるし。でも相談役って言うのはその通りかも。みんなの相談を聞く役って意味でね」

引田はそう言うと闊達《かったつ》に笑う。やはり高砂藤子と神原椿の関係は茜の想像通りだったようだ。

「だから茜ちゃんも不満があったら高砂さんに言うといいよ。私も遠慮なく話しかけるし文句も言ってるからね」

「いえ、私は……」

「ネックストラップはもういらないよ。お仕事の邪魔になるからね」

「あ、はい」

茜は言われた通りにネックストラップを外してポケットにしまう。引田の首からはすでに消えている。どうやら高砂の来訪に合わせて形式的に着けていただけらしい。住み込みで勤務しているだけなら確かに不要な物だった。

「大丈夫だよ、茜ちゃん。私たち家族みたいなものだから、言いたいことは言い合わないと。高砂さんがお母さんで、神原さんは年下のお姉さん、みたいな？　もちろん仕事でミスしたら叱られちゃうけどね」

なるほど、家族という説明は的を射ているように思える。従業員数の少ない小さな会社ではこういう関係にもなるのだろう。

茜は以前に勤務していた総合病院の看護部長を思い出す。きついパーマ頭にファンデーションを厚塗りした白い肌と真っ赤な唇が際立つ初老の女。管理職のため普段は現場にも顔を出さなかったが、たまに見かけた時はいつも何かに怒っていた。

茜が辞職したい旨を伝えた時も、理由を聞いたり引き留めたりすることもなく、仕事の引き継ぎだけは遺漏《いろう》なく行うようにと命令されただけだった。見下すような眼差《まなざ》しと、話の端々に舌打ちと溜息が混ざる口元が忘れられない。看護師は病院内の雑務をこなすロボットであり、壊れたら代わりを補充すればいい。彼女はそのように認識しており、実際その通りでもあった。

あの職場環境と比べると、ここは身の丈にも合っているように思えた。

「……素敵な職場ですね」

「そうなのかな？　私は他の仕事をしたことないけど」

「そう思います」

「社長が椿さんに代わって、どうなるか分かんないけどね。高砂さんも気が気でないみたい。今はおめでたで、お腹にお子さんがいて大変だし」

「ああ、やっぱりそうなんですね」

「気づいていた？　そうなんだって。だから私たちも支えていかないと……」

「引田さん」

これまで黙っていた熊川が背後から冷めた口調で声を上げる。

「栗谷さんはまだ研修期間中だから、あまりそういう話はしないほうがいい」

「え、そうかな？」

引田は振り返って戸惑いの表情を見せる。熊川は彼女と茜とを見比べるように細い目を動かしていた。

「でも光江ちゃん。研修期間中だからこそ会社のことも話したほうがいいと思わない？　みんな仲良しだから安心してねって言ってるだけだよ？」

「仕事まで温《ぬる》いと勘違いされたら迷惑だから。まだ妃倭子さんにも会っていないのに」

「大丈夫だって。だって茜ちゃんは元・看護師さんなんだよ。介護の仕事にだって慣れているはずだよ。ね？」

「馴《な》染《じ》めなかったから、辞めてここへ来たんじゃない」

熊川は茜が返答する前に言い放つ。

「看護師の仕事に向いていたなら、こんな山奥でヘルパーになんてならない」

「ちょっと光江ちゃん、それはさすがに失礼だよ」

「あ、あの、待ってください」

茜は思わず声を上げて二人の会話を制した。

「熊川さんがご指摘の通りだと思います。私はまだ来たばっかりなので、お屋敷のこともお仕事のことも何も分かっていません。だからお二人にはご迷惑をおかけすると思います」

「茜ちゃん、いいんだよそんなの」

「引田さんの話を聞いて、本当にいい会社だと分かりました。私もここで働きたいと思っています。だけど、その、甘えるつもりはありません。早く一人前になれるように頑張りますので、どうかよろしくお願いします」

茜は特に熊川に向かって深く頭を下げる。自分のせいで二人を揉《も》めさせるわけにはいかない。

顔を上げて熊川を見ると、彼女は気まずそうに目を逸《そ》らした。

「……妃倭子さん、昼食の時間だから。準備してくる」

そして、ぷいと背を向けてエントランスの左手へ向かう。

「うん、分かった。じゃあ茜ちゃん。先にご挨拶《あいさつ》に行こっか」

茜は引田に手を引かれて邸宅の奥へと歩き始めた。

「光江ちゃん、怒らせちゃった。なんだかごめんね、茜ちゃん」

「いえ、こちらこそ……すみません」

「気にしないでね。あの子、ちょっとツンツンしているけどいい子だから。きっと仲良くなれるよ」

引田や高砂の態度を見る限り、どうやら熊川光江はちょっと難しい性格らしい。ただ、彼女の言葉も決して的外れな指摘でもないだろう。ここは自宅ではなく仕事先の屋敷であり、自分たちは家族ではなく会社の同僚だ。親しくしていても、その点を忘れてはいけないと思った。

7

屋敷の中央には二階へと続く大階段がある。

階段の先は闇に呑《の》まれてよく見えないが、二階にもいくつか部屋があるのだろう。

妃倭子の許《もと》へ向かう引田はそれを通り過ぎて、さらに奥へと茜を案内した。

リビングらしき部屋では床に毛足の長いカーペットが敷かれており、年代を感じさせる臙脂《えんじ》色のソファと丸テーブルが置かれて隅には暖炉《だんろ》が設けられている。やはりヨーロッパの古い邸宅風というか、広大な敷地を持つ領主のお屋敷といった風情が色濃く感じられた。

もしこれが渡欧先の観光地だったとしたら、素敵な趣味だと思って眺め回したり、写真を撮り回ったりしていたかもしれない。しかし自分が住む屋敷の一室だと思うと、薄暗さと静けさと、妙な涼しさに独特の不気味さを抱いてしまう。そして現実的には、これは掃除が大変だと思わずにはいられなかった。

「茜ちゃん」

リビングから続くドアの前で、引田が立ち止まって振り返る。

「ここが妃倭子さんの寝室なんだけど、先にこれを着けてね」

そう言うと傍らのテーブルに置かれた引き出しから白いマスクとゴム手袋を取り出して手渡された。マスクは四角いガーゼマスクではなく、蛇腹状で鼻から顎《あご》までを覆うサージカルマスクだ。ゴム手袋も炊事や掃除に使う物よりも薄手の、茜には馴染み深い医療用の物だった。どちらも使い捨ての物で、傍らには足で踏んで蓋《ふた》を開けるステンレス製のペダル式ゴミ箱も設置されていた。

「それと、妃倭子さんのことだけど……見てもびっくりしないでね」

「びっくり？　どういうことですか？」

「さっきも話したことだけど、妃倭子さんは重い難病に罹《かか》っているの。そのせいで、まだ三十二歳の若さなのに手足が不自由になって、認知症の傾向も強くて会話もままならないんだよ」

そのことは事前に高砂からも聞いている。

「だから茜ちゃんがどれだけ話しかけても上手《うま》く伝わらないと思う。というか今はお昼寝しているかもしれないよ」

「そうなんですね、分かりました」

「それと妃倭子さん、外見もかなり痛々しい様子になっているの。手足も固まって、お肌も弱いから生傷が絶えなくて。私たちはもう慣れているけど、体臭もかなり強いと思う。特に夏場は、お風呂《ふろ》に入れてもすぐに臭ってきちゃうんだよ」

どうやらそのためにもマスクを着ける必要があるらしい。いささか大袈裟《おおげさ》な気もするが、実情を知らない内は素直に従っておくのがいいだろう。

「私がこういう話をするのもね、要するに知らない人からすれば怖い見た目をしていると思うからなの。だから前もって、びっくりしないでねって断っているんだよ」

「ああ……いえ、それは平気だと思います」

「本当に？」

「はい、看護師でしたから」

茜は自信を持って返答する。言うまでもなく、外見の損傷については一般人よりも耐性があるつもりだ。手足を失った患者や全身に火傷《やけど》を負った患者、腫瘍《しゅよう》で顔面が変形した患者を扱ったこともある。血液や糞便《ふんべん》の臭いも日常茶飯事だった。いずれも慣れれば気にならなくなることも知っていた。

熊川から言われた通り、看護師の仕事には向いていなかったのかもしれないが、病人や怪我人への扱いに不安や忌避の念はない。少なくとも見た目が酷《ひど》いから介護できないと思うはずもなかった。

引田は納得した風にうなずくと、続けて引き出しの別の段からロウソクとマッチを取り出す。そして近くに飾られていた三股《みつまた》の燭台《しょくだい》にロウソクを挿して火を灯《とも》し始めた。

一体何をしているのだろうか。薄暗いとはいえリビングは窓から陽光が射し込んでおり、天井からは電気式のシャンデリアも下がっている。不思議に思って見つめていると、彼女は火の点《つ》いた燭台からこちらに目を移した。

「それじゃ寝室に入るけど、茜ちゃん。妃倭子さんに会う際には守ってほしいルールがあるの」

「ルール？」

「そう、三つだけなんだけど、絶対に破っちゃいけないことだから覚えておいてね」

マスクを着けた引田が燭台を手に茜を見つめる。灯火の光を受けて顔に影が揺らいでいた。

「一つ目のルールは、妃倭子さんの前ではこのマスクとゴム手袋を絶対に外さないこと」

「それは、感染症対策ということですか？」

「さすが、看護師さんなら分かるよね。私たちから妃倭子さんに病気を移さないための措置だよ。妃倭子さんの病気が私たちに移ることはないから心配しないでね」

茜は引田の説明を聞いてうなずく。病気で寝たきりになれば体力が衰えて免疫力も大きく低下するため、ヘルパーが外部から持ち込んできた弱毒性の雑菌やウィルスなどに感染する恐れがある。マスクやゴム手袋をすることでの飛沫《ひまつ》や接触による感染対策は、完全ではないが有効な手段だった。

「二つ目のルールは、妃倭子さんに光を当てないこと」

「光……ということは、日光の刺激が体に良くないんですか？」

「そう。お日さまに当たっていると火傷みたいに水膨れになったり蕁麻疹《じんましん》が出たりするんだって。この時季は日射しも強いから特に大変。だからいつも寝室はカーテンを閉め切って真っ暗にしているんだよ」

日光の曝露《ばくろ》による健康被害は珍しいことではない。広い意味では健常者の日焼けも紫外線による皮膚疾患と言えるだろう。妃倭子はそれに加えて光線過敏症によるアレルギー反応を起こしている疑いがある。程度が重いとアナフィラキシーショックを起こして命にも関わる症状だ。

「でもお日さまだけじゃなくて強い光も目に良くないから照明も点けられないんだよ。だからこうしてロウソクの明かりを持ってお世話しているの」

引田は燭台を軽く持ち上げてそう話す。ロウソクを手に介護へ向かうなどナイチンゲールのようだ。しかし、それなら光量の弱い電灯でも代用できるのではないだろうか。片手が塞《ふさ》がっていては介護もやりにくく火事も心配だった。

「三つ目のルールは、妃倭子さんの顔を絶対に見ないこと」

「え、顔を？」

茜は思いもよらない話に驚き聞き返す。引田は平然とした表情のままうなずいた。

「そう、顔をね。見ちゃ駄目だよ」

「……それはまた、どうしてですか？」

「理由は知らないけど、ここではそういうことになっているんだよ」

「そういうことって……ですが、顔を見ずにどうやって介護するんですか？　横を向いているんですか？」

「ああ、それは大丈夫。見えないようにしてあるからね」

「見えないように？」

「そう、見れば分かるよ」

引田は冗談めかした口振りで話すが、その目は笑っていなかった。顔を見てはいけないとは、どういうことだろうか。この三つ目のルールは先の二つと違って理由が全く想像できない。引田もよく分からないまま従っているようだ。

「茜ちゃん、いいかな？　この三つのルールだけは絶対に守ってね」

「は、はい。分かりました……覚えておきます」

茜は戸惑いつつも了解する。何はともあれ、決まり事に逆らう気はない。引田は返答を確認すると、燭台を片手に寝室のドアを開けた。

「妃倭子さーん、入りますよー」

ドアの先は完全な黒一色に染まっていた。悪天候の真夜中よりもさらに暗く、天井はおろか壁も床も、自分の手元すらよく見えない。引田の持つロウソクの明かりだけが唯一の光源となって仄《ほの》かに周囲を照らしていた。

「し、失礼します」

茜も闇に向かって挨拶《あいさつ》してから入室する。ぐにゃりと、柔らかい感触が足の裏から伝わった。リビングと同じ毛足の長いカーペットが敷かれているらしい。引田は慣れた足取りで部屋を巡り歩きながら、備え付けられた燭台にロウソクの火を移して回る。どうやらそれを照明代わりにして介護にあたるつもりのようだ。

広い寝室に小さな光が点々と灯されて、形の定まらない影が波打つように揺らいでいる。床には内臓のように赤黒いカーペットが敷かれており、壁際には鏡の付いたキャビネットや、恐らくもう使われていない暖炉が備え付けられているのが辛うじて確認できた。

壁には分厚いカーテンが掛けられて、窓から入る陽光を完全に遮断している。室内にはひんやりとした空気が漂っていて、入る前のリビングより気温も一、二度は低いように感じられた。

茜は引田の後ろにぴったりと付き添いながら、右手で剝《む》き出しの左腕を軽くさする。そこまで寒いはずもないのに、なぜかそうせずにはいられなかった。

高い天井の中央からは星のように瞬《またた》く大きなシャンデリアが吊《つる》されているが、今は通電していないので暗い飾りにしか見えない。そして真下には天蓋《てんがい》からカーテンを下ろした豪華なベッドが置かれていた。

何かいる。

ベッドの周囲は深いドレープの付いたベージュのカーテンに囲まれて中の様子は窺《うかが》えない。しかしその向こうからは、得体の知れないものが潜んでいる気配を感じていた。物音一つ聞こえてこないのに、何かが確実に存在していることが分かる。それはちょうど夏山の森林にある、木々の隙間から覗《のぞ》く闇に似ていた。

「妃倭子さーん、開けますよぉ。起きてますかぁ？」

最後にベッド前の燭台に火を灯した引田がカーテンに向かって声をかける。返事はなく、代わりに何か振動音のような物が延々と聞こえていた。天蓋からはよく分からない黒く長い紙が何本も垂れ下がり、ゆらゆらと揺れている。飾りにしては不自然で、まるで何かの呪《まじな》いのようにも見えた。

引田が片手でカーテンを開くと、ふいに強い生臭さが鼻を突いた。厚手のマスク越しからでも分かる、血と汚物と、何か分からない臭い。籠《こ》もっていた臭気がむっと押し寄せてきた。

続けて耳元で例の振動音が大きく聞こえる。しかし横を向いても何もなく、ただカーテンの側でいくつもの黒く長い紙が揺らいでいるだけだった。何だろう？　じっと目を凝らして見つめると、そこに何十匹ものハエがびっしりと留まっていることに気づいた。それは黒い紙ではなく、飛び回るハエを引っ付けて捕らえる粘着性のあるハエ取り紙だった。

「妃倭子さん、妃倭子さん。今日はねぇ、新しいヘルパーさんが来てくれましたよ」

引田は躊躇《ちゅうちょ》することなくベッドに近づく。茜は高まる心音を抑えながら、ゆっくりと後ろに続いた。何か、想像以上の存在がそこにある。何を目にしても動じないつもりでいたのに、見る前から何かに脅えている。ベッドの上には掛け布団もなく、大人の女性らしき人形《ひとがた》のものがある。

彼女がこの屋敷の主《あるじ》、宮園妃倭子だった。

「ほら妃倭子さん、分かりますか？　栗谷茜さんですよ」

引田はすっと体をかわして茜と妃倭子を対面させる。

「し、失礼します」

茜はそれでも必死に笑顔を拵《こしら》えて、妃倭子に向かって挨拶した。

そこには、赤い薄手のローブを身にまとい、黒い袋を頭から被《かぶ》った大柄の女が横たわっていた。

8

茜は彼女を見た瞬間、呼吸をするのも忘れてその場で固まってしまった。

何だこれは？

宮園妃倭子に対して最初に抱いた印象は、およそ介護ヘルパーらしからぬ疑問だった。仰向《あおむ》けになっているので正確には分からないが、少なくとも茜よりも背が高い。また寝たきりの割には肉付きが良く、均整の取れた体つきをしていた。

しかしローブの裾《すそ》からは苔生《こけむ》した古木のように青緑がかった足が伸びており、所々で傷付いて黒い血が泥のように固まっている。袖口《そでぐち》からも同じような色の腕が見えるが、その先では鳥が枝を掴《つか》むように指の関節が曲がっていた。

そして頭にはすっぽりと黒い袋を被っている。巾着《きんちゃく》を逆さにしたような形状で、首元を黒いリボンで緩く絞められていた。生地はシルクらしく滑らかに波打った質感と濡《ぬ》れたような光沢が窺える。リボンの下はわずかに見える首を経て肩口へと繋《つな》がっていた。

「引田さん、これは……」

「妃倭子さん。分かりましたかぁ？　この人が茜ちゃんですからね」

引田はベッドサイドのテーブルに燭台《しょくだい》を置くと、戸惑う茜をよそに声をかける。彼女が新人への冗談やサプライズのつもりでこんな悪戯《いたずら》を仕掛けるはずがない。紛れもなく本人。難病を患った三十二歳の要介護者に違いなかった。

しかし、これはまるで……。

「茜ちゃん」

引田に呼びかけられて茜は肩を震わせる。彼女はこの部屋に入る前と変わらない穏やかな笑みを浮かべてこちらを見つめていた。

「どうしたの？　大丈夫？」

「あ……はい、すみません」

茜は慌てて小刻みにうなずく。こんなことで取り乱すわけにはいかない。妃倭子の状態が尋常でないのは前もって聞かされていたことだ。だからこそ彼女は介護を必要としているのだ。

「じゃあ茜ちゃんも妃倭子さんにご挨拶して」

「は、はい……」

引田に促されて茜は前に出る。妃倭子はカーテンを開けた時の状態と全く変わらず微動だにしない。

「は、初めまして、宮園妃倭子さん。今日から皆さんと一緒にヘルパーを担当させていただきます、栗谷茜と申します」

茜は引きつった笑みを浮かべたまま、口を衝《つ》いて出るまま言葉を連ねる。

「か、介護の仕事は初心者ですが、看護師の資格は持っていますから、色々とお役に立てるかと思います。至らないところもあるかと思いますが、精一杯サポートさせていただきますので、どうぞよろしくお願いいたします」

ブブッと耳元で音が聞こえて茜は思わず身を仰《の》け反《ぞ》る。一匹のハエが顔の周りを飛び回り、カーテンの陰に身を隠した。妃倭子からは何の声も聞こえない。頭に被った黒い袋は闇に紛れて、まるで首から先が何もないようにも見えた。

「引田さん、妃倭子さんは……その、お昼寝をされているんでしょうか？」

「そう、妃倭子さんって顔も見えないし、お返事もしないし動かないから、起きているのかも寝ているのかも分からないんだよ。だけど、もし起きていたら何もお話ししないのは失礼でしょ？　寝ていたとしてもお世話をする時は起きてもらったほうがいいよね。だからやっぱり、反応がなくても話しかけるようにしているんだよ」

引田の明るい声だけが寝室に響く。茜は妃倭子の黒い頭から目が離せなかった。

これは一体どういう状況なのか？　体が動かず、意思疎通が困難な患者は珍しくない。事故により頸椎《けいつい》や脊髄《せきずい》が損傷して全身不随に陥ることもある。あるいは筋萎縮《きんいしゅく》性側索硬化症（ALS）やアルツハイマー型認知症の末期にもそのような症状が発生することがあるだろう。認知症は年齢が若くても発症の可能性があり、若いほど進行が早まる傾向にあった。

引田や高砂は妃倭子の病状を難病と説明したが、それが法律によって定められた指定難病のことなのか、単に得体の知れない謎の病気をそう呼んでいるのかは分からない。ただ妃倭子の脳内で身体の運動を司《つかさど》る分野か、そこから身体の各部位に信号を送る箇所に障害が発生していることには違いないようだ。

しかし、妃倭子の状態はそれだけには留《とど》まらないように見える。青緑がかった肌の色は何かしらの皮膚疾患を発症しているのだろうか。日光に対するアレルギーも関係しているのかもしれない。また頭部に黒い布を被せている理由も分からない。光を避けるためだとしても、他に方法があるだろう。重篤《じゅうとく》な病気を患った者への対応としては、あまりにも不自然に思えた。

「茜ちゃん、妃倭子さんのお世話は一日三回のご飯とお風呂《ふろ》とおトイレなの。それ以外はこうしてのんびり過ごしておられるから、私たちはあまり構わなくていいんだよ。たまにお喋《しゃべ》りに来てもいいけどね」

引田は話を続けるが、茜はこの介護にも違和感を覚える。大抵、全身麻痺《まひ》の者は事故を防ぐために二十四時間の介護が求められる。ふいに症状が悪化する可能性もあり、たとえばこの天蓋を囲むカーテンが落ちて顔を覆っても払いのけることすらできないからだ。他にも寝返りが打てないことでの褥瘡《じょくそう》、いわゆる床擦《とこず》れが重症化することもある。動かないからといって放っておけるものではないはずだ。

そういえば引田は妃倭子のことを、ほぼ寝たきりと話していた。ほぼ、と言うことは、ある程度は動くこともできるのだろうか。意識した動作は難しくても反射的に体を動かせるなら、身の危険も避けられるのかもしれない。それなら常に見張っておく必要もないだろう。

「そうそう、妃倭子さん。さっき茜ちゃんと話していたんですけど、お屋敷のお庭にお花を植えてもいいですか？　だって今、何も植わっていないからつまらないんですよ。お庭の一角を耕してお花畑にして、季節ごとに花を入れ替えていくんです。素敵だと思いませんか？　このお部屋にも飾れるようにしますよ。ね、茜ちゃん」

「そ、そうですね。妃倭子さんがよろしければ、はい……」

茜は引田の調子に合わせて声を弾ませる。今は困惑した態度を見せるわけにはいかない。たとえ反応がなくても、こちらが見えないとしても、耳には届いているかもしれない。介護は互いの信頼関係によって成り立っている。身体の障害が大きいほど、文字通り身を任せる気持ちを持ってもらわないといけない。初対面から暗い声で疑問を投げかけているわけにはいかなかった。

「美しいお屋敷ですから、お庭も華やかにしたいですね。妃倭子さんは……その、どんなお花がお好みでしょうか？」

「やっぱりバラですよね。お庭に一面バラの花園が広がっているんです。きっとヨーロッパのお城みたいになりますよ」

引田が代わりに楽しげな声を上げる。

「あ、でも今年はもう時季遅れかなぁ。八月に植えるお花って難しいですよね。いっそ今は畑作りに専念して、秋になったら何か植えてみましょうか。チューリップとかアネモネとか、春に咲いたら綺麗《きれい》ですよ。お花の勉強もしなくちゃ」

妃倭子からは何の言葉も返ってこない。

茜は自らの内より湧き起こる感情を必死に抑えこんでいた。

看護師として勤務していた頃、これによく似た状況を何度か体験した覚えがある。

外来患者の受付が終わり、入院患者も寝静まった夜。裏手の救急搬入口からひっそりと担架に乗せられて運び込まれる患者。

顔が二回りも膨らんだ者、腹部の切れ目から黄色い脂肪にまみれた内臓を覗《のぞ》かせた者、全身が赤黒く焼けただれた者。

一番近いのは、一人暮らしの暗い自宅に何週間も放置されていた者だろうか。

付き添いは家族ではなく、地味なスーツを着た警察関係者だった。

黒縁眼鏡の内科部長は慌てることなく、まるで壊れた人形を解体する時のような冷めた眼差《まなざ》しで患者を診察し、報告書にまとめていた。

隣で助手を務める自分も同じように、帰宅時の満員電車に乗った時のように無表情で佇《たたず》んでいただろう。

一切の感情を排除することが求められていた現場。

しかしあの時目にした者たちの姿は、ドロドロに混ざり合って今も脳内の縁にこびり付いている。

妃倭子に会った瞬間、普段は気にも留めていなかったその記憶の泥溜《どろだ》まりを覗いてしまったような気がした。

だから思わず疑問を口に出してしまいそうになって、そんな自分の感覚に恐怖を抱いた。

これはもう、死んでいるのではないですか？　と。

9

「失礼します」

ドアをノックする音とともに低い声が響いて、熊川がカートを押して寝室に入ってくる。病院でも使用されていた、三段の棚にキャスターが付いた配膳《はいぜん》用のものだった。

「妃倭子さんのお食事をお持ちしました」

「わぁ、ありがとう光江ちゃん」

引田は小走りでベッドを離れて熊川の許《もと》へ向かう。

「じゃあ今日は私と茜ちゃんとでお昼ご飯のお世話をするよ」

「二人で？　任せても大丈夫？」

「大丈夫だよ。ね、茜ちゃん」

「あ、は、はい……」

妃倭子に気を取られていた茜は振り返って即答する。何もおかしなことはない。当然、妃倭子にも昼食が必要だ。熊川は遠いところから訝《いぶか》しげな目を向けていたが、黙って引田にカートを渡した。

「それじゃ、私たちの昼食も準備してくるから」

「うん、よろしくね」

引田は熊川に背を向けるとカートをベッドサイドまで押してきた。

「じゃあ茜ちゃん。妃倭子さんにお昼ご飯を食べてもらうから、私のやりかたを見ていてね」

「はい、え？」

カートに載せられている物を見て、茜はまたしても言葉を失った。

何か聞き間違えたのか、そこには食事とは結びつかないものが置かれていた。

カートの上には手術室で見たことのあるステンレス製のトレイがあり、同じ素材の大きなボウルと奇妙な器具が載っている。ボウルの中にはミンチ肉をミキサーですり潰《つぶ》したような物体が大量に入っているが、加熱された様子はなく、いわば焼く前のハンバーグにしか見えなかった。

ボウルの隣にある器具は金属の漏斗《ろうと》に似た三角錐《さんかくすい》の形状をしており、広いほうの口部から真横に二本の棒が延びている。この棒はハンドルになっており、握ると鳥の嘴《くちばし》のように漏斗の先が開き、離すと閉じる仕組みになっていた。

なぜ、こんなものが？

茜はぞっと、背筋に寒気が走るのを感じる。一目見て使いかたに気づいたのは、医療器具にも同じようなものが存在するからだ。

それはクスコ式膣鏡《ちつきょう》。女性器に挿し込んで開口し、膣内を検診するために使われる器具だった。

「さぁ妃倭子さん、お昼ご飯ですよ。起きましょうね」

引田は普段通りといった様子で妃倭子に呼びかけている。やはり聞き違いでもなければ、熊川がおかしな物を運んできたわけでもないようだ。

「ベッドにもたれさせるから、茜ちゃんは腰を持ち上げて」

そう言って引田は妃倭子の背後から脇に両手を差し込んで引き上げる。茜は言われるままに腰の下に腕を回して体を支えた。妃倭子はそれでも何の反応も示さず全身を弛緩《しかん》させている。見かけ以上に重く、硬く、冷たい。かつて何度も担いだことのある死体の感触によく似ていた。

妃倭子をベッドのヘッドボード、頭側の縁にもたれさせると、引田は彼女の頭部を後ろに倒して顔を上向きにさせる。そして首元の黒いリボンを緩めると、被っている黒袋を鼻の辺りまでたくし上げた。

「あ、顔が……」

「そう。お顔は見ちゃいけないことになっているの。だから上げるのはここまでにしてね」

黒袋の下からは大口を開けた青緑色の顔が見えている。口は妃倭子が意図的にそうしたのではなく、上を向かせたせいで顎《あご》が自然と下がったようだ。赤黒い口内には整列した象牙《ぞうげ》色の歯と、渇いた赤身肉のような舌が見える。何かが腐っているような、酸味の感じられる刺激臭が鋭く鼻を突いた。

絶対に見てはいけないと言われていたが、露《あら》わになった顔の下半分は特に驚くほどのものではなかった。血が通っているようには見えない肌の色と、腐臭に似た口臭は異様だが、それは顔以外の手足を見た時からも気づいていたことだった。

それでは顔の上半分、目や髪に見てはいけないほどの異常があるのだろうか。これ以上に目を向けることも憚《はばか》られる何かが、あるいは妃倭子の病気や名家と呼ばれる一族の秘密が……。

茜の疑念をよそに引田は手慣れた調子で作業を進めていく。カートをベッドの近くに寄せると、トレイの上から例の漏斗のような器具を取り上げた。それをどうするのかと見ていると、いきなり彼女は妃倭子の開いた口に挿《さ》し込んだ。

「ひ、引田さん？　何を……」

「落ちないようにしっかり入れてね。手順、間違えないようにね」

引田は真上から力を込めて器具をさらに喉《のど》の奥深くに押し込む。そして持ち手を握ると妃倭子の首がわずかに膨らみ、中で器具が開口したことが分かった。

「はい、茜ちゃん、代わりに持って」

「え、あ、はい」

とっさに器具の持ち手を渡されて茜は両手でそれを摑《つか》む。手が滑稽《こっけい》なほど震えていた。

「あ、あの、引田さん？」

「あまり動かさないで、強く握らないでね……いいよ、そのまま、そのままでキープね」

引田の指示に茜は身を固めたままうなずく。力を込められず、しかし緩められず、瞬《まばた》きも忘れて両手とその先の器具を凝視し続けていた。ステンレス製の漏斗は揺らぐロウソクの明かりを受けて、血にまみれたように赤く染まっている。先端は口内を越えて喉の深くまで達しており、一番奥はただ黒い穴になっていた。

カチャカチャと金属のぶつかる音が隣から聞こえてくる。目だけを向けて見ると、引田がボウルに入ったミンチ肉をスプーンで掻《か》き混ぜていた。肉は油分と水分をたっぷりと含んでいるらしく、やがてドロドロのペースト状へと変わっていく。その様子を見て、彼女が何をしようとしているのかはっきりと分かった。

「はぁい、妃倭子さん、ご飯ですよ」

そして引田は肉をスプーンですくうと、少しずつ妃倭子の喉に繋《つな》がった漏斗に流し込む。わずかにもためらう素振りがないことから、日常的に行われているのは明らかだった。

「ゆっくり飲んでくださいね。おいしいですか？　続けますよぉ」

引田は優しげな声で呼びかけるが妃倭子はやはり何の反応も示さない。マネキン人形のように静止して、与えられるままに流動食を摂取し続けていた。少し泡立った赤い肉の液体が、傾斜に沿って穴へと吸い込まれていく。喉を動かして飲み込んでいるようにも見えないが、食物は溜《た》まることなく食道を通過しているようだ。

茜はいつの間にか歯を食い縛り、両手の震えを必死に抑え込んでいた。一体何が起きているの？　自分は何を手伝っているの？　頭は理解していても、心は納得できない。淡々と進行する異常な光景に思考がついていけなかった。

「じゃ、茜ちゃん、交代しようか。ちょっと普通の介護とは違うけど、難しくないから大丈夫だよ」

「あ、はぁ……」

困惑する中、言われるまま引田に漏斗を差し出す。そして出来の悪いロボットのような動きで体を捻《ひね》ってトレイからボウルとスプーンを取り上げた。再び妃倭子のほうへ向き直ると、見よう見真似で粘り気のある赤肉をスプーンですくう。グチャと湿った音がハエの飛び交う寝室に響いた。

「茜ちゃん、妃倭子さんに声をかけてから入れてあげてね」

「き、妃倭子さん。よろしいですか？　ご、ご飯ですよ……」

上擦った声で呼びかけつつ、口内に挿し込まれた漏斗に向かってスプーンの中身をぼとぼとと落としていく。妃倭子は無反応のまま、与えられるままに喉へと流し込んでいった。まるで給餌《きゅうじ》だ。親鳥が雛《ひな》の口の中に吐き戻しを与えている姿と同じだ。茜は暑くもないのに全身に汗をかき、重くもないのにスプーンを持つ手が痙攣《けいれん》していた。

「引田さん……これはお肉なんでしょうか？」

「合い挽《び》き肉だね。牛さんと豚さんのミンチ、それと卵と牛乳と油と塩を混ぜてあるんだよ」

「や、焼かなくてもいいんですか？」

「妃倭子さんは生のほうがお好きみたい。焼いたのを食べさせると体の調子が悪くなって元気がなくなるの」

頭の中にある医学知識や衛生観念が色褪《いろあ》せてゆく。茜は看護師時代の経験を何一つ活《い》かせないまま、溶けた生肉を要介護者の喉に与え続けていた。引田はヘルパーらしい穏やかな笑みを浮かべて、何の腹黒さも後ろめたさも抱いていない様子で妃倭子に接している。もはや何が正しいのかも分からなくなっていた。

「引田さん、妃倭子さんは、その、動くこともあるんでしょうか？」

茜は口籠《くちご》もりつつ回りくどい質問をする。生きているのですか？　と尋ねてしまうと、この介護そのものを否定することになると思った。

「そうだねぇ。あんまり動かないけど、たまに声を上げたり歩いたりされているね」

「歩く？　妃倭子さんは歩行できるんですか？　でも今は……」

「今は茜ちゃんがいるから緊張されているのかもね。夜のほうがお元気みたい。歩くと言っても何も見えないから動き回ることはできないけどね。朝、ご挨拶《あいさつ》に行くとベッドから落ちていることもあるんだよ」

本当だろうか。完全に寝たきりではないかもしれないと疑っていたが、まさか立って歩けるとは、今の姿からは想像もつかない。いや、想像するのが恐ろしかった。

ボウルの中身が全てなくなると、再び引田と協力して妃倭子をベッドに寝かせる。どこから湧き出したのか、数匹のハエがボウルの底に残った肉汁に群がっていた。

「それじゃ妃倭子さん。お昼ご飯が終わりましたので私たちはこれで失礼します。この次はお風呂《ふろ》ですよ。またのちほどお伺いしますねぇ」

引田は妃倭子が被《かぶ》っている黒袋を元に戻すと、深々と頭を下げてからカートを押してベッドを離れる。茜はただ黙ってぺこりとお辞儀をして逃げるように引田のあとを追った。来た時とは逆方向に寝室を巡り歩いてロウソクの火を消していく。視界が再び闇に没するのを確認すると、ドアを開けてリビングへと出た。

「はぁい、茜ちゃんもお疲れさまでした。やりかた、覚えられたかな？」

寝室のドアを閉めるなり引田はリラックスした口調で話しかけてくる。茜は気持ちを切り替えられないまま、今まで言い出せなかった言葉が喉の奥で交通渋滞を起こしていた。

「あ、あの、引田さん」

「ああ、心配しなくても大丈夫だよ。妃倭子さんのお世話は二人一組ですることになっているから。茜ちゃんが担当する時も私か光江ちゃんが必ず付くからね」

「そうではなくて……いいんですか？　これで」

「え、これって？」

「ですから、その……妃倭子さんに対してあのように接するのは、も、問題あるんじゃないでしょうか？」

虐待、という言葉が頭をよぎる。

認知症患者や精神障害者、身体障害者に対する虐待は介護の現場でもたびたび問題になっている。その中には過度の拘束や、無理矢理食事を口に詰め込むような行為も含まれているはずだった。

「うん、ちょっと可哀想だよねぇ」

引田も賛同するようにうなずく。

「私も妃倭子さんとお喋《しゃべ》りしたり、お散歩したりしたいけど、さっき話した通り、今あの人はそういうことができない体になっているの。お庭をお花畑にしても眺められないし、もしかすると、そういうことすらも分からないのかもしれない。だけど、せっかく住み込みで働かせてもらっているんだから、そういった素敵な環境作りに取り組むのも悪いことじゃないと私は思うんだよ」

「いえ、お花のことはいいと思いますけど、あの食事介助は……」

「だって一人じゃ食べられないんだもの。口も動かさないから嚙《か》むこともできないし。ああやって食べさせてあげたらちゃんと飲み込んでくれるんだよ。何も食べないと死んじゃうからね」

口から食物を摂取できない、飲み込むことのできない患者に対しては、鼻からチューブを通して胃へと栄養を送る経鼻《けいび》経管栄養や、静脈から点滴で栄養を送る経静脈栄養、あるいは腹部から胃や小腸に穴を開けて直接チューブを通して栄養を送る胃瘻《いろう》や腸瘻などの措置がある。

いずれも有効な手段ではあるが、患者の動作は制限を受けることになり、事故や感染症のリスクも増えてしまう。どんな方法であっても口と喉を使って食事ができるならそれに越したことはなかった。

「ですが、こんなのは……」

「大丈夫だよ。私たちはこの方法でずっと続けてきたからね。妃倭子さんのご病気も落ち着いているし、重大な事故も起きていないから、このやりかたがベストなんだよ」

引田は茜の不安を取り除くかのように自信を持って語る。現場は綺麗《きれい》事では済まされない。昼食を準備したのは熊川であり、社長の母親である高砂も先に妃倭子と面会している。引田個人の判断ではなく、いわば公認の対応に違いなかった。

「もちろんお身内のかたにもご理解いただいているから、今まで苦情が来たことなんて一度もないよ。妃倭子さんは私たちの大切なお客さまで、この介護方法は会社で決まっていることだからね」

「はい……そうですね」

「茜ちゃん、分かってね。ヘルパーは決められた手順に従って動くだけ。正しいか正しくないかは私たちが決めることじゃないんだよ」

引田の言葉に茜はうなずくことしかできなかった。

10

人は見た目だけでは判断できない。

恋愛の場では知らないが、病院では確実にそう言えた。

一見すると健康そうでも、検査すればガンや成人病などの病気が、知らないままに進行している場合もある。逆に酷《ひど》くやつれた顔や激しい出血があっても意外と軽傷で早くに回復する場合もあるだろう。

だから医師も看護師も見た目だけではなく、問診の内容や検査の数値を参考にして、総合的に患者の病状や体調を判断している。むしろ見た目こそが最も誤診を招きやすい要素として疑っておくべきでもあった。

宮園妃倭子はいつの頃かに、何かしらの難病に罹患《りかん》したことで現在のような状態になってしまったらしい。見た限りでは全身が動かせず外的刺激にも反応しないが、喉《のど》から胃へと栄養物を摂取でき、時折声を上げたり立って歩き回ったりすることもあるらしい。カルテもなければインターネットにも繋《つな》がらないので詳しい病状は分からないが、恐らく脳に障害を負い思考能力と運動機能が大きく制限されているのだろう。

ただ、本来なら病院か専門の施設に入るべき状態だが、彼女はこの山奥の屋敷に隔離され、住み込みのヘルパーから介護を受けて生活している。彼女自身の判断ではなく、名家と称される資産家の身内がそのように取り計らっているようだ。彼女が一体何者なのか、実際にはどのような病気を患っているのか、なぜこんな環境に置かれているのか、疑問は多々あるが茜はそれを追求すべき立場ではない。所詮《しょせん》は訪問介護サービス会社の社員として、彼女を介護するために派遣されたヘルパーに過ぎないからだ。

病院勤務の看護師を辞職する前から一年かけてようやく見つけた仕事でもある。住み込みの仕事にも不満はなく、自分に向いているとさえ思い始めていた。人にはそれぞれ事情があり、日々、様々な問題を抱えて生きている。つまらない好奇心や向こう見ずな正義感で馘首《くび》になるつもりはなかった。

昼食のために訪れたダイニングはエントランスの左手にあり、その隣にはキッチンが併設されている。どちらもこの屋敷に似合った広く豪華な造りで、特にキッチンはレストランの厨房《ちゅうぼう》と見紛《みまご》うばかりにリフォームされていた。銀色に光る大型の冷蔵庫が二基並び、業務用らしきIHコンロと電気式のオーブンが一体となったテーブルも設置されている。広いシンクも使いやすそうで、食器棚には一目で高価と分かる皿やカップが展示品のように収められていた。

もっとも、妃倭子とヘルパーたちの食事を作る程度でこれほどの大規模な設備は必要ないだろう。冷蔵庫以外は使用頻度も少ないらしく、IHコンロも手前の二口だけに焦げ跡が薄く残っていた。

茜はダイニングの席に着くと、引田と熊川とともにサンドイッチとオニオングラタンスープの昼食を摂《と》る。妃倭子の食事風景を目の当たりにして不安を抱いていたが、こちらは卵もベーコンもスープもしっかり加熱した一般的な料理だった。

「おいしい……光江ちゃん、相変わらずお料理上手だね。こういうのをさらっと作れちゃうのが凄《すご》いよ」

「別に。有り合わせの食材で作っただけだから」

大袈裟《おおげさ》に褒める引田に対して熊川は素っ気なく返答する。丸い顔には笑顔もなく、目も合わせようとしない。しかし引田も特に気にする様子もない。二人が強い信頼関係で結ばれているというよりも、毎日こんな調子で暮らしているのだろう。

「あの、本当においしいです。いつもお屋敷での料理は熊川さんが担当されているんですか?」

「……何で?」

「何でって……その、上手で、おいしいので……」

「日替わりの当番制だから」

「あ、そうなんですね。すいません……」

茜は思わず頭を下げて謝罪する。褒めたついでに尋ねただけなのに、どうにもやりにくい。熊川は、当たり前だろ、とでも言いたげな表情をこちらに向けていた。

「そうそう。だから今日は光江ちゃんの番で、明日《あした》は私が担当するんだよ」

引田が途切れがちな二人の会話に割って入る。彼女がこの屋敷にいて本当に助かった。

もし熊川と二人きりだとしたら、さぞ息の詰まる共同生活になっていただろう。

「どうしようかなぁ。茜ちゃん、何かリクエストはある？　何でもいいは駄目だよ。でも難しいのは無しね。あ、それか一緒に作ろうか。お料理は得意？」

「い、いいえ、私もそれほど料理は……」

できないとは言わないが、得意とは思ったこともない。料理といえばインターネットのレシピサイトに頼りきりなので、それが使えないここでは苦労しそうだ。

「……そういえば、妃倭子さんはどんな料理がお好きなんですか？」

「え、妃倭子さん？」

「今日の昼食は見ましたけど、他にはどんな料理を出しておられるんですか？」

毎日の料理が当番制なら、妃倭子に出す食事も作ることになるだろう。雇い主で要介護者なので自分たちよりも気を遣うが、彼女には何を出せばいいのか全く見当も付かなかった。

「ああ、それなら考えなくても大丈夫だよ」

しかし引田は気楽な口調で答える。

「妃倭子さんは大体いつも同じ物を召し上がりになるからね」

「ということは、あのお肉のスープのような、料理ですか？」

焼く前のハンバーグを磨《す》り潰《つぶ》したような、料理とも呼べない流動食。あんなものを毎日食べさせて大丈夫なのだろうか。引田は問題ないといった表情を見せているが、カロリーや栄養バランスは考慮されているのだろうか。

しかし茜は疑問を口にすることなく黙ってうなずく。引田はこれまで通りのやりかたに従っており、今まで何の問題もなかったと話していたからだ。それに初日から研修中のヘルパーが先輩のやりかたに口出しすべきではない。現場では上級職と見られがちな看護師とヘルパー間でのトラブルはよくある事態だとインターネットの口コミサイトにも投稿されていた。

食事が終わると熊川は黙って席を立ち食器を片付け始める。

「あ、熊川さん、私がやります」

「いらない。食事当番が片付けと洗い物までやることになっているから」

熊川は中腰になった茜を冷たい口調で制する。

「茜ちゃん、明日は私と一緒にお料理しようね。逃げちゃ駄目だよ」

引田はフォローするように言葉を続ける。彼女が終始嬉《うれ》しそうにしているのは、妃倭子と熊川以外に会話のできる者が来たからかもしれない。茜は軽くうなずいて椅子に座り直した。

昼食が終わると今後の予定を聞いたのち、茜は自分の部屋に戻って一休みとなった。先に引田から説明を受けた通り、住み込みで介護にあたっているとはいえ妃倭子を二十四時間見守っているわけではない。あのような状態だが容体は安定しているらしく、体温や脈拍、呼吸や血圧などのバイタルサインを注視する必要もないそうだ。黒袋を被《かぶ》ってほぼ寝たきりを続けているので動き回る心配もなく、放っておけば日がな一日、あの天蓋《てんがい》付きの豪華なベッドの中で起きているとも寝ているともつかない状態で過ごしている。だから介護も食事と入浴と排泄《はいせつ》の介助だけで事足りて、むしろヘルパーが不用意に近づくほうが彼女のストレスになって良くないとのことだった。

茜は部屋のベッドに腰かけると、体がしぼむほど大きく息を吐いた。

苦痛を感じるようなことは何もなかったはずだが、全てが初めての経験に加えて、あの不可解な妃倭子の姿と介護を目の当たりにして頭も体も思った以上に力が入っていたようだ。

しかし疲れている場合ではない。次は午後四時に熊川とともに妃倭子の入浴介助を行うことになっている。仕事にも二人にも早く慣れる必要があった。

持参した二つのトランクの荷解《にほど》きをして服をチェストに収めたり、小物を机の引き出しにしまったりする。大した物は持ってきていないが、それでも服やタオルは入りきらないので、トランク自体も箱物家具として利用するしかないようだ。

屋敷自体は山間《やまあい》にあって間取りも広く取られているので都会よりも相当涼しいが、狭い個室の中で動き回っているとやはり蒸し暑い。とはいえエアコンを入れるほどでもないので窓を開放して荷物の整理を続けていた。窓の外側には金属の縦棒を並べた面格子《めんごうし》が塡《は》められている。網戸は付いていないので、夜は閉めきったほうがいいだろう。

ジワジワというセミの声が延々と部屋に響いている。遠くでかすかに聞こえる足音は、引田か熊川が歩いているのか。初対面の彼女たちは自分に対してどんな印象を抱いただろう。愛想のない地味な女と見られたか、元看護師のくせに鈍そうな奴と思われたか。二人がこそこそと会話をしている光景を想像して、慌てて掻《か》き消す。あまりそういうことは考えないほうがいい。いずれにせよ付き合ってもらうしかないのだから。

トランクの中身をあらかた浚《さら》ったところで、サイドポケットの底に見慣れない小物が一つ入っていることに気がついた。何だろう。キーホルダーのようだが入れた覚えはない。自宅の鍵《かぎ》でもなければ自転車の鍵でもないが、他に思いつく鍵もない。ということは、誰かにもらったどこかのお土産か、自分で買って忘れていた小物か、不思議に思って何気なく取り出してみた。

その瞬間、茜の表情が強張《こわば》った。

「……あなた、こんなところに入っていたの？」

思わず零《こぼ》れた自分の声にも胸を衝《つ》かれた。

ピンク色のハートマークの中に柔らかなタッチで描かれた女性と赤子のイラスト。さらに手書き風の丸っこい文字で書かれた【おなかに赤ちゃんがいます】の言葉。

それは去年買った雑誌の付録に入っていた、マタニティマークのキーホルダーだった。

11

ほぼ一年前となる去年の八月、茜は第一子を流産で亡くしていた。妊娠三か月、十二周目に入る直前の稽留流産《けいりゅうりゅうざん》……腹痛も出血もないままに、勤務先とは別の病院で胎児の死が確認された。

理由は考えても仕方がない。日常生活に無理があったのか、ストレスがあったのか定かではない。早期の流産は母体ではなく胎児の染色体異常によるものが多く、そもそも育つことはできなかったとも言われた。

昔は七歳までは神様のものだから、死んでも母親のせいではないとされていた。今はさすがにそこまで無責任ではいられないが、それでも妊娠十二週目までの流産は厚生労働省も死産とすら定めていない。役所に死亡届を提出する義務もなく、つまりはこの社会に存在した人間の死とは認められていなかった。それは同時に、茜も母親と見なされないことを意味していた。

ようやく人間の形になりかけていた、握り拳《こぶし》程度の胎児は、茜に痛みも後遺症も与えず、罪の意識も母親としての自覚も抱かせることなく子宮から去って行った。巡り合わせが悪かったと思うしかない。もう少し幻想的に言うと、天使が一休みして帰って行っただけなのだろう。そう納得するまでに半年ほどかかった。

生まれなかった子供の父親は、同じ病院に勤務する外科医の男だった。

どうしてそんな関係になったのかは、今さら振り返ったところで仕方がない。突き詰めるとお互いに魔が差したとしか言いようがなかった。妊娠が発覚した時にはもう、男は側にはいなかった。病院内にはいるが茜には近寄らなくなっていた。

流産のあと、何週間も経ってからようやく男と連絡を取った。人の目を避けて線路の高架下で落ち合って立ち話で全てを告げた。何か目的があったわけではない。父親になるはずだった男にも伝えておくべきだと思ったからだ。そして出生届も死産届もないが、確かに我が子が存在したという思いを共有しておきたかったからだ。

男は自分を捨てたことを責められると思っていたらしく、何か言い訳を考えていたらしい。しかしそれを聞く前に茜から妊娠と流産を報告すると、彼はいきなりその場で土下座をした。年齢も立場も遥《はる》かに上の男が汚い地面に頭を擦りつける姿を見て、驚くとともに気持ちが揺らいだ。今まで何も報告しなかったのは自分のほうで、流産の責任を押し付けるつもりもない。謝罪を受けるいわれもないと思っていたからだ。

しかし、そうではなかった。

男には妻子がいたのだ。

ああ、そういうことだったのかと、道端に転がる石塊《いしくれ》のように体を丸めた男を見下ろして納得した。あれ以来自分を避けるようになったのも、そういう理由があったからだと分かった。そしてこの土下座も、妊娠させてしまった茜への謝罪でもなければ、顔も見ない内に死んだ我が子への弔いでもない。ただこの事実を世間に広めないでくれという懇願に違いなかった。

男の真意に気づいた茜は、何もかもが虚しく思えてその場から立ち去った。彼の不誠実を責めることもなく、身勝手な要求に理解を示すこともなかった。自ら呼び出しておきながら、今すぐ男の前から離れたくてたまらなかった。紛れもなく事態の当事者でありながら、その立場に据えられることに耐えられなかった。

なぜ黙ったままでいたのか、なぜ泣き寝入りをしたのか、そう思う人もいるかもしれない。もし茜も友達から同じ話を聞いたら、きっとそう憤っただろう。あなただけ辛《つら》い思いをするのは間違っている。そんな男のことなど病院中に言い触らして評判を落としてやればいい。妻子にも告げ口して家庭崩壊へ追い込めばいい。せめて通院費は支払わせろ。いっそ裁判を起こして公然に慰謝料を請求すべきだ。なぜ復讐《ふくしゅう》しないのかと説得しただろう。

しかし結局、茜は何も行動を起こさなかった。これ以上男と関わる気になれず、世間を騒がす気も起きず、何事もなかったことにしようと思った。数少ない友達にも不満を訴えず、親にも相談しなかった。当時の茜には揉《も》め事を起こすだけの気力も体力もなく、その上孤独だった。そして何より、生まれることすらできなかったあの子を盾に訴えたり、他人の同情を引いたりしたくなかった。

茜の望みは誰も何も知らないまま元の環境に戻ることだった。だが次第に周囲の看護師や職員たちの態度がよそよそしくなり、避けられるようになっていった。孤独というのは周囲に事実を伝えずに済む一方で、周囲の変化にも気づきにくい弱点がある。いつの間にか看護師たちの間で、茜が外科医の男の子供を妊娠して流産したという、事実と寸分違《たが》わない噂話が広まっていた。

あの男が同僚の医師や看護師に相談したのが伝わったのか、それとも二人の関係を見抜いた誰かが推理を働かせて噂話を作ったのか、本当のところは最後まで分からなかった。ただ茜が肯定も否定もしなかったために、事実が噂話としてまことしやかに広まるという最悪の事態になってしまった。今さら本当のことだと公言する気にもなれない。だが違うと嘘を吐くのも、我が子の存在を自ら否定するように思えて絶対にできなかった。スマートフォンが嫌いになったのもその頃からだった。同僚や親からの連絡に返答するのも煩わしくなった。やがて何もかもを捨ててしまいたいと思うようになり、病院を辞めて転職を望むようになった。

これも世間に言わせれば愚かな逃亡と思われるかもしれない。しかし茜の心身は、もうそれ以外の手段は思いつけないほど疲弊し追い込まれていた。体調も崩しがちになり、今すぐにでも仕事を辞めないと過労で死ぬか自殺を選んでしまうとすら考えるようになった。直属の上司にあたる看護師長からは慣例的に引き留められたが、それで決心が揺らぐはずもなかった。さらに上の看護部長からは、あらそう分かったわと事務的に返された。昨年末に最後の仕事を終えると、そのまま普段通りの態度で病院から立ち去った。同僚の大半は、年が明けてから辞めたことに気づいただろう。

「いつの間に入っていたんだろう……そんなに一緒にいたかったのかな？」

茜は呆《あき》れたような笑みを浮かべてマタニティマークのキーホルダーに話しかけた。そして再びトランクのサイドポケットに戻すと、ぽんぽんとポケット越しに二度優しく叩《たた》いた。全てが終わった今となっては悲しみもなく、むしろ愛着のようなものを感じている。思いあまって捨てるようなことがなくて良かった。一度も身に着けることのなかったキーホルダーは、皮肉にもあの子の存在を証明する唯一の遺品となっていた。

12

茜は入浴介助用の防水エプロンを身に着けると、午後四時前に部屋を出て熊川とともに妃倭子の寝室へ向かった。浴室はヘルパーたちが使用する場所とは別に、寝室と直結した隣室に設けられている。必要となるタオルや着替えもそこにストックされているとのことだった。

「夏場の入浴は月・水・金の週三回。今までは引田さんと一緒に介助していたけど、これからは交代か、手の空いている二人が担当することになると思う」

「分かりました」

「今日は私が全部指示を出すから、栗谷さんは言われた通りにやって」

熊川は気怠《けだる》そうな足取りでゆっくりと歩きながら、冷めた口調でぼそぼそと話す。その陰気さは物寂しい屋敷の雰囲気には馴染《なじ》んでいるが、介護ヘルパーとしては褒められた態度ではないだろう。彼女がこの屋敷で働いているのも、住み込みゆえの人手不足によるものかもしれない。

マスクとゴム手袋を着けると、忘れかけていた緊張感が蘇《よみがえ》って身が引き締まる。この感覚は医師の助手として手術室へと入る瞬間と似ている気がした。燭台《しょくだい》を手にした熊川に続いて寝室に足を踏み入れると、実際に空気が異質に変化したのを感じる。閉めきった室内には例の血と汚物を混ぜた腐敗臭が充満していた。

「先にお風呂《ふろ》にお湯を張って浴室を温めておくから」

部屋の燭台に火を灯《とも》して回ったのち、熊川は寝室を横切って右手奥の部屋へと向かう。中央のベッドは天蓋《てんがい》から下がったカーテンが閉まったままになっていた。物音一つ聞こえてこないが、あの中では妃倭子が昼間に見た時のままでいるのだろうか。茜は見えない主《あるじ》に見張られているような気がして軽く会釈をして通り過ぎた。

ドアを開けた隣の部屋も真っ暗なので熊川は四隅の燭台に火を灯す。洗面台とトイレと衣類や小物を収納するストッカーが見えて広い化粧室だと分かった。中央には入浴介助に使う移動式のベッド、ストレッチャーが置かれている。その向こうにはベージュのタイルが貼られた浴室があり、大人一人が横になって入れる大きさの浴槽が設けられていた。

むっとした湿り気と水の臭いがマスク越しに伝わってくる。窓はあるようだが換気は行き届いておらず、古い空気が室内に滞っていた。掃除はされているが経年の劣化により床のタイルにはヒビが入り、壁にも傷や穴が目立っている。その隙間からは闇が漏れるように黒カビが繁殖していた。

熊川は浴槽にお湯を溜《た》め始めると、ストレッチャーを押して寝室へと戻る。茜は指示されるままに先回りしてベッドのカーテンを開いた。妃倭子は黒い袋を被《かぶ》って仰向《あおむ》けになったまま静止している。茜たちが姿を現してもやはり何の反応も示さなかった。

「ストレッチャーに乗せるから、腰を抱えて」

熊川はそう命令して妃倭子の頭側へと向かうと、妃倭子の横側から肩と背中の下に両腕を差し込み持ち上げようとする。茜は慌てて隣に付くと、同じように妃倭子の尻《しり》と膝《ひざ》の間に腕を差し込んだ。ぐっしょりと濡《ぬ》れた感触が赤いローブ越しに伝わる。失禁しているのだろうか。体は外気温よりも冷たくて、大木のように重い。意識のある人間は自分で重心を移動させてバランスを取ろうとするので、実際の体重より軽く持ち上げられる。やけに重く感じられるのは麻酔などで昏睡《こんすい》状態にある者か、自らの意思で体を動かせない寝たきり状態の者か、死体だった。

「早く運んで」

熊川は吐き捨てるように言って茜を急《せ》かす。命令口調に戸惑いつつ妃倭子をストレッチャーに寝かせると、熊川は無遠慮に服を脱がせ始めた。気がつけば彼女は未《いま》だに一言も妃倭子に話しかけていない。どうせ反応がないのだから無意味だと考えているのかもしれないが、引田と比べて随分と乱暴な扱いに思えた。

脱がせたローブを化粧室の洗濯籠《かご》に入れて、妃倭子を乗せたストレッチャーはそのまま浴室へと運び込まれる。お湯の溜まった浴槽からは湯気が立ちのぼり、水を避けるためにフードを被せられたロウソクの明かりが室内をぼんやりと照らしていた。

「お湯に入れるから、持って」

言われるままに妃倭子を再び抱え上げて浴槽に入れる。浴槽は介護用の底が浅い形状になっているので、入れやすく、出しやすく、頭が沈んで溺《おぼ》れる心配もない。白い靄《もや》に覆われた薄暗がりの中、裸の体に黒い袋を被って風呂に浸《つ》かる女の姿に、茜は悪夢を見ているかのような非現実感を抱いていた。

「このまま私は歯磨きをさせるから、栗谷さんは足の方からスポンジで体を擦《こす》って汚れを落として」

「は、はい。分かりました」

茜は浴室の隅に置かれたバスラックから腐った脳のような海綿のスポンジを拾い上げる。石鹸《せっけん》やボディソープで洗うようなこともしないらしい。妃倭子の足を取って慎重な手つきで指先から擦り始めた。お湯に浸かっているお陰でようやく温《ぬく》もりを帯びるようになったが、青緑がかった両生類《ひと》のような肌の色からは人間らしさが感じられない。少しむくんだ感触もあり、全身が酷い血行不良に陥っているようにも思えた。

熊川は妃倭子の黒袋を口元まで引き上げると、化粧室にあった歯ブラシを使って乱暴に口内を磨いている。喉《のど》に直接生肉を流し込む食事を行っているが、口腔《こうこう》内のケアは定期的に行うほうが良い。何も噛《か》まなくても虫歯になることもあり、意思疎通が困難な者ほど重症化する危険があるからだ。

誰も何も言葉を発しないまま、清掃作業のような入浴介助が続けられる。ふと見ると熊川は眉間《みけん》に皺《しわ》を寄せて、睨《にら》むような目付きで妃倭子の歯を磨いていた。これまでも愛想がなくぶっきらぼうな態度ではあったが、その顔は常に無表情で何を考えているのか分からないところがあった。それが今は、まるで憎しみを籠《こ》めてナイフで滅多刺しにするかのように歯ブラシを動かしていた。茜は思わず顔を伏せて何も見なかったふりをする。一体どうしたのか？　彼女のことがますます分からなくなってきた。

「栗谷さん、あとは任せるから」

熊川はうつむいて介助を続ける茜に向かって声をかける。改めて顔を上げると、彼女は見慣れた無表情のまま妃倭子が被る黒袋を元に戻していた。

「全身洗い終わったら、お風呂の栓を抜いてお湯を捨てて、その後シャワーで洗い流して。そこまで済んだら呼んで。またストレッチャーで運んでベッドに戻すから」

「はい……熊川さんは？」

「ちょっと休憩してくる。ここのお風呂場、暑くてやってられない」

熊川は悪びれもせずに返す。茜は少し呆気《あっけ》に取られたが、何も言わずにうなずいた。肥満体型なので特に暑さを感じて疲れやすいのだろう。先ほど見た恐い表情は暑苦しくてうんざりしていたのかもしれない。

「それじゃ、よろしく」

「あ、熊川さん。妃倭子さんの頭も洗っていいんでしょうか？」

「袋は取るな！」

突然、熊川は弾《はじ》けたように声を荒らげる。茜は息を呑《の》んでスポンジを持つ手を止めた。

「あ、あの……」

「妃倭子さんの頭の袋を取るのは禁止。引田さんから聞かなかった？」

「い、いいえ。聞いていました。顔を見ちゃいけないって」

「取るなって言われていたのに、どうしてそんなこと聞くの？」

「その、髪やお顔も洗ったほうがいいのかと思って……」

「袋を取らずにどうやって洗うつもり？　髪も顔も放っておけばいい。あなたは言われた通りにやって」

「は、はい、そうですね……すいません」

茜は頭を下げて謝罪する。熊川はしばらく疑うような目付きで見下ろしていたが、やがて何も言わずに浴室から立ち去った。気軽に尋ねたつもりだったが、そこまで激昂《げっこう》されるとは思わなかった。反論する前に驚きと恐怖で口が利けなくなってしまった。

13

茜は動悸《どうき》を落ち着かせるためにスポンジを動かして妃倭子の体を洗う。寝室から出る

い。
気を帯びたシルクの生地が顔に張り付いているが、彼女は息苦しそうな素振りも見せな
手という理由だけで隠されているの？　引田と熊川は一度も覗《のぞ》いたことがないの？　湯
暗闇に覆われた天井を見上げている。一体あの中はどうなっているの？　本当に光が苦
り、ヘドロのような生臭い汚物が浮かんでいた。黒い袋に包まれた頭部は上を向いて、
こともなく、週に三回の入浴介助を受けているにもかかわらず、お湯は泥水のように濁

「……妃倭子さんは、私の声が聞こえているのですか？」
自問自答するような声がお湯の音に流れていく。妃倭子からの返事はない。五秒、十
秒、三十秒待っても唸《うな》り声一つ聞こえてはこなかった。
首元までまんべんなく洗い終えたところで、浴槽の栓を抜いてお湯を排出する。サウ
ナのような浴室での介助は想像していたよりも重労働で、茜は汗と湯気で全身がずぶ濡
れになっていた。新人だからといってこんな仕事を自分一人に押し付けた熊川に腹が立
つ。恐らく引田と二人で入浴介助を行っていた時は休憩など取っていなかっただろう。
シャワーからお湯を出して妃倭子の肩口から残った汚れを落としていく。しかし栓を
抜いているにもかかわらず排水される量が少ないのか、浴槽の水位が再び上昇しつつあ
ることに気づいた。何かが詰まっているのだろうか。茜は腕をまくって濁ったお湯の中
に手を差し込んで浴槽の底を探る。
何か繊維状の塊が指先に触れて、茜は思わず手を引いた。

今のは何？　覚えのない不思議な感触に戸惑う。確かなことは分からないが、濡れたハンカチや靴下のような手触りだった気がする。妃倭子か熊川の持ち物だろうか。それが浮かばずに沈んでいるということは、一部が排水口に吸い込まれて栓の代わりになってしまったのだろう。

茜は改めて浴槽に手を入れて、慎重にその塊に触れる。やはり判然としないが昆虫や汚物とは思えず、まさかネズミの死骸《しがい》というわけでもなさそうだ。そこまで確信してから塊をしっかり摑《つか》んで引き上げた。予想通り、お湯は排水口からごぼごぼと勢いよく流れ始める。

摑んでいたのは、長く茶色い髪の束だった。

ぞわっと背筋に冷たいものが通り抜けて反射的に手を振り払う。べちゃりと、湿った音を立てて髪の束が足下の床に落ちた。それでも指先や手首に数本巻き付いていたので何度も振って落とし、さらに出しっ放しのシャワーで洗い流した。

どうしてこんな物が？　いつから浴槽に沈んでいたの？　髪は一本や十本ではなく、片手で摑んだ一房ほどもある。長さから見ても明らかに人間の頭髪だった。

誰かの頭から抜け落ちたのか。しかし屋敷には引田と熊川しかおらず、他はたまに高砂が訪れる程度ではないだろうか。三人の頭に脱毛した跡など見つけていない。それでは誰かがこの浴室で髪を切ったのか？　この広い屋敷の中で、わざわざヘルパーが要介護者の浴室で散髪するだろうか？　いや、そもそも三人とも髪は黒く、この髪のように茶色に染めるか脱色した者もいないはずだった。

茜は目線を動かして、黒袋を被《かぶ》った妃倭子の頭部を見つめる。まさかこれは、妃倭子の髪なのだろうか。熊川が彼女の歯を磨くために、首元のリボンを緩めて袋を口元まで引き上げた際にお湯の中に落ちたのだろうか。そう想像するのが自然だが、そうなるとこの髪の束は妃倭子の頭からごっそりと抜け落ちたことになる。一体なぜ？　考えれば考えるほど頭は混乱し、恐怖に近い不安に駆られて焦りを覚えていた。

負の感情を洗い流すように妃倭子の体をシャワーで清めたのち、熊川を呼んで二人でストレッチャーに乗せる。彼女は相変わらず不機嫌そうな顔のまま黙って介助に当たっていた。不気味な頭髪はすでに茜が拾い上げてゴミ箱に捨てている。妃倭子さんの髪でしょうか？　と尋ねたかったが、それがどうした、余計なことをするなと叱られそうで気が引けた。黒袋を取って顔を見たと誤解されそうなのも嫌だった。

化粧室で妃倭子の体をバスタオルで丁寧に拭《ぬぐ》い、洗った下着とローブに着替えさせる。ローブは今まで身に着けていた物と全く変わらない赤色だった。寝室へと運んで再びベッドに横たわらせるが、熊川はもう持ち上げようともせずに妃倭子をストレッチャーからベッドへと転がした。

「じゃ、これで終わりだから」

「え……でも、ちょっと待ってください」

見かねた茜が妃倭子の足を伸ばして腰や肩の位置を整える。いくら何でも乱暴過ぎる。

まるでゴミでも捨てるかのような熊川の振る舞いはさすがに我慢できなかった。

「熊川さん、ちゃんと妃倭子さんの姿勢を整えておかないと駄目です」

「何で？」

「何でって……妃倭子さんはほとんど動けないんですよ。体が歪《ゆが》んだままだと骨や関節を傷めてしまいます」

「看護師からのご指摘ってこと？」

「そんなつもりはありません」

「体が歪んだならまた戻せばいい」

「よ、良くないです。妃倭子さんが痛いじゃないですか」

「痛い？」

熊川は冷めた目で妃倭子を見下ろすと、左手の指を伸ばして動かない彼女の手の甲を抓《つね》った。

「誰が痛いって？」

「熊川さん……」

「どこも動かないし、何も考えていない。目も見えないし、耳も聞こえない。痛くもないし、苦しくもない。この人はもう、ただ生肉を食べて出すだけの女だから。ゾンビと一緒」

「やめてください！」

茜は熊川の左手首を摑んで引き離す。もう先輩も後輩も関係ない。それは言ってはいけないことであり、やってはいけないことだった。

「こ、これ以上妃倭子さんを傷付けたら、引田さんと高砂さんに報告しますよ」

「……本気で言ってるの？」

「あ、当たり前です。新人だからって馬鹿にしないでください」

茜は熊川を睨《にら》み付けて訴える。熊川は顔色も変えずに細い目でじっと見返していた。

やはり熊川はまともではない。初めは看護師上がりの新人へのやっかみで、わざと冷たい態度を取っているのかと思っていた。しかし攻撃対象が要介護者の妃倭子にまで及んでいると気づいて、その異常性に確信を得た。彼女は妃倭子を憎んでいる。どういう理由かは知らないが、あるいは仕事とはいえ山奥に住み込んで介護をさせられていることの状況そのものが理由なのかもしれないが、親身になって妃倭子を介護しようという気持ちもなければ、与えられた職務を遂行しようという意識もみられなかった。

その時、リビングと繫《つな》がる寝室のドアがガチャリと開く音が聞こえた。

茜は熊川から目を逸らして音のほうを振り返る。いずれにせよ、ここで熊川と言い争いの喧嘩《けんか》などすべきではない。まあまあ、二人ともどうしたの？　と引田が陽気な口調で仲裁に入ってくれるのを期待していた。わずかに開いたドアの隙間から、一条の光が暗闇の寝室に眩《まぶ》しく射し込んでいる。しかし賑《にぎ》やかな彼女の声は聞こえてはこない。

逆光の前には、一人の小さな男の子が佇《たたず》んでいた。

「……誰？」

茜は思わず小声で問いかける。どこから現れたのか、白い半袖《はんそで》のシャツと黒い半ズボンを着た、小学校低学年くらいの男児がじっとこちらを見つめていた。広い額に色白の肌、感情の窺《うかが》えない表情と微動だにしない様子が人形のようにも見えるが、もちろんそんなはずがない。この山奥では近所に住む子が紛れ込んだとも思えなかった。

「何か用？　広都《ひろと》君」

後ろから熊川が静かな声で尋ねる。茜は驚きながら首を回して二人を交互に見た。

「ヒロト君？」

「……高砂さんから聞いてない？　屋敷の子供のこと」

「き、聞いてません。この子もお屋敷に住んでいるんですか？」

「妃倭子さんの息子だから。『広い』に『都《みやこ》』と書いて広都君」

「息子……」

茜は目を丸くさせて広都と呼ばれた子を見つめる。男の子はわずかに眉《まゆ》を寄せた怪訝《けげん》そうな顔を見せてから、背を向けて走り去った。

14

午後七時を過ぎると屋敷は夜の闇に包まれた。麓《ふもと》ではまだ黄昏《たそがれ》の時刻だが、四方を深い森に囲まれているここでは、傾いた日が高い木々の裏に隠れると途端に暗くなってしまうようだ。ということは、朝日が届くのも随分と遅くなるのだろう。つまりここでは夜がとても長く続くはずだった。

入浴介助のしばらくのち、茜は妃倭子に夕食を摂《と》らせるために再び引田とともに寝室を訪れた。介助の方法も食事の内容も昼食と全く変わりなく、例のクスコ式膣鏡《ちつきょう》、ステンレス製の漏斗を妃倭子の喉《のど》に挿し込んで生肉のスープをゆっくりと流し入れた。二度目なので取り乱すこともなく、にこやかな笑顔を見せる引田に合わせ愛想笑いを固めて介護に務めることもできた。しかし妃倭子からはやはり一切反応はなかった。

妃倭子の食事介助を終えると今度はヘルパーたちの夕食となる。昼食と同じくダイニングへ赴《おもむ》くと、熊川がすでに配膳《はいぜん》を済ませていた。ペパロニとチーズのピザ、バジルを使った緑色のジェノベーゼパスタ、それにサラダとスープとパンが並んでいる。食卓では先に男の子が席に着いて切り分けられたピザに齧《かじ》りついていた。

「そっか、茜ちゃんは知らなかったんだね、広都君のこと」

皆で食事を始めるなり、広都の隣に着席した引田が話を始める。

「お昼ご飯の時は私たちがちょっと遅かったから会わなかったね。妃倭子さんの息子さんの宮園広都君。六歳の男の子だよ」

「息子さんが、おられたんですね」

六歳ということはまだ就学以前の子供か。屋敷に住んでいるなら幼稚園へも行っていないだろう。黙々と食事を続ける様子は拙《つたな》いながらも落ち着きがあり、世間の子供のような移り気も見られない。初めて見た時、もう少し年上に思えたのは恐らくその物静かさにあった。酷《ひど》く引っ込み思案の性格なのか、そのように教育されているのか、少年の口からはまだ一言も声が聞こえてこなかった。

「こんにちは広都君。今日からお屋敷に来た栗谷茜です。よろしくね」

向かいの席から茜は笑顔を見せて挨拶《あいさつ》するが、広都は皿から顔を上げようともしない。食事に夢中で返事もできないのか。対応に迷って引田を見ると、彼女は小さく首を振った。

「広都君、耳が聞こえないんだよ」

「え、耳が？」

引田が広都の前でテーブルをトントン叩《たた》く。すると男の子は顔を上げて引田に目を向け、続けて彼女が指し示した茜のほうを振り向いた。

「広都君、今日からお屋敷に来てくれた茜ちゃんだよ」

「あ……えっと、栗谷茜です。よろしくね、広都君」

茜は先ほどよりも声を上げてゆっくりと挨拶する。広都はやや目尻《めじり》の下がった眼差《まなざ》しを向けたまま、じっと固まって瞬《まばた》きを繰り返していた。肌はゆで卵のように白く滑《なめ》らかだが、眉間《みけん》や口元に入った皺《しわ》からは老人のような頑《かたく》なさと思慮深さが窺えた。

「……耳が聞こえないんですね。大声で話しても？」

「駄目みたい。生まれつき両耳とも全く聞こえないんだって」

「そんな……」

「でもとってもお利口《りこう》さんでいい子だよ。好き嫌いもないしね」

引田は気楽な調子で語るが、茜はさすがに笑顔にはなれない。世間から離されているのも耳が聞こえないせいだろうか。先天性のものか、生まれてから重い病気を患ったのかは分からないが、たった六歳で両耳全聾《ぜんろう》となると、特別に訓練しないと満足に言葉を発することもできないだろう。広都が年齢の割に大人しく見える理由もそのためか。子供らしさの大半は年相応《としそうおう》の騒がしさにあるからだ。

茜はポケットからメモ帳を取り出すと平仮名で名前を書き、ページを破いて広都に差し出す。彼が顔を上げると自分の鼻を指差して微笑んでみせた。耳が聞こえないならこうやって名乗るしかない。

広都は何の反応も示さずにじっとこちらを見つめている。メモ紙をさらに押しやると、ようやく理解してそれをズボンのポケットに収めた。そして隣席の引田が彼にうなずくと、再び顔を下げて食事に戻った。

「まだ小さいのに大変ですね……広都君の世話はどなたがされているんですか？」

「世話ってほどじゃなけど、一応私たちが面倒を見ているよ」

「……他にご家族はおられないんですか？」

「だってママの妃倭子さんがあんな状態じゃない」

「いえ、妃倭子さんはそうですけど、お父さんや身内のかたは……」

「パパもいないみたいだねぇ。お屋敷には私たちと妃倭子さんと広都君しかいないよ」

「はぁ、そうなんですか……」

茜は男児を取り巻く奇妙な環境に戸惑う。高砂はなぜこんな重要なことを先に伝えておいてくれなかったのだろう。母子の二人暮らしと言っても、母親は黒袋を被《かぶ》った寝たきり状態の妃倭子だ。まともな世話などできるはずもなかった。

父親は一体どこへ消えたの？　まさか二人を捨てて逃げたの？　他の身内はそれも承知で母子をこの屋敷に隔離したの？　疑問は尽きないが引田も詳しいことは知らないようだ。

「引田さん、冷めるから早く食べて」

隣から熊川が催促する。それに合わせて茜も話をやめて食事を始めた。熊川とは午後の言い争いから不穏な関係になっていたが、夕食を出さないような意地悪はされなかった。

「うん、今日もおいしいよ、光江ちゃん」

引田は食事中も話をやめる様子はない。

「茜ちゃん、気づいた？　光江ちゃんって、ピザもパスタも生地から作っているんだよ」

「へぇ、生地からだなんて大変じゃないんですか？」

「そりゃ大変だよ。パンだってオーブンを使って焼いてくれているんだよ」

「パンもですか？　それは凄《すご》いです」

「別に。どうせ全部小麦粉だから」

熊川は相変わらず話の腰を折るような態度で返答する。引田は顔の前で激しく手を振った。

「だから凄いんじゃない。私なんていつも麓のスーパーで買ってくるだけでしょ？　比べものにならないよ」

「スーパーで買ってきたほうが早くておいしいから」

「またまた謙遜《けんそん》しちゃって。パンもパスタも光江ちゃんが作ったほうがおいしいに決まっているじゃない。ねぇ茜ちゃん」

「はい、私もそう思います。サラダもスープもお店で食べているみたいです」

「でしょでしょ。だから私、お屋敷の食事はみんな光江ちゃんがしてくれたらいいと思うんだけど」

「毎日は嫌。当番制だから引田さんも、栗谷さんも作って」

「……だって。負けないように頑張ろうね、茜ちゃん」

引田はそう言って闊達《かったつ》に笑う。茜も釣られて小さな笑い声を上げる。熊川は目を伏せてスプーンでスープをすくっていた。熊川は妃倭子の介護を忌み嫌い、あからさまに暴力的だが、料理に関しては茜には真似できないほど手間をかけて作り込んでいる。現状の不満を料理という趣味で発散させているのだろうか？　料理人だった前職にまだ未練を抱き続けているとしたら、彼女の態度や行動も納得できるような気がした。

茜は妃倭子の入浴介助での出来事を引田に伝えていない。熊川が要介護者を粗雑に扱い侮蔑《ぶべつ》していたことも、浴槽の排水口から異様な髪の毛の束を見つけたことも報告していない。それはまだ新人だからという引け目もあったが、何よりもこの閉鎖された空間での雰囲気を乱すことに踏みきれなかったのも理由だった。

病院に勤めていた頃から、告げ口や悪口や噂話で組織やチームの関係性が悪くなるのを何度も経験している。女性の多い看護師たちの間では特にその傾向が強く、業務に悪影響を及ぼして病院全体の深刻な問題に発展することも知っていた。引田はこの屋敷内のリーダーであり、バランサーであり、信頼できる常識人だ。不満を訴えるにも彼女の負担にならないよう慎重にすべきだった。

がぁー、というカラスの鳴き声のような濁った音がダイニングに響く。

「あら、広都君、もうごちそうさま？」

引田が声を掛けると広都はうなずきながら席を立つ。先ほどの声は彼の喉《のど》から出た音のようだ。

「じゃあ歯磨きしておやすみなさいだね。ママもう眠っているから邪魔しちゃ駄目だよ」

続けて片手を上げて歯を磨くジェスチャーを見せる。広都は再びうなずいてダイニングから立ち去った。

「……広都君はどこで寝ているんですか？」

「二階にお部屋があるんだよ。茜ちゃんはまだ行っていなかったよね？　明日《あした》、お掃除する時に上がってみるといいよ」

「はぁ……私も何か、あの子の世話をできることはありますか？」

「そうだねぇ。一応は気に掛けておいてほしいけど、そこまで目を配っておくこともないと思うよ」

引田はパスタをフォークに巻いて口に入れつつ答える。

「……放っておいても一人で寝られるし、朝もちゃんと起きてくるからね。耳と口は不自由だけど、平仮名と片仮名は読めるから筆談もできるんだよ。何か言いたいことがあったら寄ってくるけど、あまりそういうこともないかなぁ。手間がかからなくて本当に助かるよ」

「普段は二階の部屋にいるんですか？」

「大体はそうだね。本を読んだりお絵描きしたり。今日はお外で遊んでいたみたいだけど」

「外？　危なくないんですか？」

「森へは入らないよ。お屋敷の庭で虫取りでもしているんじゃない？」

「あ……」

引田の話を聞いて茜ははたと気がついた。今日の昼、この屋敷を初めて訪れた際にふと見かけた影は、たぶんイノシシではなく広都の姿だった。庭で一人遊びをしていたあの子が、やってきた自動車を見かけて顔を出したのだ。すぐに姿をくらましたのは見たことのない茜がそこにいたからだろう。

控えめに食べ散らかされた食器をテーブルに残して、広都はダイニングを出て屋敷のどこかへ消え去った。引田は利口で手間のかからない子と褒めているが、茜はその大人しさが不自然に感じられてならなかった。少なくとも六年前まで、妃倭子は妊娠して出産できる体だった。その後に彼女は難病に冒されて、今のように黒袋を被ったほぼ寝たきりの状態になってしまった。広都は母親のそんな変わりゆく様を見続けてきたのではないだろうか。そしてこの人里離れた広い屋敷で、派遣された見知らぬヘルパーたちの世話を受けて、全く音の聞こえない中で育ってきたとしたら、男児の人格形成にどのような影響を及ぼしたかなど想像も付かなかった。

「どうしたの？　茜ちゃん」

引田が不思議そうな顔で声を掛けてくる。茜は顔を上げると小首を傾げ、とぼけた振りを見せて誤魔化した。

「茜ちゃん、お屋敷で今日一日過ごしてみてどうだった？」

「あ、はい。えっと……」

「初めてのことばかりだったと思うけど、このお屋敷での介護のこと分かってくれたかな？　何か気になることはあった？」

「気になることは……いえ、特には」

茜はそう答えて愛想笑いを浮かべる。

「仕事の内容はお二人からしっかりと教えてもらえたので大丈夫です。慣れるまでにはもう少し時間がかかりそうですが……」

「難しくないから平気だよ。妃倭子さんとも上手《うま》く付き合えそう？」

「そう……ですね。穏やかで物静かな人なので、安心してお世話できそうです」

「良かった。茜ちゃんなら妃倭子さんともきっと仲良くなれるよ。頑張ろうね」

「ありがとうございます。よろしくお願いします」

茜は小さくうなずいて応《こた》える。正直に言うと気になることや分からないことだらけの一日だったが、それを問い質《ただ》しても引田から望むような答えは返ってこないだろう。彼女は妃倭子を敬い、この屋敷での仕事を気に入っている。それが介護ヘルパーとして正しい姿に違いない。自分もそのためにこの仕事を任されたのだ。

「言いたいことがあれば言えばいいのに」

突然、熊川からナイフのように鋭い言葉が投げかけられる。細い目が射貫《いぬ》くようにこちらを見ていた。茜は言葉に詰まって静止する。熊川の真意が分からない。言えるものなら言ってみろと煽《あお》っているのか。わざと揉《も》め事に発展させるつもりなのか。

「そうそう。光江ちゃんの言う通り、言いたいことがあったらじゃんじゃん話してね。せっかく一緒に住んでいるんだから、遠慮はいらないよ」

引田は熊川の発言を受けて賛同する。茜は、はいと答えて再びうなずいたが、それ以上は何も言わなかった。

15

ふと気がつくと、茜は妃倭子の寝室に一人で佇《たたず》んでいた。

ロウソクの火が灯《とも》る燭台《しょくだい》が辺りを取り囲み、淡い光をもたらし陰影を揺らしている。頭上に覆《おお》い被《かぶ》さる闇は重みを感じるほど暗く、顔を下げても自分の手元すらぼんやりしてよく見えなかった。

空気はなぜか冷蔵庫のように冷たく乾き、じっとその場に滞っている。目が慣れてくると壁際の調度品の縁や足下の赤いカーペットの色がかすかに見えるようになり、やがて部屋全体の様子が認識できるようになった。

豪華な天蓋《てんがい》の付いた大きなベッドが、正面の奥で存在感を放っていた。

茜は細く静かな呼吸を繰り返しながら、ゆっくりと一歩ずつ足を進めていく。ブウゥーンというノイズが途切れることなく部屋にこだまし、頭に響いていた。いつの間にここへ来たのか？　何をしに来たのか？　という考えが頭を過《よ》ぎることはなかった。当然のごとくここにいて、決まり切ったようにそこへと向かっていた。

見えない視線が四方から感じられる。隅の闇溜《やみだ》まりに獣が息を潜めてこちらを窺《うかが》っている気がする。前方からも強烈な気配がカーテン越しに伝わってきた。顔は固まり、筋肉は強張《こわば》り、肌は総毛立っているが、歩みを止めることはできない。ゆったりとした襞《ひだ》の付いたカーテンがドレスカートのようにも見えて、まるで巨大な貴婦人に見下ろされている気持ちになった。

天蓋の縁から何枚も吊《つる》された呪符《じゅふ》のようなハエ取り紙を避《よ》けて、カーテンの切れ目に触れる。逃げることはできない。宮園妃倭子の介護がヘルパーである自分の役目だから。自ら望んでこの仕事を選び、この屋敷へ来たのだから。心臓が胸の内側から蹴《け》りつけるように拍動《はくどう》している。何度も目にした光景を思い返して、充分に覚悟を決めてから、すっとカーテンを引き開けた。

ベッドの上には誰もいなかった。

「……妃倭子さん？」

喉の奥から掠《かす》れた声が漏れる。意外な状況に直面して頭は混乱し、息は乱れ、体が震えた。妃倭子がいない。彼女はどこへ行った？　いや、どこへ行ける？　寝たきりで体が固まり、頭にあの黒い布袋を被った姿で。

ベッドの上には妃倭子の代わりに、背後から燭台の明かりを受けた茜の影が亡霊のように留《とど》まっている。さっきまでカーテン越しに届いていた気配は、この自分自身の影だったのだろうか。今はもう何も感じない。正体が分かった影に脅えるはずもなかった。

その影が、二つに分かれた。

ぞわっと、背中に触れる空気の感触が変わった。まるでアメーバのように分裂を始めた影。一方は茜の影だが、その肩の辺りから別の大きな頭部が突き出していた。体に異常が起きたわけではない。もう一つの影は、背後に立つ人物によるものだ。茜は呑《の》んだ息を止めたまま、ぎこちない動作で首を回して振り返った。

宮園妃倭子が、すぐ真後ろに立っていた。

「き、妃倭子さん……」

茜は声を出せずに唇だけで呼びかける。頭から黒い布袋を被った背の高い妃倭子が、いつの間にか背後に現れていた。体の横で腕をだらりと垂らして、足をカーペットに沈ませている。ロウソクの明かりが後光となって彼女の体を縁取っていた。

妃倭子は直立不動のまま見下ろすように立っている。茜も彼女の真似をするかのように、棒立ちになったまま動けない。頭の中が空虚になって、何も考えられない。強烈な腐敗臭が鼻を塞《ふさ》ぎ、ブウゥーンというノイズが次第《しだい》に大きくなって耳を圧迫していた。

妃倭子の首に付いた黒いリボンが、ひとりでに解《ほど》けていく。

ゆっくりと、頭の黒い布袋が手も触れないまま持ち上がり始めた。

駄目です……やめてください、妃倭子さん！

茜は首を小さく左右に振り、声にならない悲鳴を上げる。瞬《まばた》きを忘れた目が涙に滲《し》み、からからに渇いた喉《のど》から小刻みに息が漏れ続けた。妃倭子の介護を行う際に警告された三つのルール。素手で触れてはいけない。光を当ててはいけない。そして、顔を見てはいけない。その最も不可解で理不尽な謎が解かれようとしている。くすんだ青緑色の肌、生肉を求める土色の唇、黒い生地の縁が鼻の頂点に達する。

剝《は》ぎ取られた布袋が、音もなく床に落ちる。

茜は限界まで開ききった目で、露《あら》わになった妃倭子の顔を見てしまった。

16

次の瞬間、茜は暗闇の中で横たわったまま目を覚ました。

何？

瞬時には状況を把握できなかった。目の前には壁が迫っており、体の下には布団の感触がある。周囲にロウソクの明かりはなく、代わりに天井からオレンジ色の常夜灯《じょうやとう》が点灯している。そして妃倭子の姿は、その気配も含めてどこにも全く存在しなかった。

ここは私の部屋だ。

今日から住み込みで働くことになった、宮園妃倭子の屋敷に間借りしている自分の部屋。夕食後にミーティングを開いて日報を作成し、順番に入浴を済ませてから部屋に戻った。

夢だったのか。

部屋に戻ってからの記憶はほとんどない。部屋の片付けなども考えていたが、疲れ切っていたので結局そのままベッドに倒れて眠ってしまったようだ。それでもちゃんと髪を乾かして、部屋の電気を消していたのは、几帳面《きちようめん》な性格によるものか。枕元に置いていた腕時計は午前二時過ぎを示していた。

状況が把握できるようになると次第に眠気も薄れていく。しかし妙に寒く、やけに喉が渇き、体が窮屈に感じられる。薄手の掛け布団を肩口から足の先までミイラのように巻き付けて、膝《ひざ》を曲げて胎児のように丸まっていたようだ。

ブウーンというノイズが耳に届いて、茜は目を見開いて覚醒《かくせい》する。ベッドの上で転がり音のほうに目を向けると、窓際の壁面に備え付けられたエアコンがあった。どうやらこれが原因らしい。エアコンの冷房が想像以上に効き過ぎたために体が冷えて喉が乾燥したらしい。そして無意識のうちに布団にくるまったせいで身動きが取れなくなって悪夢にうなされていたようだ。

どんな悪夢を？

そう思い返した瞬間、ぞっと寒気が体を通り抜ける。慌ててエアコンのスイッチを切って布団を撥《は》ね除《の》けた。体は冷えきっているのに背中は不快な汗でじっとりと濡《ぬ》れている。茜は俯《うつぶ》せになって大きな溜息《ためいき》をついた。

夢の中で宮園妃倭子と対面していた。彼女の寝室を訪れて、ロウソクの火に囲まれたあの天蓋付きのベッドの前で、自力で立つ彼女と向かい合っていた。そして、あの黒い布袋が触れることなく彼女の頭から抜け落ちて、見てはいけない顔を見てしまった。

しかしその顔は思い出せなかった。はっきりと見たはずだが、どれだけ記憶を探っても彼女の鼻から上はまるで写真を切り取ったように見えなくなっていた。それはそうだろう。実際に見ていないものを夢で補完できるはずがない。あの場で見たもの、体験したことは、全て自分の想像に過ぎない。真実からはかけ離れた、嘘偽《うそいつわ》りの……。

遠くから静けさを引き裂くような女の悲鳴が聞こえてきた。

茜の思考がぴたりと止まる。今のは何？　まだ夢を見ているの？　いや、確かに外部から耳に届いたはずだ。古くて大きな木製のドアを開けた時のような女の叫び声。何かに驚いた程度で出たものではない。まさに断末魔《だんまつま》の声といった絶叫だった。

茜はベッドの上で獣のように伏せたまま、息を殺して部屋のドアをじっと見つめている。悲鳴のあとにはもう何も聞こえてはこない。しかしこのまま目を閉じて寝直すことなどできるはずもなかった。悲鳴の主が引田や熊川だとしたら放ってはおけない。まさかとは思うが、あの全聾《ぜんろう》の男児、広都が叫んだ可能性もある。そしてさらに有り得ないが、妃倭子があの虚《うつ》ろな喉から発したのかもしれない。この屋敷には茜の他にはその四名しかいない。聞き流してやり過ごすわけにはいかなかった。

固まりきった体をゆっくり伸ばしてベッドから立ち上がり、狭い部屋を歩いて静かにドアを開ける。電灯が全て消えた屋敷内は真っ暗で、窓から入る月明かりだけが道標《みちしるべ》のように廊下を照らしていた。辺りは蒸し暑く、濃い山のにおいが鼻腔《びこう》から体内に入り込む。エアコンで冷たく乾燥しきっていた部屋の中とは別世界だった。

あの悲鳴はどこから聞こえてきたのだろう。二つ並んだ引田と熊川の部屋のドアは閉まったままで、中からは何の音も聞こえてこない。ノックするにも気が引けて、そろりそろりと通り抜けていく。足はカーペットに沈んで音も鳴らなかった。

エントランスへと出ても誰の気配も感じられない。ただ静けさの中にざわざわと木々を通り抜ける風の声だけが途切れることなく響いていた。まるで自分以外の人間が消失してしまったかのような感覚。本当に、まだ夢を見続けているのではないかとさえ思えてきた。

ダイニングとキッチンをそっと覗《のぞ》いてみるが、あまりに暗くてよく見えない。ただ目を凝らしても耳を澄ましても誰かがそこにいる気配は一切感じられなかった。電灯を点《つ》けてまで確認しようという気にはなれない。様子を窺《うかが》うために来てみたが、何かを見つけてしまうことを恐れていた。

エントランスへと戻ったあと、今度はためらいがちに屋敷の奥へと足を進める。ダイニングへ行ったのは自分の想像を信じたくなかったからだ。あの悲鳴を耳にした時から、それが引田や熊川や広都ではなく、妃倭子が発したものだと確信していた。引田は妃倭子が歩いたり声を上げたりすると話していた。夜のほうが元気になるとも言っていた。

寝室前のリビングに入る手前で、二階へと向かう大きな階段の前で立ち止まる。見上げると階段は途中から暗がりに紛れて天井と区別が付かなくなっていた。この先には広都の部屋がある。広くて暗い屋敷も慣れていれば怖くもないのだろうか。聴覚を失った無音の世界に身を置く男児は母の声を聞くこともできない。

「栗谷さん」

突然、闇の中から名前を呼ばれて、茜はその場で飛び上がるほど驚いた。リビングのある左側を振り向くと、明かりの点いた燭台《しょくだい》を手にした熊川が遠くから訝《いぶか》しげな目をこちらに向けていた。

「あ、く、熊川さん……」

「何をしている、こんなところで」

熊川はいつものように遅い足取りで近づいてくる。その様子が、まるでじわじわと追い詰めてくる屋敷の番人のように思えた。真っ黒なナイトウェアを着ているせいで白くて丸い顔だけがゆらゆらと宙に浮いているように見える。茜は声を出せないままその場に立ち尽くしていた。

「一体何の真似？　どうしてここに？」

「い、いえ、その、目が覚めたので……」

「散歩？　こんな時間に非常識と思わないの？　明日《あした》もあるんだから、さっさと部屋に戻って」

「散歩じゃありません。悲鳴が聞こえたんです」

「悲鳴？」

「それで気になって見にきたんです」

「電灯もつけず、燭台も持たずに、こそこそと？」

「電灯をつけると大事《おおごと》になるかと思って。燭台は、そんな習慣もなかったので、つい……」

茜はうつむき加減でぼそぼそと返答する。正直に話しているのに自分でも言い訳じみている気がする。疑うような目付きで詰問《きつもん》する熊川の表情が怖かった。

「私、悲鳴なんて聞こえなかったんだけど」

「え、そう……ですか？　でも本当に聞こえたんです。ギャーッていう大きな叫び声が、どこからか……」

「それ、鳥の鳴き声だから」

「と、鳥？」

「サギとかヨタカとかトラツグミとか、夜に鳴く鳥もたくさんいるでしょ」

その時、タイミング良く屋敷の外からギャアギャアという声が聞こえてくる。昼間とはまるで違う、まさに叫び声のような鳥の鳴き声だった。

「都会だと馴染《なじ》みないのかもしれないけど、ここじゃ毎晩のように聞こえてくるから。気にしないで部屋に戻って寝なさい」

「鳥……いえ、でも私が聞いたのは絶対に人の声だったはずです」

茜は否定するが熊川は冷たく首を振る。黒い服を着ているせいか別人のように痩《や》せて細く見えて、神経質そうな印象がさらに際立って感じられた。

「変なこと言わないで。ここには私たちの他には誰もいないのに」

「分かっています。ですから誰かの身に何かあったのかと……」

「何があるというの？」

「分かりませんけど、妃倭子さんは……」

「妃倭子さんは寝室でお休みだから。邪魔をしないで」

「熊川さんは……妃倭子さんのところにおられたんですか？」

熊川が姿を現したリビングの向こうは妃倭子の寝室に繋《つな》がっている。ヘルパーたちの部屋からも遠く、トイレも浴室も別に設けられているので、ここへ足を運ぶ理由もないはずだった。

熊川は顔を固めて少し沈黙したのち、改めて口を開いた。

「私は、物音がしたから様子を見に行ってきた」

「やっぱり。熊川さんも何か音を聞いたんですか？」

「違う。私が聞いたのは、あなたが動き回る音だけ」

熊川は素早く返して茜の思いを否定する。

「普段と違う音が聞こえたら、気になるのは当たり前。ただしそれは普段からこの屋敷に住んでいる人だけでしょ。初めて来たあなたに何が分かるの？」

「私の……でも私、物音なんて立てた覚えはありません。足音だって全然響かなかったはずです」

茜はその場で足踏みをして訴える。音は柔らかなカーペットに吸収されるので、思いっきり踏みつけてもボソボソという音しか鳴らなかった。

一つだけの燭台が灯《とも》る夜の屋敷内で、茜と熊川は対峙《たいじ》している。なぜ熊川は茜が聞いた叫び声を頑《かたく》なに否定するのだろう。たとえ自分が聞いていなかったとしても、怖いから一緒に屋敷内を見回ろうとか、戸締まりを確認しようとかいう話になるのが普通ではないか。あるいは気が済むまで勝手に調べてくれればと突き放してもいい。聞き間違いだから部屋に戻れと決めつけるのはあまりにも理不尽で、不自然にも思えた。

熊川は反論する茜に向かって、鼻から溜息をついた。

「……栗谷さんより前に、ここで私たちと一緒に住み込みで働いていたヘルパーがいたんだけど」

「いきなり何ですか？　前のヘルパーさん？」

「先輩の言うことも聞いて、それなりにちゃんと働いてくれていたけど、夜になると自分の部屋を出て、屋敷の中をごそごそと歩き回ることがあった」

熊川は珍しく自分から話を始めている。ただ、ぽつりぽつりと怪談話でも語っているような口振りだった。茜は話の意図が摑《つか》みきれずに瞬《まばた》きを繰り返す。屋敷の外から再び夜鳴き鳥の声が響いた。

「部屋に閉じ込めているわけでもないし、一応夜は自由時間だから私も引田さんも気にせず放っておいた。ある時に尋ねたら、夜中におかしな声や物音が聞こえたから妃倭子さんの様子を見に行っていたと答えていた。でも妃倭子さんは眠ったままで、私もそんな物音を聞いていなかったから不思議に思っていた。でもそれ以上は気にしていなかった」

「その人は、どうなったんですか？」

「半年ほど経ってから、ある朝、急に屋敷からいなくなっていた。会社の車を勝手に使って麓《ふもと》まで降りてどこかへ消えた」

「どういうことですか？」

「あとで調べたら、屋敷からいくつか妃倭子さんの持ち物がなくなっていた。ネックレスとか時計とか、多分お金も」

「なくなっていた……」

「ずっと前から狙っていたんだ。夜中にこっそり下見を繰り返して」

「……私が、泥棒だって言うんですか」

話の意味に気づいて茜は腹の底から怒りが込み上げてくる。熊川は無表情のまま見返していた。

「私、泥棒じゃありません。下見だなんて、そんなことするはずが……」

「そいつだって私は泥棒だなんて言ってなかった」

「熊川さんは！」

「馬鹿、静かにしなさい！」

締めた。

熊川から吐き捨てるような口調で叱られる。茜は口を閉じると同時に奥歯を強く噛《か》み

「あなたのことなんて知らない。違うと言うのなら疑われるような真似をしないで。今夜は叫び声なんて聞こえなかったし、別に何も起きていない」

「……分かりました。それでは、もう何があっても夜に部屋から出たりしませんから」

茜は震える手で拳《こぶし》を握り締めると、踵《きびす》を返してエントランスから自分の部屋へと戻る。

これ以上何を言っても熊川には信じてもらえず、言い争いを続ける時刻でもないと悟った。妃倭子も屋敷も何事もないというならそれでいいだろう。言われてみれば耳にした女の悲鳴は本当に鳥の鳴き声だったかもしれない。先ほどは否定したが、もうはっきりとは思い返せなくなっている。しかしそれを彼女に向かって認める気にはなれなかった。

熊川は茜の背後に付き従って、燭台《しょくだい》の明かりを前方に向けている。彼女もそのまま自分の部屋に帰るのだろう。茜は挨拶《あいさつ》もせずに背を向けたまま、ドアを開けて部屋に戻った。そのあとはもうどこからも何の音も聞こえなくなった。

ベッドに倒れて枕に顔を埋《うず》めて、機嫌の悪い犬のような唸《うな》り声を押し殺す。悪夢を見てから引きずっていた屋敷と妃倭子への不安は、熊川への怒りと悔しさで一気に拭《ぬぐ》い去られた。私が泥棒だって？　あんな嫌な女と一緒に仕事を続けるの？　いつか感情が破裂してしまいそうで不安になった。隣の部屋にいる引田は悲鳴も聞かず、同僚たちの諍《いさか》いも知らないだろう。彼女の前向きな鈍感さを見習うべきかと思った。

弐夜　譫《せん》妄《もう》

1

翌朝、茜は午前七時に目覚めると、手早く着替えと朝の支度を済ませて屋敷のキッチンへと向かった。昨夜は再び悲鳴や物音を聞くことはなく、俯《うつぶ》せになって煩悶《はんもん》している内に眠ってしまったらしい。お陰で体は気怠《けだる》く、首は寝違えたように軋《きし》んでいた。

キッチンではすでに引田が朝食の準備に取りかかっていて、茜は手伝いというか話し相手に付き合うだけだった。昨日熊川が作ったパンを温めて、ベーコンと卵を焼き、サラダとスープを作っている。料理は苦手と言っていたが一日おきに任されているだけあって手慣れたものだ。朝食と言えば食べないかダイエットスムージーで済ませていた茜に出る幕はなかった。

大きな冷蔵庫の隣には、それより一回り小さくした一つ扉の冷凍庫が設置されている。引田に促されて扉を開けると、中には小分けにして保冷バッグに入れた赤い肉の塊が大量に詰め込まれていた。

「茜ちゃん。今日の日付が書いてあるのが三つあるでしょ。その中で一つある小さい物を電子レンジで解凍して」

「これは、妃倭子さんの？」

「そう、妃倭子さんのご飯。だからそっちの冷凍庫に入っているのは私たちのご飯には使わないでね」

つまり小さい肉塊はこの後の朝食となり、残りの二つは昼食と夕食用ということだ。あとで卵なども入れるようだが、本当に妃倭子は毎日ほとんど肉だけを食べて生きていた。茜は引田から電子レンジでの解凍方法を教わり処理する。保冷バッグの中でレンガのように固まった肉塊はすでに加工されてミンチ状になっていた。

隣のダイニングでは熊川と広都が席に着いて、恐らく広都が持ってきたスケッチブックにお互い絵を描き合って遊んでいた。無愛想な熊川もさすがに六歳の男児まで邪険にすることはないらしい。ただ無口な熊川と口の利けない広都なので会話はなく、まるで落書きによる暗号通信を行っているような雰囲気だった。茜が朝食を運ぶと熊川は手を止めて広都にペンとスケッチブックを片付けさせた。

四人で席に着いて朝食を摂《と》る。茜にとって住み込みの仕事も初めてなら、仕事先で同僚たちと朝ご飯を食べるのも初めてのことだった。熊川は昨夜の出来事を引田に報告することもなく、うまいともまずいとも言わずに黙々と口を動かしている。やはり彼女は引田の前では大人しい。せめて彼女のほうから非難してくれたら反論もできるが、そういうつもりはないらしい。お陰で茜も告げ口する気になれなかった。

ヘルパーたちと広都の朝食が終わると、今度は妃倭子の朝食が始まる。昨日と同じように引田と寝室へ向かい食事介助を行うことになった。ロウソクの火が灯《とも》る闇の世界は朝も夜も変わらず、茜は昨夜の悪夢を思い返して寒気を覚える。ただ、今は引田がいるので不安はなかった。

「おはようございます、妃倭子さん。今日もお元気ですかぁ？」

引田は天蓋《てんがい》のカーテンを開けて明るい声で呼びかける。妃倭子は黒い布袋を被《かぶ》ってベッドに横たわったまま何の反応も示さなかった。彼女が立って歩いて、背後に回り込むなどできるとも思えない。茜は下半身のほうに回ると、引田と協力して妃倭子をベッドに座らせた。

「妃倭子さん、朝食のお手伝いをしますすね。失礼します」

そして黒い布袋を口元まで上げて頭を反らせる。自然と顎《あご》が下がって口がぱかりと開いた。強烈な口臭が溢《あふ》れ出したかと思うと、ぼとり、と何か塊のようなものが布団の上に落下した。

何だろう。妃倭子の口から出たのは、五センチ程の黒ずんだ物体だった。少したっためらったあと、ゴム手袋を着けた指で摘《つま》み上げる。塊からは樹脂のような弾力と、布のような繊維質が感じられる。食べ物で言えば牛のスジ肉に近い。いや、まさにスジ肉そのものに思えた。

「引田さん、これは……」

茜は隣でボウルの肉を掻《か》き混ぜている引田にその物体を見せる。

「妃倭子さんの口から出たように見えたのですが、何でしょうか？」

「え？　うーん、何だろうね？　昨日のご飯をちょっと吐き戻しちゃったのかな？」

引田はちらりと目を向けただけで気軽な調子で答える。

「昨日のご飯？」

「大丈夫だよ。たまにそういうこともあるから。あとで捨てるからトレイの上に載せておいてね」

「はぁ……」

茜は釈然《しゃくぜん》としないままスジ肉をトレイの隅に置く。妃倭子の口内が負傷している様子もなく、出血の跡も見られない。痛みにも反応できないので注意深く見なければならないが、彼女の体に異変が生じたわけではないようだ。

そうなると引田の言う通り、昨日の夕食を吐き戻したのだろうか。しかし一晩経っても未《ま》だ胃に固形物が残っているのも不自然に思えた。

食事の準備ができたので、茜は妃倭子の喉《のど》に漏斗を深く挿し込んで支える。引田は充分に磨《す》り潰《つぶ》されて液体となった生肉をスプーンですくってそこに落としていった。そうだ、そもそも妃倭子は固形物を口にしていない。彼女は三食ともにこの生肉のスープを喉に直接流し込まれているだけだ。固いスジ肉を吐き出すなど考えられなかった。

「それにしても、茜ちゃんが来てくれて本当に助かったよ」

　茜の疑念を気にすることもなく、引田はしみじみとつぶやく。

「妃倭子さんのお世話は二人で行うルールだからね。ご飯やお風呂《ふろ》のたびに手を取られて他のことができなかったんだよ」

「……あまりお役に立てているとは思えないのですが。今も漏斗を持っているだけですし」

「それが大事、その手が重要なんだよ。だってこの間に光江ちゃんはお洗濯ができるでしょ。私たちもこれが終わったらすぐお掃除に取りかかれて効率がいいの。効率がいいと時間が余るから休憩できるんだよ」

　引田は自分で言ってふふふと笑う。猫の手も借りたいではないが、半人前でも何かに間に合うと思われているならいいことだ。

「あとは、茜ちゃんだと私の話し相手にもなってくれるからね。だって光江ちゃんもあんまりお話ししてくれないでしょ？　今までずっと二人きりだったから、わたし寂しかったのよ」

「それは、まあ……」

　あまり社交的な性格ではないが、それでも熊川よりはましだと茜自身も感じていた。他には妃倭子と広都の母子《おやこ》しかいないのだから、寂しかったというのも嘘ではないだろう。

その時、茜は引田の言葉にわずかな疑問を抱いた。

「……でも、二人きりじゃなかった時もあったんですよね？」

「え？　それってどういう意味？」

引田は顔を上げて小首を傾げる。茜は少し迷ったが話を続けた。

「以前にもう一人、ヘルパーさんが勤務しておられたと熊川さんから聞いたのですが」

「光江ちゃんから？　う〜ん、何のことかな？　高砂さんなら訪問のついでにお料理やお買い物を手伝ってくれることもあるけど」

「高砂さんじゃないです。新人さんで、半年くらいお屋敷で働いていたって」

「え、誰のこと？　半年くらいで辞めちゃったの？」

「はぁ……あまり素行が良くなかったらしいので」

茜は言葉をぼかして答える。妃倭子の前で屋敷から宝石や時計を盗んだと話すわけにはいかない。たとえ身動き一つ取れない状況でも、聴覚だけは健全に機能しており話を聞いているというケースも稀《まれ》にあるからだ。

「素行が悪くて半年くらいで辞めちゃった新人さん……誰だろう。何の話かさっぱり分からないけど」

ところが引田は一つも覚えがないような表情を見せている。誤魔化している風でもなく、本当に何も知らない様子だった。

「そんな人がここに来たことはないよ。他で働いているヘルパーさんが来てくれたこともあるけど、悪い人なんていないし、半年も住んでいたことなんてないからね」

「そうなんですか？」

「さあ？　光江ちゃんの冗談だったんでしょうか……」

「熊川さんの冗談……」

「あの子っていつも真顔だから分かり辛《づら》いんだよねぇ。違うのかな？　気になるなら私のほうから聞いてみようか？」

「あ、いえ……それは結構です。きっと何か勘違いをされていたんでしょう。私には関係のないことですから」

茜は首を振って断る。熊川があの状況で冗談を言うとも思えない。しかし勘違いとしても内容が具体的すぎる。では、どういうことだろう。彼女が嘘をついた？　一体何のために？　全く理解できない。ただ、彼女の発言を信用すべきではないのは確かなようだ。

2

妃倭子への朝食介助を終えると、茜は次に屋敷内の掃除を任された。昨日、引田が一週間かけて取り組んでいると話していたが、この広さを見ると無理もないと実感していた。今日はひとまず二階の廊下と部屋に掃除機をかけるよう指示を受けたので、屋敷の中央付近にある階段を上がる。引田と熊川もそれぞれ一階や庭で掃除や片付けを行うようだ。

二階は階段を中心に廊下が左右に延びており、それぞれ複数の部屋が設けられている。やはり全体的に広い造りになっており、廊下は寝転がれるほど幅があり、ドアは腕を伸ばしても上端に届かないほどの高さがあった。床には迷路のような幾何学模様が描かれた臙脂《えんじ》色のカーペットが敷かれ、窓からは森の高い木々の上に青い空が眩《まぶ》しく見えている。窓を開けると茜の登場を待ち構えていたかのようにセミの大歓声が聞こえてきた。

階段脇の納戸《なんど》から掃除機を持ち出してスイッチを入れる。掃除機は茜が自宅で使っている家電製品よりも遥《はる》かに大型で、いわゆる業務用と呼ばれるものだ。銀色に光る無骨な円筒状の本体に、長い柄と広い吸込み口が付いている。電源コードは異常に長く、吸引力は強く、音はうるさかった。

廊下の右手にある一つ目の部屋はソファとテーブルの置かれた応接室のようになっていた。古めかしくも豪華な造りだが、最近使われた様子はなく、掃除が必要と思うほども汚れていない。それでも埃《ほこり》は積もるだろうから、一応は掃除機で部屋を一回りしておいた。

黄土色の壁には油絵で描かれた大きな風景画が二点架けられている。一つは見覚えのない山々と空が描かれていたが、もう一つは外から眺めたこの屋敷の姿が描かれていた。絵の中の屋敷は真新しく、庭には花々が咲き誇り、敷地の入口にはもう存在しなかった黒い格子の門が閉じている。誇張気味に描かれていることを差し引いても、随分と以前に描かれたものらしい。そこには現在の屋敷に漂う廃墟《はいきょ》のような暗さと寂しさは感じられなかった。

応接室の隣は空き部屋のようで、調度品の類《たぐい》も置かれていない一室になっていた。屋敷にはこのような部屋が他にもいくつかあるらしく、その隣も空き部屋だった。さらに隣はビリヤード台やダーツの的などが置かれた遊戯室になっていたが、やはりここも今は誰も使用していないらしい。海外の古い映画で見たことのあるような光景に茜は妙な胸騒ぎを覚える。そういうシーンでは大抵、不穏なBGMが流れているからだ。

遊戯室の掃除を終えてその隣、廊下の突き当たりの部屋へ向かったが、そこはドアに鍵《かぎ》が掛かっていて中へは入れなくなっていた。金色の丸いノブを何度か回したがドアは開かず、試しにノックをしてみたが中から返答もなかった。ここが広都の子供部屋かと思ったが、六歳児が自分の部屋に鍵を掛けているとも思いにくい。屋敷の人間、妃倭子と広都をここに住まわせている身内の者が閉めきりにしたのか。訪問介護のヘルパーたちも開けない取り決めになっているのか。事情は知らないが、掃除をする必要はないものと判断して茜はその場から立ち去った。

階段へと戻って左手にある一つ目の部屋を覗《のぞ》いて、こちらこそが子供部屋だったと分かった。カーペットの敷かれた部屋の中央には小さなテーブルがあり、その近くには画用紙や玩具《おもちゃ》が散乱している。周囲には背の低いキャビネットや収納ボックスが置かれ、壁際にはこぢんまりとしたベッドが据えられていた。明らかに今も使用されている部屋に違いない。ただし広都の姿はどこにも見当たらなかった。

茜は掃除機で小物や玩具を吸い込まないように気をつけながら子供部屋を一回りする。テーブルの上には恐竜や自動車のミニチュアがあり、収納ボックスには木の枝や石や何かの部品らしきプラスチックのパーツが乱雑に詰め込まれていた。三段のキャビネットにも恐竜や動物の図鑑が並んでおり、破れた紙の表紙がセロハンテープで補修されている。全聾《ぜんろう》のせいか大人しく、それゆえに思慮深く気難しそうに見えた広都だったが、この部屋の様子を見る限り年相応の男児と変わりがないように思えた。

キャビネットには図鑑の他にも何やら工作物が並べられている。段ボールで作った同じサイズの箱が三つ。気になって取り出して見ると、広都が製作したであろう昆虫標本だと分かった。チョウやガ、トンボやハチやテントウムシや、よく分からない地味な色の甲虫が画鋲《がびょう》で刺し留められている。恐らく庭で見つけた死骸《しがい》を拾い集めてきたのだろう。いくつかは翅《はね》や足が失われていた。

拙《つたな》い手で作られた昆虫標本は不気味にも見えるが、小さな男の子ならこういった趣味も珍しい話ではないのだろう。茜も子供のころには同じ年頃の男子がバッタやカエルを捕まえてきたり、怪獣の真似をしながらアリの巣を踏み潰《つぶ》したりするのを見たことがある。この屋敷の庭なら都会よりも遥かに多くの昆虫が生息しているだろうから、死骸を集めて標本を作るのもきっと楽しいはずだ。ただ広都が不憫《ふびん》なのは、近くに同年代の子供がいないことだった。

　子供部屋の隣は再び空き部屋らしく、先ほどと同じく何もない一室になっている。その隣も空き部屋だったが、さらに隣は他よりも大きな両開きのドアが付いており、開けると書架の立ち並ぶ大部屋になっていた。書庫と呼ばれる部屋だろうか、無数の本を詰め込んだ棚が図書館のように壁と通路を作っている。他の部屋とは違って物陰の多い暗がりの中に、紙と埃のにおいが充満していた。

　茜は掃除機を扱いながら、ゆっくりと本の森を巡り歩く。並んでいるのは重くて分厚い大型の書籍が多く、文庫本は見当たらない。ジャンルも経済学や哲学、工学や天文学などまるで大学の学部を網羅するように分別されており、小説も函《はこ》に入った文豪の全集がずらりと並んでいた。この圧倒的な分量は一人の手によるものではなく、屋敷を住処《すみか》にしてきた何世代もの主《あるじ》によって蒐集《しゅうしゅう》された結果のように思える。少なくとも妃倭子の仕事ではないだろう。

　書庫の奥へと進み窓際に近づいたところで、茜はふと足を止める。窓から射し込む陽光の下、広都がこちらに背を向けて床に座っていた。耳が聞こえないので掃除機の音も聞こえず、茜の存在にも気づいていないのか。それとも気づいていながら無視しているのか。男児がこちらを振り返る様子はない。茜は掃除機のスイッチを切って近づいた。

　広都は床に置いた大きなスケッチブックにクレヨンで絵を描いているらしい。隣の書架は他の物と同じ造りだが、並んでいる本は絵本や子供向けの昆虫図鑑などカラフルな背表紙が目に付いた。その傍《かたわ》らには、代わりに抜き出した難しそうな本を積み木のように並べてミニカー用のコースが作られている。ここはどうやら彼のお気に入りスペースのようだ。

「広都君」

茜が前に回って呼びかけると気配を察したのか、広都はクレヨンを持つ手を止めて顔を上げる。彼は突然現れた茜に驚く風でもなく、なぜ呼びかけられたのか分からないといった表情を見せていた。それから自分の背後を振り返り、周囲を見回して他に誰もいないことを確認すると、もう一度茜のほうを見つめた。

「私一人だよ。今はお部屋のお掃除をしていたんだよ」

茜はそう言って掃除機のノズルを持ち上げて見せる。すると広都は床に散らばったクレヨンを拾い集めて片付けを始めた。

「あ、いいよいいよ。遊んでいていいんだよ。何をしているのか気になって見にきただけ。お絵描きしていたんだね。見てもいい？」

茜は床に座って話を続ける。広都は眉根《まゆね》を寄せてじっと見つめていた。説明が複雑で意味が伝わらなかったようだ。聴覚に障害のある者は、特に相手の口元や身振り手振りからおおよその意味を理解する。ただ六歳児ではそれもままならないだろう。

広都がスケッチブックに描いていたのはどうやら恐竜の絵らしい。アンキロサウルスやタルボサウルスやバリオニクスなどが全体的に小さなサイズで白い紙面に並んでいた。

恐らく図鑑の絵を模写したのだろうが、あまり上手ではない上に、そもそも恐竜に詳しくない茜の目にはどれも似たような怪獣にしか見えない。判別できるのは絵の下にしっかりと、時には恐竜よりも大きく名前が書かれているからだった。

別のページでは恐竜の代わりに昆虫が、同じようにやや小ぶりに描かれて規則正しく整列している。それを目にして茜は、広都は昆虫標本のつもりで絵を描いていることに気がついた。自分で採れない、作れないなら絵にしてしまおうとは、子供らしい突飛な発想だ。昆虫の絵にもカブトムシや、ノコギリクワガタや、ナナホシテントウなどちゃんと名前が付けられている。これらは絵を見ただけでも何となく判別できた。しかしその下のクヌギシギゾウムシや、ジガバチや、アカスジキンカメムシなどは絵を見ても名前を読んでもピンとこない。大した収集家だった。

その次のページには、四人の人物が描かれていた。

茜はその絵を見て手がぴたりと止まった。紙面の上段には丸い顔に四角い体、棒の手足が伸びた人物が三人並んでいる。それぞれ緑色やオレンジ色のクレヨンを用いて、子供らしいタッチで描かれていた。左にいるのは引田千絵子だろう。ぱっちりとした目と額の中央にある大きめの黒子《ほくろ》が特徴的で、髪を後ろというか真横に束ねている。その隣にいるのは熊川光江だろう。引田よりも背が低く、胴体が大きい。長い髪と細い目もそう思わせた。

そうなると、熊川の隣にいるのは茜だろうか。二人よりも小さく地味に描かれている。

短髪で目鼻も三つの点に省略されているので真偽の程は定かではないが、高砂藤子のつもりならこうは描かないはずだ。広都の目からは何の特徴もない女に見えているのか、あるいは彼にとってはその程度の印象しかないのか。昨日出会ったばかりなのでそれも仕方がないだろう。

しかしそんな感想も、下段に描かれている人物を一目見て消し飛んだ。

並ぶ三人の絵の下にはもう一人、別の女が描かれている。女と思ったのは頭に長い髪らしきものがあり、四角い胴体が下へいくほど横に広がりスカートのように見えたからだ。しかしその顔は目が極端に大きく、輪郭からはみ出して吊《つ》り上がっている。口も同様に顎《あご》を越えて胸の辺りまで開いてギザギザの歯が無数に生えていた。

四人目の女は他の三人と違って黒一色で描かれている。それだけではない。他の三人が胴体から手の先まで一本の棒線で省略されていることに対して、この女だけは右手の先に鉤爪《かぎづめ》のような指が五本生えていた。さらにその手で人形らしきものの首を摑《つか》んでいる。人形は足を宙に浮かせて腕をだらりと垂らしていた。

そして絵には、大きな×印が何重にも付けられていた。

茜は呆然《ぼうぜん》とした表情で絵を見つめている。何の絵？　この人物だけは他とは異なり、拙さよりも感情的な乱れが強く感じられた。三人のヘルパーの下、見下ろす位置に立つ怪物のような女。黒く禍々《まがまが》しい手が摑んでいるのは本当に人形だろうか。どうしてこの女にだけ×印が付けられているのか。×印を間違いや失敗の印と見なすのは学校へ入ってからのことだ。幼い子供が思い通りの絵が描けなかったとしても×印を付けることはないだろう。

「妃倭子さん……」

茜は疑いようのない答えをつぶやく。広都が描いたのは母親の姿だ。現実の宮園妃倭子とは全く似ても似つかないが、彼の目にはこう見えているのだろう。変わり果てた母親と対面して、その印象をそのままスケッチブックに描いた。×印は絵の失敗を意味しているのではない。描いた母親を否定する意味で付け加えたのだ。

スケッチブックから顔を上げると広都はどこにも見当たらなくなっていた。窓から入る陽光は埃《ほこり》を瞬かせて、屋敷の暗がりを余計に深くしていた。一人残された茜は、男児の無表情に隠れた狂おしい感情に初めて触れた気がした。

3

妃倭子への昼食の介助は引田と熊川が引き受けたので、茜は代わりに自分たちと広都の昼食を担当することになった。自分と家族以外の他人に料理を出す経験などほとんどなく、プロの実績がある熊川と、この屋敷で作り慣れている引田に敵《かな》うはずもない。レシピを見なくても辛うじて様になるものとして、サンドイッチとコーンポタージュを作って誤魔化すことにした。サンドイッチの具材はベーコンと卵とチーズとレタスで、コーンポタージュは缶詰だ。さすがにこのメニューで失敗することはない。その他に作れる料理と言えば、いくらでも言い訳の立つカレーライスくらいだった。

幸いにも引田と熊川から文句が出ることもなく、広都も拒むことなく頑張ってくれた。彼が書庫から姿を消してからどこへ行ったのかは分からなかったが、昼食の時刻になるときちんとダイニングに顔を出した。一人遊びを邪魔したのではないかと気にしていたが、特に怒ることも拗《す》ねることもなかった。いや、そもそも感情を表に出すこともないので、どういう心境でいるのかも分からなかった。

昼食が終わると引田と共に麓《ふもと》の町へと買い出しに行くことになった。引田は外へ出るのが嬉《うれ》しいのか、普段以上にうきうきとしている。庭に出て車に乗り込む前に、屋敷の側面に小屋が付いているのが見えた。倉庫というか納屋というか、屋敷と同じく古びた造りで、細長い木のドアが見える。引田に尋ねるとその通り、物置小屋だと答えた。

「あそこにはお庭の掃除道具とか、お屋敷でいらなくなった物とか、災害用の備蓄品とか、もしもの時のための車の燃料なんかを入れているよ。その内整理しなきゃと思っているんだけど、なかなか……。そうそう、前に車のバッテリーが上がって動かなくなって大変なこともあったの」

「そういう時ってどうするんですか？　自動車に詳しい人……修理の人を呼ぶんですか？」

「こんな山奥まで来てくれないよ。いや、来てくれるかもしれないけど絶対高いでしょ？　仕方ないから物置小屋から古い発電機とケーブルを出してきて、車に繋《つな》いで復活させたの。凄《すご》いでしょ」

「凄いです……引田さんはそんなこともできるんですか？」

「高砂さんから電話で聞いたの。助けてーって言ったのに、自分で何とかしなさいって。でもさすが年の功だね。光江ちゃんと協力して、言われた通りにやってみたら直ったよ。面白かったよ。あ、年の功は内緒ね」

引田は得意気にそう言って笑う。人里離れたところに住んでいると色々とできないと困る。それと彼女のように何事もポジティブに捉《とら》えることも重要だろう。

昨日、屋敷を訪れる際に通った道を逆に進んで、山を下りて麓の町へと到着する。茜にとってはたった一日前に来ただけだが、アスファルトで舗装された道路がやけに懐かしく、対向車が珍しく、道行く人々が騒がしく感じられた。町と言っても都会と比べると寂れた一地方に過ぎない。何年前に閉店したのかも分からないガソリンスタンド、【空き店舗・テナント募集】の貼り紙すらも色褪《いろあ》せて剝《は》がれかけた喫茶店。広大な駐車場を備えたチェーン店のスーパーマーケットと、同じくチェーン店のレストランが真新しく目立っている。そして山の斜面と川の畔《ほとり》に挟まれて古い民家が軒を連ねていた。

車は最初に町の外れまで行って地域のゴミ処理施設を訪れる。青い制服を着た職員の老人は引田とも顔馴染《なじ》みらしく、簡単な挨拶《あいさつ》だけで中へ入れてくれた。屋敷で出る日々のゴミはさほど多くないだろうが、ある程度溜《た》まってからここへ捨てにくるらしいのでそれなりの量がある。重くて臭う生ゴミは引田が引き受けてくれたので、茜は別の場所にある缶・ビン・ペットボトルの廃棄を手伝った。

それが終わると先ほど見かけた大型スーパーマーケットへ行って買い出しとなった。ここはホームセンターやアパレルショップも併設しており、地域の拠点的な役割を担っているようだ。そのため平日の午後にもかかわらず客は多く賑《にぎ》わっている。引田は通い慣れた様子で洗剤やゴミ袋やマスクなどを選び出し、食料品も次々とカートに入れていった。

山盛りの商品を載せたカートを押してレジへ支払いに向かう途中、引田はお手洗いに行くと伝えて財布を預けて離れて行った。その時茜は、やはり昨夜熊川が話した新人ヘルパーの話は嘘に違いないと気づいた。もちろん茜は財布や中の現金を盗んで逃げる気などさらさらないが、もし引田が過去に屋敷で泥棒に遭っていたなら、派遣二日目の新人をここまで信頼しないだろう。思わぬところで確信が得られた。

しかし、それならなぜ……。

「あら、もしかして山の人？」

「え？」

ふいにレジ係の女から声を掛けられて茜は思考を中断する。女はカゴに入った商品のバーコードをスキャナーに読み取らせながら、こちらに尋ねるような表情を見せていた。五十代か六十代か。見た目よりも声は若々しく、仕事はてきぱきとしている。レジ打ち専門でパート勤務をしているベテラン店員のようだ。

「違っていたらごめんなさいね。あんまりたくさん品物を買っていくから、山のほうに住んでいる人が下りてきたのかなと思って。ほら、そういう人って一回にまとめ買いする場合が多いじゃない」

「あ、なるほど……ええ、そうですね。買い出しのためにここへ来ました」

「ああ、やっぱり。この辺りって交通の便が悪くて大変よね。ジャガイモは買った？今日セールしてるわよ。それと冷凍食品も半額ですって」

「は、はい。確か買っていたかと思います」

「あ、本当。入ってるわね。そうそう、この間の大雨は大丈夫だった？　こっちは特に酷《ひど》くて、川が氾濫《はんらん》するかもしれないってみんな怖がっていたのよ。何でも大昔に一度、水が溢《あふ》れて村中が水浸しになったとか。前に主人のお義父《とう》さんが大変だったって話していたのを思い出しちゃった」

女は大量の商品をさばきながら早口に喋《しゃべ》り続ける。見慣れない顔なので話しかけてきたのか。茜は田舎特有の無遠慮な距離感に戸惑いつつも、愛想笑いを浮かべて相槌《あいづち》を打っていた。好き嫌いはともかく、こういう人とは仲良くなっておいたほうがいい。屋敷で働いている限り彼女とも顔を合わせる機会も度々あるだろう。

「それはそうと、大雨と言えば例の遭難事故の話、あなたはもう聞いてる？」

「え、遭難？」

茜が聞き返すと女は眉根《まゆね》を寄せてうなずいた。

「本当にねぇ……どうせまた都会の人たちが勝手に行って迷子になったんだろうけど、そんなことで静かなこの村が話題になるのは困ったものよねぇ」

「え、ええ……あの、すいません。私その話は知らないのですが、何か事故があったんですか？」

「あら、そうよ。知らなかった？　じゃあ声を掛けて良かったわ。ほら、あそこ。警察から店に言われているのよ。情報を集めているって」

女はそう言ってレジ向こうのサッカー台を指差す。店の外に面した大きなガラス張りの壁面には『捜しています！』という見出しの目立つポスターが貼られていた。

「先週の、月曜日だったかしら？　朝から山へ入った二人のカップルが車だけを残して帰ってこないって。警察から捜索隊が出て大騒ぎだったのよ。うちの主人も山に詳しいからって青年団と一緒に二日間ほど捜して回っていたけどねぇ……」

「まだ見つかってはいないんですか？」

「駄目なんじゃない？　せめて一人でも見つかれば居場所が分かるかもしれないけど。おまけにそのあとにあの大雨でしょ。警察は捜索を続けているけど、村の男の人たちはもう無理だろうなって。私もそう思うわ」

女の淡々とした口調から山をよく知る者の厳しさと諦《あきら》めの念が感じられる。町の四方は連綿と続く山々に取り囲まれており、この広大な森林の中で行方知れずとなってしまえば、見つけることなど不可能としか思えなかった。足を踏み外して二人とも崖《がけ》から落ちたか。あるいは一人が体調を崩して、一人が救援を求めようとして道に迷ったか。まさかクマに襲われたか。山を知らない茜の想像力では大した理由は思いつかなかった。

「たまにあるのよねぇ。遭難したとか、帰ってこなくなったとか。最近じゃ毎年、いえ、二、三年に一回はそんな話を聞いてる気がするわ」

「そんなに頻繁に起きているんですか？」

「冬のほうが多いと思うけど。ほら、この辺りって名所もないし、山登りをするほど立派な山もないじゃない。だから手付かずのところも多くてかえって危ないらしいのよ。昔は林業の人が使っていた山道も、今は廃れちゃって荒れ放題って言うじゃない。私なんて頼まれたって山に入らないわよ。ああ、山から来たあなたに言うことじゃないわね。住んでいる人がどうって話じゃないわよ」

「いえ……」

「まあ、もし山でそんな人を見たとか、何か情報を持っていたら警察に知らせて頂戴《ちょうだい》。一応、ご家族や周りの人にも話しておいてね」

「分かりました……ところで、その行方不明になった人たちって、どこの山へ行ったんでしょうか？」

「刈手山《かりてさん》だって。あんなところ、行ったところで何もないのににねぇ。都会の人は分からないわ」

「刈手山……って、岸尾山の近くでしょうか？」

「え？　キシモ山？」

「はぁ、岸尾山です。私、そこから来たのですが……」

茜が返答すると、なぜか女は驚いたような顔を見せる。ただそれは一瞬だけのことで、すぐに取り繕うような笑みを浮かべて首を傾げたりうなずいたりしていた。

「あ、そう、キシモ山から……それじゃ関係なかったわね」

「関係ない？」

「だってキシモ山はここから南の山でしょ。刈手山は北になるから、そっちで見つかることはないわよ。だから……うん、まぁ気にしないで」

「あ、はい……」

そして女は急に冷めた態度になると、商品のバーコードをスキャンし終えて金額を請求した。茜は肩透かしを食らったような、奇妙な違和感を抱きつつ、訳も分からないまま財布を開けて支払った。何だろう。あとの客が並んだので急いだのだろうか。ありがとうございますと告げると、はーいと素っ気ない返事が聞こえる。しかしもう彼女がこちらに顔を向けることはなかった。

4

持参した二つのクーラーボックスに買った商品を詰め込んで、再び屋敷を目指して帰路に就く。引田の話によると、ちょっとお茶でもと言いたいところだが、長居し過ぎて日が暮れると山道の視界がさらに悪くなって危ないらしい。また妃倭子の食事介助の時刻までには帰る必要もあった。

「え、遭難？　それって大事件じゃない」

茜がレジ係の女から聞いた話を伝えると、引田も運転しながら目を大きくさせて驚いていた。どうやら知らなかったらしい。スーパーマーケットには情報提供を求める警察からのポスターも貼られていたが、関心を持たなければ目に入らないのも仕方がないだろう。

「そんなことが起きていたなんて全然知らなかったよ……やっぱりお屋敷にいたら世間の情報にも疎くなるよね。テレビくらいあったほうがいいのかな。テレビって、スマホが繋《つな》がらなくても観られるのかな？」

「よく分かりませんけど、大丈夫じゃないでしょうか……テレビってスマホより前から存在していましたから」

「あ、なるほど。茜ちゃん、賢い。じゃあ今度また椿さんに頼んでみようか。大体、お天気だって買い物の度にネットで数日分を確認するくらいだから、季節の変わり目は外れまくってお洗濯が大変なんだよ。たまには文明の利器に頼らないとね」

引田は嬉《うれ》しそうに話す。一地方の遭難事件がニュースで報じられたかどうかは分からないが、天気予報や災害情報を得るためにもテレビくらいはあってもいいだろう。

「遭難した人たちって、大丈夫なんでしょうか？」

「どうかなあ。意外とそろそろ帰ってくるんじゃない？　冬の山は寒くて危ないけど、夏の山は涼しくて結構過ごしやすいから。川の水もあるし、食べ物は……そう、川魚がいるよね」

「でも、この間は大雨の日があったと聞きました。麓《ふもと》では川が氾濫しかけるくらい激しかったみたいですけど」

「ああ、そうだったよね。うん、お屋敷でもびっくりするくらい雨が降ったよ。でもうちは山の上にあるから何も心配いらないよ。でも……そうか、川で釣りをしている場合じゃないよね。でもそんなに長くは続かなかったから我慢できたんじゃないかなぁ」

引田は正面を向いたまま返答する。大雨に耐え忍ぶことができたとしても、果たして川で獲《と》った魚を食べようと思うだろうか。そんな気力と体力があるなら下山を目指す気がする。やはり遭難したカップルは、何かしらの理由でその場から身動きが取れなくなったのではないだろうか。

「あれ、駄目かな？　じゃあ、実はもう家に帰っていましたとか？　遭難だ、大変だって大騒ぎしてるのはここの人たちだけで、本人たちは捜索活動が行われていることすら知らなかった。どう、ありそうじゃない？」

「……麓の駐車場に車が残されていたそうですから、その可能性も低いと思います」

「そうなんだ。じゃあ……どうしているのかな？　茜ちゃんの話だと、どうしても不幸なことになっちゃいそうだね」

「あ、いえ、そんなつもりは……」

茜は苦笑して窓の外に目を向ける。自分は何かにつけて疑り深くて、悪い方向に捉《とら》える傾向がある。遭難したカップルの状況は絶望的だと思うが、それを気に病んだところでどうしようもなく、そもそも自分には関係のないことだった。

車道はやがて町を通り過ぎて、森の比率が高まっていく。小さな集落を通り過ぎたあたりで、幟《のぼり》の立ち並ぶ長い石段が目に入った。風に翻った白い旗には『鬼子母神堂』という文字が見えた。

「キシモ……」

「え、何？」

茜のつぶやきに引田が返事する。幟と石段の光景はあっという間に過ぎ去っていった。

「今、道の途中で幟のような物が立っていたんですけど、そこにキシモ……キシボ？　鬼と子《こ》と母《はは》みたいなことが書かれていました」

「ああ、鬼子母神《きしもじん》さんのこと？」

「鬼子母神さん？」

「お堂があるみたいだねぇ。行ったことないけど」

引田は特に関心もない風に答える。茜はスーパーマーケットで出会ったレジ係の女が、屋敷のある岸尾山のことをキシモ山と呼んでいたのを思い出していた。

「茜ちゃんは知らない？　鬼子母神さん。うちの田舎にもあったよ」

「あ、他にもあるんですね。いえ、知りません。鬼が祀《まつ》ってあるんですか？」

「そうそう、鬼母《おにはは》。いやいや、ありがたい神さまだよ」

「え？」

「子供の頃に教わった話だけどねぇ……」

　引田はそう言ってから山道の大きなカーブを曲がる。それからしばらく進んでから改めて口を開いた。

「昔々あるところに、とても悪い鬼母がいました。鬼母には子供が千人もいましたが、その子供たちにお乳を与えるために、鬼母は人間の子供をさらって食べていました。それでみんなから大変に怖がられて、憎まれていました」

　引田は語り聞かせるようにゆっくりと話す。きっと子供の頃にそのような調子で話を聞いたのだろう。

「そんな鬼母の悪い行いを見かねたお釈迦《しやか》さまは、ある時、鬼母が一番可愛がっていた、一番小さな鬼の子供を隠してしまいました。鬼母は自分の子供がいなくなったことに気づいて、あちこち捜し回り、わんわん泣いて、ついにはお釈迦さまにすがって見つけてほしい、助けてほしいと必死でお願いしました。

　するとお釈迦さまが仰《おつしや》った。千人のうちで一人の子供がいなくなっただけでもお前はそんなに嘆き悲しんでいる。それでは、たった一人の子供を奪われて食べられた人間の父母の苦しみはどれほどのものだろう、と。そう諭《さと》された鬼母は心を改めて、もう人間の子供を食べないと誓いました。それでお釈迦さまは隠していた鬼の子供を鬼母に返してあげました。

そうして子供を襲わなくなった鬼母は、やがて安産と子供を見守る鬼子母神となって人々から敬われるようになりましたとさ。めでたしめでたし」

「そんな話が、あるんですね……」

「うん。違うところもあるかもしれないけど、大体そんな感じ。いやぁ、意外と覚えているもんだねぇ」

引田は照れ臭そうに笑う。悪い鬼がお釈迦さまに諭されて神さまになるのは、いかにも仏教的で分かりやすい。他にも祀られているところがあるなら有名な説話なのだろう。

しかし茜はその説話にもどこか現実との不吉な繋がりを感じてしまう。黒い布袋を被《かぶ》り、硬直した体と青緑色の肌を持ち、生肉のスープをすする妃倭子。そんな母親を鬼か怪物のように描き、人目を避けて屋敷で育てられている広都。母は嘆く声も上げられず、息子は母の声を聞くこともできない。鬼子母神と一致するところは何もないが、引田の話から想像したのは二人の姿だった。

「……引田さん、お屋敷のある岸尾山って、もしかして本当は鬼子母山って名前だったんじゃないでしょうか？」

「え、何それ？　鬼子母神さんだから鬼子母山ってこと？　でも私は岸尾山って聞いているよ」

「さっきのスーパーでそんな話を聞いて……いや、よく分かりませんけど」

「鬼子母神さんのお堂もあったから、昔はそうだったのかも。面白いね。茜ちゃんはそういう話が好きなの？」

「そういうわけでもありませんが……」

茜は言葉を濁して会話を流す。岸尾山と鬼子母山。もし本当にそうだとしたら、いつ、誰が、どういう理由で名前を変えたのだろう。そこにも何か、隠したい意図があるように思えて、それがまた屋敷の母子に繋がっているような気がした。千人の子供の一人を隠されただけでも嘆き悲しんだ鬼子母神。今の妃倭子が広都を思うことはあるのだろうか。

茜は無意識の内に、自分の腹を両手でそっと押さえていた。誰にも知られず、生まれてこなかったあの子。忘れることなどできるはずもなかった。

5

屋敷のある敷地へ到着すると、茜は一足先に車から降りて邸宅へと向かう。運転を引田に任せて助手席で休んでいた負い目もあるが、答えのない疑問に思い詰めた時は体を動かして気を紛らわせるのがいいと知っていた。トランクを開けてクーラーボックスも重い方を選んで担ぐ。ずしりとした重みが肩と鎖骨を圧迫したが、腰で支えながら扉を開けてエントランスに入った。

「ただいま戻りましたぁ」

言い慣れない台詞《せりふ》を控えめに発したが、屋敷内は無人のように静まり返っている。薄暗がりの広い空間と、外より少し冷えた空気と、にわかに漂う石が湿ったようなにおいに、外の世界から引き戻された感覚を抱いた。

熊川はどこにいるのだろうか、ひとまず荷物を片付けるためにダイニングからキッチンへ入る。日が傾いて窓から日光が入らなくなった室内は夜のように薄暗い。茜はクーラーボックスを担いだまま、ゆっくりと腕を伸ばして壁際の照明スイッチを入れた。蛍光灯がチカチカと二、三度明滅を繰り返してから点灯すると、ステンレスのシンクが光を反射してわずかに目が眩《くら》んだ。

冷蔵庫の側で、血まみれの男が腰を屈《かが》めていた。

「え……」

突然の状況に驚いて、茜は照明のスイッチに手を添えたまま体が固まる。男は青黒い不気味な顔に血走った目を大きく開いてこちらを凝視している。体は衣服を全く身に着けていない裸で、筋肉質の肌は切り傷が無数について血と泥に汚れていた。髪は濡《ぬ》れた海藻のように頭にこびり付き、鼻は上から押し潰《つぶ》したようにひしゃげている。そして口は歯を剝《む》き出しにして大きな肉の塊に齧《かじ》り付いていた。

「だ、誰……」

声にならない言葉が漏れる。あまりに予想外の光景に頭と体が追いつかない。一体誰？　何をしている？　獣のような男も一切声を発することなく、口の端から短い呼吸を繰り返していた。辺りには熊川が作ったパンの切れ端が散らばり、床には牛乳パックが横倒しになって中身が零れている。中腰になった男の右手には薪割《まきわ》りに使うような大型で厚みのある鉈《なた》が握られていた。

沈黙の数秒が、恐ろしいほど長く感じられた。逃げるか、声をかけるかといった発想はない。少しでも動けば男は肉を吐き出して、牙《きば》を剝いて襲いかかってくると感じた。どうする？　だが事態は茜が考えるよりも早く動いてしまった。

「茜ちゃーん、何か言ったー？」

引田の間延びした声が背後から聞こえる。

「ひ、引田さん！　逃げて！」

咄嗟《とっさ》に茜は声を上げる。

それと同時に、血まみれの男が鉈を振り上げて飛びかかってきた。

「あ！」

思わず仰《の》け反《ぞ》った茜はクーラーボックスの重みに耐えきれず体勢を崩す。男の鉈が、たった今まで茜が右腕を添えていた壁にぶつかった。一瞬、互いの視線が間近で交差する。男が口にくわえていた物が、朝食に出したベーコンの塊だと気づいた。殺される、と思ったが、男はさらに跳躍してキッチンから飛び出した。

「ひゃっ！　何？」

続けて引田の悲鳴が聞こえて、どすんと大きな音がした。茜がクーラーボックスの肩掛けベルトを振り払ってダイニングへ戻ると、引田が床に尻餅《しりもち》をついて目を丸くしていた。男の姿は見当たらない。

「引田さん！」

「あ、茜ちゃん！　い、今の……」

「わ、分かりません！　大丈夫ですか？」

「だ、あ、わ……」

引田は訳が分からないといった顔で首を振っている。見たところどこも怪我をしている様子はない。突然男が飛び出してきたので、驚いて腰を抜かしただけのようだ。

茜も腰が引けたまま彼女の側に歩み寄る。まるで氷水を浴びせられたように、体がガタガタと震えていた。

「た、立てますか？　引田さん」

「ど、どうしてこんなところに……」

「分かりません。キッチンへ入ったら鉢合わせになりました。どこから来たんでしょうか」

「捕まえないと……」

「え？」

「早く、放っておけない……」

「あ、そう、そうですね」

引田の震える声に茜はうなずく。彼女の言う通り、あんな危険な人物を野放しにはできない。萎《な》えそうな体に力を入れて、恐る恐るダイニングからエントランスのほうを覗《のぞ》く。すでに男の姿はなく、玄関ドアから外の光が一条の帯となって射し込んでいた。

「どうしたの？　栗谷さん。大騒ぎして」

屋敷の奥から熊川が現れて近寄ってくる。いつものように冷静で、やはり迷惑そうな顔つきだった。

「く、熊川さん、今、誰かに会いませんでしたか？」

「誰かって、どういうこと？　私、妃倭子さんの寝室を掃除していたんだけど。あなたたちいつ帰ってきたの？」

「たった今です。それでキッチンへ行ったら、そこに男がいたんです」

「男？……何で？　私、誰も見ていないけど」

「本当です。は、裸で、泥だらけで、血まみれで、肉をくわえて……」

「肉？」

「冷蔵庫を漁《あさ》っていたんだと思います。それで私たちも鉈で襲われて、ここから出て行きました」

茜は話すのももどかしく早口で説明する。熊川にとっては意味不明だろうが、それでもおおよその事態は伝わったようだ。

「襲われたって、大丈夫だったの？　引田さんは……」

「私も引田さんも平気です。そ、それより、あの男を、早く捕まえないと……」

「待ちなさい。栗谷さん」

熊川はエントランスへ出ようとする茜の左腕を強く摑《つか》んで制する。

「今の話だと、その男、鉈を持っているんじゃないの？　そんなのどうやって捕まえるの？」

「それは……」

茜は熊川の質問に答えられず、その場で足を止める。引田の言葉につられて動いたが、あんな獣のような男をどう捕まえるのか。敵意を剝き出しにしたような血走った目に、ベーコンを塊のまま頰張る口元。手には大きな鉈を握り締めて、こちらが話しかける前に飛びかかってきた。恐怖心が遅れて背後から肌を波打たせる。もし再び顔を合わせたら、今度こそ刺し殺されるだろう。

「とにかく栗谷さん。キッチンに変な男がいたのは分かった。でも私がここへ来た時には見なかった。じゃあ外へ逃げて行ったんじゃない？」

「そ、そうかもしれません……」

　エントランスから見える玄関のドアは少し開いている。あとから屋敷に入ってきた引田が閉め忘れたのか、男が出て行ってそのままにしたのか。

「ひとまず屋敷のドアと窓に鍵《かぎ》をかけておいたほうが良さそう。栗谷さんも手伝って。引田さんも……」

「どうしよう……光江ちゃん。私、私……」

「引田さん……」

「捕まえないと、早く……」

「……大丈夫ですから、落ち着いてください」

　熊川はパニックを起こしている引田に近づくと、その手を握って安心させる。常に頼もしげな彼女が腰を抜かして震えている姿は意外だったが、無理もない。茜は男に気づいてから飛び掛かられるまで間があったが、彼女は何の予告もなく突然襲われたのだ。心臓が止まるほどショックだったに違いない。熊川ももう少し早くここへ来ていたら危なかった。

「光江ちゃん、お願い……妃倭子さんが……」

「妃倭子さんも問題ありません。私がちゃんとお世話をしていますから」

　どうやら引田が心配しているのは妃倭子の安否らしい。確かに、身動きの取れない彼女の寝室にあの男が来たら大変だ。しかし自分の身よりも仕事先の要介護者を気遣う引田の態度には献身さよりも異様さが感じられた。なぜそこまで妃倭子のことを思えるのか。それとも来たばかりの自分が薄情なのか……。

その時、茜は恐ろしい予感を抱いて息を呑《の》んだ。

「く、熊川さん。広都君。広都君は？」

「広都君？……見てないけど、二階かな？」

「大変、ちょっと様子を見てきます」

「あ、待って、栗谷さん」

熊川が止めるのも聞かずに、茜はエントランスへと飛び出して屋敷の奥へ向かった。男は玄関から外へ出て行ったかもしれない。しかし出て行かなかったとしたら、広都の身が危ない。茜は妃倭子よりも心配な存在に気づいた。

熊川はここへ来るまで妃倭子の寝室にいたと言っていた。茜の目から離れて、外へは出て行かず、熊川の目にも留まらなかったとしたら、途中の大階段を上がって二階へ行ったことになるはずだ。混乱する思考を押さえつけて、興奮でバラバラになりそうな体を無理矢理動かして大階段を駆け上る。もし再び男と出会ったらどうするとは考えなかった。とにかく広都の身を守り、安全を確保しなければならない。

二階の廊下へ出て素早く左右を窺《うかが》う。人の姿はなく、薄暗い直線が延びている。続けて左手にある一つ目のドアを開けて中へ踏み込むと、子供部屋の中央に座り込んだ男児の小さな背中が見えた。

「広都君！」

茜は滑り込むように駆けつけて呼びかける。耳の聞こえない広都だが、空気が動くのを感じたのか振り返って顔を見せた。庭から帰ってきたばかりなのか、彼の周囲には虫カゴや虫取り網やゴミ袋などが散乱している。

「良かった、大丈夫？　ここに変な男は来なかった？」

そのまま勢いよく抱き締めると、広都はぎゃあと濁った悲鳴を上げた。そして弾《はじ》かれたように手足を伸ばして茜の体を押し返すと一目散に部屋から出て行った。

「あ、広都君！」

茜も慌ててあとを追いかける。いきなり抱きついて驚かせてしまったらしい。しかしその様子を見る限り、あの男は広都のところへは来なかったようだ。男児は小さな体で転がるように廊下から大階段を降りて行った。

「……広都君。どうしたの？　栗谷さんは？」

階下から熊川の声が聞こえる。彼女に任せておけば広都も勝手に出歩くことはないだろう。実際に男の姿を目にしていないこともあって、彼女は普段通りの落ち着きを見せている。あの冷たい態度も今は頼りになった。

しかし安心して顔を上げた瞬間、何か、奇妙な違和感を覚えた。

目の前には長く延びる二階の廊下が見えている。広都を追いかけてきたので先ほどとは逆方向、右手の廊下だった。何が気になったのだろう。やはり誰もおらず、今朝には茜自身が掃除機をかけたので塵《ちり》一つ落ちていないはずだった。

茜は見えない何かに誘《いざな》われるかのように、そろりそろりと足を運んで廊下を進む。右側に四つ並んだドアはそれぞれ応接室、空き部屋、もう一つ空き部屋、遊戯室と勝手に名づけて認識している。部屋の中からは物音一つ聞こえないが、あの男が息を潜めて隠れているかもしれない。警戒心を緩めずに四つのドアを通り過ぎると、突き当たりにある鍵の掛かった部屋まで辿《たど》り着いた。

五つ目の部屋の前で立ち止まって、閉まったままのドアをじっと見据える。今朝に見た時と何か変わった気がするが、何が変わったのかよく分からない。窓から射し込む日光の位置が移動したのでそう見えただけだろうか。そう思っても不安はなくならない。まるでドアを境《さかい》にして同じように誰かがこちらを向いて佇《たたず》んでいるように思えた。

腰の引けた体勢のまま、音を立てないようにそっとドアノブを握る。そのままゆっくりと右に回したが、わずかに動いただけですぐに中でせき止められた。左にも回らず、もう一度右に回しても動かない。今朝に確認した時と変わらずドアは鍵が掛かったままだった。

ただ、ドアノブの下、臙脂《えんじ》色のカーペットの床に、黒く大きな染みが落ちていた。

何だ？　茜は腰を屈《かが》めて目を落とす。黒い染みは大きな物が一つと、その周囲に点々と何箇所か付いている。これが最初に抱いた違和感の正体だろうか。掃除機を走らせていた時には間違いなくなかった。一体ここで、誰が、何をしてこんな染みを作ったのか。

不吉な想像が頭の中を巡り、ふいに気になって背後を振り返る。人気《ひとけ》のない廊下が延々と続いている。顔を戻して再び黒い染みを見つめる。暗い紅色のカーペットなので見分けが付かないが、元はこの染みも赤色だったのではないか。そう思い始めると、鼻の奥に錆《さ》びた鉄の臭いすら感じられてくる。染みの前には鍵の掛かったドアがある。この、開かずの間には何が……。

ぽとりと、カーペットに新たな染みが落ちた。

茜は思わず体を震わせる。それとともに、さらに二箇所に染みが生まれた。見ると右手の袖口《そでぐち》が赤く染まり、手の平が血まみれになっている。慌てて袖をまくると前腕に浅く切り傷が付いて出血していた。

どうやらキッチンで男に襲われた際、わずかに鉈《なた》で切られていたらしい。興奮のあまり全く気がついていなかった。ひとまず巻いた袖で患部を押さえて止血しつつその場を離れる。これ以上カーペットを血で汚すわけにはいかなかった。

今さら傷口から鋭い痛みを感じて顔をしかめる。心配するほどではないが、消毒して包帯を巻いたほうが良さそうだ。一階にいる引田か熊川に頼めば処置してくれるだろう。

大階段を下りる直前で、もう一度開かずの間のほうに目を向ける。するとまた新たな疑問が頭を過《よ》ぎった。

あの黒い染みは、本当に自分の血だけが付けたものだったの？

6

右腕の怪我は前腕の内側、肘《ひじ》の下から手首に向かって五センチほど切られていた。深手ではなかったが、もう少しずれていれば太い動脈を傷つけて大量出血を起こしていたかもしれない。そう思うと背筋に冷たいものが走った。一階のダイニングには引田と熊川と広都が揃っており、茜が怪我を伝えると引田は再びパニックを起こして悲鳴を上げた。しかしさすがに介護ヘルパーだけあって、戸棚から救急箱を取り出して丁寧に処置してくれた。縫合するほどではない。血はすでに止まっていたので、患部を消毒してガーゼをあてて包帯を強めに巻いてもらった。

茜が急に抱き締めたせいで逃げ出した広都も今は落ち着いており、熊川の筆談からおおよその状況は理解できたようだ。彼はあの謎の男は見かけておらず、屋敷内でそんな大事件が起きていたことも知らなかった。状況を考えると間一髪の幸運だったに違いない。ひとまず、今日は屋敷から外へ出ないことを固く約束させた。

しかし男がすでに屋敷から立ち去ったのか、それとも未《いま》だに屋敷内のどこかに隠れ潜んでいるかはまだ分からなかった。それで茜は熊川とともに戸締まりを点検しながら見て回ることになった。危険だがこの場で留《とど》まっていても解決せず、警察がすぐに駆けつけてくれるわけでもない。妃倭子の介護を放って隠れておくわけにもいかなかった。引田は広都とともに残り、電話で麓《ふもと》の警察署と会社への連絡を引き受けた。屋敷の固定電話はエントランスの隅に設置した棚に備え付けられている。暗がりにあるので今まで存在に気づいていなかった。

掃除用具入れから柄の長い箒《ほうき》とデッキブラシを持って一階から見回りを始める。キッチンから包丁を携《たずさ》えていくことも検討したが、たとえ暴漢でも自分たちが包丁で刺したり切ったりできるとも思えず、むしろ相手に武器を渡すことにもなりかねないと思いやめておいた。玄関のドアに鍵《かぎ》を掛けて、ヘルパーたちの私室にも入って窓に鍵を掛ける。鍵は単純なクレセント錠だが、窓の外には面格子が付いているので出入りは不可能だった。浴室とトイレも確認して、廊下やリビングの窓にも鍵を掛けて回る。こちらの窓は面格子がないので、ガラスを叩《たた》き割って押し入られる可能性はあった。

リビングでマスクとゴム手袋を着け、燭台《しょくだい》に火を灯《とも》して妃倭子の寝室へ入る。部屋は変わらず暗黒の空間で、ロウソクの明かりだけでは隅々まで見通すことができない。身を隠すには最適の場所だと思うと、警戒心は否応《いやおう》なしに高まった。しかし箒と燭台を両手に持ち、目を凝らして丹念に捜索しても男はどこにもいない。分厚いカーテンに遮られた窓にもしっかり鍵が掛かっていた。

熊川は寝室に隣接した妃倭子専用の浴室と洗面所へ向かう。茜は天蓋《てんがい》の付いたベッドへと向かい、黒い布袋を被《かぶ》って仰向《あおむ》けになった妃倭子と対面した。念のために布団の中やベッドの下も覗《のぞ》いたが、やはり男は隠れていない。まるで時間が止まっているかのように、妃倭子にも一切変化はなかった。

「妃倭子さん、ここに誰か来ませんでしたか？　お屋敷の中に不審な男がいたんです」

茜は妃倭子に向かって話しかける。たとえ動けなくても耳は聞こえているかもしれない。屋敷で起きた異変は主人に伝えておくべきだと思った。

「それで私たちは今その男を捜しているんです。被害は……特に何もありません。引田さんが警察にも通報してくれました」

マスク越しの囁《ささや》き声が、黒袋を被った頭部に吸収されていく。それとともに湿気を帯びた腐臭が鋭く鼻を突いた。静止していた空気が動いただけだが、茜にはそれが彼女からの冷淡な返答に思えた。

「妃倭子さん……心配ではないんですか？　広都君のことも……」

思わず責めるような言葉で問いかける。介護ヘルパーとしては使うべきではない暴言だが、訳の分からない男に襲われて腕を切りつけられては仕事上のルールなど気にしている場合ではなかった。いや、それでも自分だけなら不運な災難として収めることもできる。茜の怒りは、息子の危機にも無反応な母親の態度への苛立《いらだ》ちだった。

その時、ふと別の方向から視線を感じた。振り向くと、洗面所から戻ってきた熊川が遠くからこちらをじっと見つめていた。

「どうかした？　栗谷さん」

「いえ……その、妃倭子さんにもこの事態を話しておこうと思って」

「どうして？　別に返事なんてしないでしょ」

「そう、ですね。そちらはどうでしたか？」

「別に何も。誰もいないし、何も変わったことはなかった」

熊川は怪訝《けげん》そうな顔で答える。癖なのか、彼女はよくこんな表情を見せている気がする。何が不満？　何を疑っているの？　それが分からないから不気味に見えて、不安を抱かせられて、正直に言うと気に入らなかった。彼女は素知らぬ顔で目の前を通り過ぎると、寝室にはもう用はないとばかりに無言でリビングへと出ていく。茜は妃倭子に向かってお辞儀をすると、天蓋のカーテンを閉めて彼女を追った。次は二階を見て回るのだろう。寸胴鍋《ずんどうなべ》のように膨らんだ背中が左右に揺れていた。

茜はふと、先ほど見た熊川の表情が、昨夜に見た彼女のものと同じだったことに気づいた。悪夢を見たあとに悲鳴を聞いて、暗い屋敷を彷徨《さまよ》っている時に遭遇した彼女の顔。こちらの話を信用せずに、泥棒の疑いまで掛けてきた際に見せた表情によく似ていた。

もしかして熊川は男の存在を疑っているのだろうか？　実際に姿を見ていなければ、こんな山奥に他人が現れることなど信じられないのかもしれない。しかも屋敷で留守番をしていたにもかかわらず男の侵入に気づいてもいなかった。そんな彼女にしてみれば、茜が屋敷に帰ってくるなり意味不明の騒ぎを起こしているとしか思えないのではないか。つまり、昨夜の状況と全く同じように見えているのだろう。

茜は熊川の心境が理解できて、胸の内で溜息《ためいき》をつく。存在しない男の捜索に付き合わされていると思っているなら訝《いぶか》しげな顔にもなるだろう。彼女を信用させるには、実際に男を見つけるしかない。しかし屋敷内に潜んでいるなど考えたくもない。右腕の傷がずきりと痛んだ。

二階へ上がって部屋を一つ一つ見て回る。茜は熊川の前へ出ると、まるで自分のほうが不審者のように足を忍ばせて、ゆっくりと音を殺してドアを開け中を窺《うかが》った。信じてもらえないのは仕方がないとしても、そのせいで彼女を危険な目に遭わせてはいけない。先ほど入った広都の部屋にも、空き部屋にも、暗がりの多い書庫にも男は隠れていなかった。

男はやはり屋敷の外へと出て行ったのだろうか？　血と泥にまみれ、鉈を手にした裸のままで。茜は深い森の中を走り抜ける獣のような姿を思い浮かべてぞっとする。一体何者だったのか？　麓の町から車で二時間もかかるこの山奥に変質者がやってくるとは思えない。暴力的な挙動から精神疾患の症状も疑えるが、近くにそんな人間が住む民家や病院があるとも聞いていなかった。何より裸で傷だらけの上、冷蔵庫を漁《あさ》っていたのが不可解だ。山賊に襲われて身ぐるみを剝《は》がされたとでもいうのか？　あるいは山で遭難して餓死寸前に陥っていたのか？

遭難といえば、スーパーマーケットの店員から聞いた話を思い出す。一週間前にカップルが山に入ったまま行方不明らしい。ということは、もしや男はそのカップルの片方だったのか？　しかしそれなら全裸でいた理由が分からない。それに遭難したなら逃げずに助けを求めたはずだ。いや、そもそも遭難した山もこの岸尾山ではなく、麓の町を挟んだ反対側の山だと聞いていた。それでは別の人物か？　他に遭難者がいたのか？

「二階にもいないみたい」

廊下の端まで見回り終えて熊川が言う。茜は遊戯室のドアを閉めると顔を上げて突き当たりまで目を移した。そこにはもう一つ、鍵の掛かった例の部屋が残されている。臙《えん》脂《じ》色のカーペットに血が黒く染みついていた。

「この屋敷には他に捜す場所はないから、男はもう屋敷から出て行ったんでしょ。栗谷さん、これで満足？」

「はい……そちらのお部屋は？」

「ここは鍵がかかっているから誰も入れない。今朝掃除してる時に気づかなかった？」

「知っています。でも、ここって何のお部屋ですか？」

「それが何か関係ある？」

「……何も関係ありませんが、気になったから聞いただけです。熊川さんはご存じなんですね？　教えてください」

茜は努めて冷静な態度で尋ねる。熊川のいちいち突っかかるような返答にいい加減うんざりしていた。彼女は細い目でしばらくこちらを見返したあと、ふんっと鼻から息を吹いて口を開いた。

「旦那様《だんな》……妃倭子さんの夫の書斎がある、と聞いている」

「妃倭子さんの夫？」

「私も中を見たことないし、会社からもここは立ち入らないように言われている。だから私たちには何の関係もない」

熊川はそう言って顔を背ける。意外な回答、だが充分に有り得ることだった。広都がいるのだから彼の父親、妃倭子の夫も本当はどこかにいてもおかしくない。それなら屋敷内に書斎があっても不思議ではなく、訪問介護のヘルパーに任せきりの現状では部屋に鍵を掛けておくのも有り得るだろう。

「そのかたは……旦那様は今どこにおられるんですか？」

「知らない。会ったことない」

熊川は素っ気なく返答して廊下を戻り始める。本当に知らないのか、隠しているのかは分からない。だが普通の夫ならこの状況を放っておくわけがない。屋敷に帰れない事情があるのか？　それとも普通の夫ではないのか？　開けることのできないドアからは、詮索《せんさく》を拒む意思が感じられた。

「栗谷さん」

熊川はふと立ち止まると、首だけで振り返って横目でこちらを見た。

「あなた、どうして広都君を助けに行ったの？」

「え？」

茜も足を止めて聞き返す。熊川の言っている意味が理解できなかった。

「さっき、あなたが男に襲われたって話していた時、いきなり一人で二階へ行って広都君を助けようとした。どうしてそんなことしたの？」

「どうしてって……もし男がまだお屋敷にいたら広都君が危ないと思って」

「でも私言ったよね？　鉈《なた》を持った男をどうやって捕まえるんだって。今も二人で箒《ほうき》とデッキブラシを持って捜し回っているけど、栗谷さんはずっと怖がっている」

「こ、怖いに決まっています」

「それなのにさっきは一人で、腕も怪我をしているのに駆け出した。もし男がいたらどうするつもりだったの？」

「腕の怪我は……その時はまだ気づいていませんでした。危ないのは分かっていますけど、でも……広都君が一人でいるなら放っておけないじゃないですか」

茜は戸惑いながら返答する。熊川は眉《まゆ》をひそめて、また例の疑うような目線を向けていた。

「何で？」

「広都君を放っておいて何が困るの？」

「何で？　え？」

「ほ、本気で言っているんですか？　あの子はまだ六歳なんですよ？」

「それがどうしたの？　介護ヘルパーの仕事にそんなことまで含まれていないでしょ？」

「仕事は関係ありません。子供が危ないんだから助けに行っただけです」

「だから、どうして栗谷さんがそんなことをするの？」

「いや、だって他に人もいないし、お母さんの妃倭子さんも動けないじゃないですか」

「それで自分が殺されるかもしれないのに、他人の子を助けに行ったの？」

「他人の子じゃないです。妃倭子さんの息子さんです」

「栗谷さんは、あの子の母親代わりなの？」

「そんなことは思っていません！」

茜は声を上げて否定する。禅問答《ぜんもんどう》のような質問攻めに苛立ちを覚えた。

「熊川さんは何を仰《おっしゃ》りたいんですか？　私が広都君を助けに行ったのがそんなに気に入らないんですか？」

「それは関係ない。私はあなたが、危険を顧みず一人で助けに行った理由を知りたい」

「理由なんて……気がつけば勝手に体が動いていたんですから」

「勝手に？　そんなことある？」

「知りませんよ。一人で行ったのは、引田さんはまだ腰を抜かしていたし、熊川さんに説明するには時間がもったいなかったからです。でもその時はそこまで考えていませんでした。無意識にそう判断したんです」

「無意識……」

「無意識で動いたのがそんなにおかしいですか？　職務規定に反していましたか？　そ

れでも私は助けに行きましたよ。危ないからどうだって言うんですか？　他人の子だからどうだって言うんですか？　そんなの関係ないじゃないですか！」

茜は熊川に摑《つか》みかからん勢いで訴える。なぜ当たり前の行動に理由を問い詰められなければならないのか。仕事の上なら理不尽な叱責《しっせき》も受け入れるが、あの状況で子供を放っておけという意見に従うことなどとてもできない。何もしようとしなかった彼女に非難される筋合いはなかった。

「私、熊川さんみたいに冷静で賢くないですから、小さい子を見捨ててまで自分の身を守ることなんて絶対にできません」

熊川は茜の剣幕《けんまく》に少し驚いた顔を見せたものの、それ以上は何も言い返さずに背を向けた。

「分からない……」

そして一言だけをつぶやいて再び廊下を歩き始めた。ああ、そうでしょう。あなたには分からないでしょうね。という言葉を呑《の》み込んで茜もあとに続いた。熊川は意地悪な性格というわけでもなければ、他人を虐《いじ》めて楽しむ趣味というわけでもない。ただ人として根本的に何かが欠けていると理解した。

7

屋敷内に男はいないと分かったあと、引田と熊川は妃倭子の夕食を介助するために彼女の寝室へと向かった。当初は茜と熊川が担当する予定だったが、右腕を怪我したので引田と交代することになった。大した怪我でないが不自由だろうと言われると否定できない。また傷口から発生した黄色ブドウ球菌で妃倭子の身に感染症や食中毒を引き起こす危険性もある。少なくとも今日は近づかないほうがいいという判断だった。

それで茜は代わりに自分たちの夕食を担当することになった。もちろん健常者にも気をつける必要はあるが、傷は手指から遠い場所にあるのでゴム手袋を着ければ問題なかった。メニューはご飯とサバの塩焼き、豚肉と夏野菜の炒《いた》め物に冷や奴《やっこ》、それに味噌《みそ》汁を付けた。見映えが良くて手間のかからない料理を選んだ。当然サバも切り身を焼くだけだった。

夕食の場は昨日よりも静かで、ぎこちない雰囲気が漂っていた。リーダーでムードメーカーの引田がまだ調子を取り戻しておらず、茜の料理をおいしいと褒めたものの、そのまま話が途切れてあとが続かなかった。熊川は相変わらず無口で無愛想で、不機嫌そうに箸《はし》を動かすだけで話にならない。そして茜にもこの寒々しい空気を変えるほどの社交性は備わっていなかった。

広都も小さな頭をうつむかせたまま、黙々と食事に集中している。ただそれは彼にとって普段と変わらない態度でもあった。物音や会話を聞き取れないので、体に触れられるか目の前でテーブルを叩《たた》かれるまでは周囲に無関心なままでいるようだ。将来的には不安だが、今この場ではそのほうがいいだろう。茜は広都の、こちらを気にすることなく熱心に咀嚼《そしゃく》する表情を眺めて胸を撫《な》で下ろす。彼が満足でいるならそれで充分だった。

夕食後は昨日と同じようにミーティングと日報作成を済ませて仕事を終えた。ミーティングは形式的なもので、今日の仕事内容と、明日《あした》予定している仕事の内容を確認するだけだった。引田によると、例の鉈男については会社から警察に通報して対応することになった。社長の母親である高砂からは、屋敷の戸締まりを怠らないことと、事件を外部に漏らさないことを厳命されたそうだ。やはりこの屋敷で宮園妃倭子の介護を行っていることは世間に知らせたくないらしい。住み込みで勤務する介護ヘルパーの自分たちに異論はなかった。

屋敷の明かりが消えて数時間後、茜はふと思い立って私室を出ると、エントランスを抜けて大階段から二階へ上がった。あれだけ捜し回ったのでもう不審者が潜んでいる可能性はない。向かう先は二階左手の奥にある書庫。掃除中に膨大な書籍群を目にしてから、もっとよく見たいと思っていた。

スマートフォンも使えずテレビもないので、夜になるとやることがなくなってしまう。それで暇潰《ひまつぶ》しに読書でもできればと考えた。使用人が主人の所有物を勝手に持ち出すのは良くない？　いや、住み込みで働いているのだからこれくらいは許されるだろう。熊川からは夜中に出回らないように言われていたが、疚《やま》しいことをしていないのだから従う必要はない。彼女への当て付けの気持ちもないとは言えなかった。

部屋の照明を点《つ》けると、無数の書架が一斉に整列する。光と影のコントラストがくっきりと映えて独特の重厚さと神秘性が感じられた。茜は書架の端から横歩きに足を進めながら背表紙を眺める。今日の午前に見た時と同じく、分厚い大型の書籍が多く目に付く。本を読みたいと思ったが、難解な上に古そうな学術書を紐解《ひもと》く気にはなれず、背表紙の単語すら分からない洋書などは問題外だ。辛うじて文豪の全集あたりなら楽しめそうだが、今はもう少し娯楽に寄った作品を求めていた。

それにしても、収蔵されている書籍の点数も膨大だが、ジャンルの幅広さにも驚かされる。最初に訪れた際に図書館のように見えたのは、書架の立ち並ぶ光景だけではなかったのだろう。そしてこの書籍群が一人の手によるものではないと感じた理由もそこにある。本が好きな人間は世の中に多いが、ここまで偏りなく蒐集《しゅうしゅう》する者などいるだろうか。まるで人類のあらゆる知識、人間そのものが解体されて、紙の薄さに切り刻まれて、保管されているようにも思えた。

そこまでして知りたかったことって何？

どこまでも続く本の森は、やがて木立の密度が減って光が射し込むかのように、次第に明るく賑《にぎ》やかなジャンルへと変わっていく。【よく分かる！】と煽《あお》り文の付いた入門書や、比較的近代の小説が目立つようになり、最後には写真の入った大判の図鑑や童話、数十冊の絵本まで並べられていた。そこまで辿《たど》り着いてから背後を振り返ると、窓際の空間に本やスケッチブックやクレヨンが落ちているのが見える。広都が一人で遊んでいた場所だった。

今日の午前中、スケッチブックの絵を見たあとにいくらか片付けておいたはずだが、それからまた遊んでいたらしい。茜は床に腰を下ろすと、図鑑から切り抜いたと思われる恐竜や昆虫の写真を糊付《のりづ》けしたスケッチブックの表紙を開いた。いくつかの落書きページのあとに描かれた四人の女。身の回りにいる三人の介護ヘルパーと、×印の付けられた歪《いびつ》な怪物のような女が目に入った。

鬼子母神は千人の子供を生み、人間の子供を食べて養い、一人の我が子の消失を嘆き、改心して母子の守り神になったという。引田から聞いた伝説は終始、鬼母の立場のみ語られていた。それでは、鬼の子供たちは母親をどのような目で見ていたのだろうか。広都のように母親を恐れ、憎んでいたの？　それとも鬼の子供ゆえに母親の食人も当然と見ていたの？

その時、茜は広都の絵を見つめながら、ふと疑問を抱いた。彼はどうして母親をこんな姿で描いたのか？　初めは難病によって変わりゆく姿を目の当たりにしてショックを抱いたものと思い込んでいた。しかしどれだけ醜くなっても、彼にとって母親は母親だ。六歳児が見た目の美醜で母親を否定するだろうか？　もしかすると嫌悪を抱くのには別の理由があったのではないかと思えてきた。

スケッチブックに描かれた絵には微妙な凹凸が付いている。以前に見た時は最後のページだったが、その後に広都は裏にもう一つ新しく絵を追加したようだ。子供の強い筆圧で描いたので厚紙でも窪《くぼ》みが付いたらしい。捲《めく》ってみるとそこには絵ではなく文字が書かれていた。形も大きさも整っていないが、辛うじて『く』『り』『ヤ』『あ』『カ』『ね』と読めた。

「あ……」

茜は思わず声を漏らす。『や』や『か』は線が足りず片仮名になり、『ね』に至っては『わ』と『る』を混ぜた蛇のような字になっている。しかし書かれているのは間違いなく栗谷茜の名前だった。その六文字がページを埋め尽くすように何度も繰り返されていた。

不思議な感動が胸の内に広がった。広都が自分の名前を書いてくれている。恐らく新しく知った名前を書いてみただけだろうが、その拙《つたな》い筆跡から必死に覚えようとしてくれているような感覚を受けた。広都は物静かで大人に無関心な子供ではない。本当は素直で賢く、心優しい子なのかもしれない。その純粋さが聾唖《ろうあ》の障害と屋敷の閉鎖的な環境によって押さえ込まれているのではないかと想像した。

茜はスケッチブックをそっと閉じて床に置き直すと、立ち上がって再び本の森へと入り込む。確か先ほど、少し気になるタイトルがあったのを思い出していた。今度は逆方向に辿り、時々は関係のない小説や童話の本を抜き出して中身を確かめつつ、目当てのジャンルを探し回る。やがて実用書と呼ばれる一群の中、書架の最下段に、手話についての本を何冊か見つけ直した。

膝《ひざ》を曲げてしゃがみ込み、試しに書架から三冊取り出して流し読みする。耳の聞こえない広都に対して、筆談とは別に手話を使ってコミュニケーションを取れないだろうかと思いついた。とはいえ茜も手話といえば、中学生の頃に道徳の授業でほんの少し習った程度の知識しかない。しかしせっかく一緒に住んでいるのだから、これを機に勉強するのもいいだろう。広都はスケッチブックの紙一杯に名前を書いて覚えようとしてくれていた。こちらもその気持ちに応《こた》える必要があった。

ギャア、ギャアという悲鳴が遠くから聞こえて肩を竦《すく》める。慌てて辺りを見回すが、書架に遮られた視界に変化は見られなかった。熊川はこの悲鳴を鳥の鳴き声と決めつけていたが、とてもそうは思えない。しかし昨日に続いて今日も聞こえたということは、やはり単なる鳥の鳴き声なのだろう。

急に心細さを覚えて茜は腰を上げる。小説と童話と、分かりやすそうな手話の本を選んで借りることにした。書架のどの場所から抜き出したのかもメモに控えておいた。そのまま書庫の出入口へ行くと、壁にある照明のスイッチを切り、両開き扉の片方だけを小さく開けて廊下へ出る。音を立てないよう静かに扉を閉めてから顔を上げて振り向いた。

廊下の先で、何か黒い影が動いた。

すっと息を呑《の》んで体が硬直する。大階段よりさらに向こうの廊下で、何か大きな物体が蠢《うごめ》いていた。窓から入るかすかな月明かりだけではその正体が摑《つか》めない。しかしそれは相手側からも同じことらしく、黒い影は茜の存在に気づいていないようだった。

茜はじっとその場に立ち止まったまま、呼吸音すら憚《はばか》られるように静止する。開ききった目を凝らしても、それを判別するには距離がありすぎた。獣か、人か、それとも別の何か。獣なら背の高い二足歩行のできる動物となり、この山にいるとすればクマか大型のサルを想像してしまう。そして人ならば、例の鉈《なた》男が引き返してきたとしか思えない。どちらにしてもこちらの存在を知られるのは危険だった。

どうしよう。黒い影は非常に緩慢な動きで、あるいは茜と同じように息を潜めて、こちらに向かって廊下を歩いてくる。このままでは追い詰められて逃げられなくなる。先に飛び掛かり、相手が驚いている隙に脱出する？　そんな映画のような真似ができるの？　いや、途中には広都の部屋がある。自分だけが逃げるわけにはいかない。彼を助けに向かうと、間違いなく見つかってしまうだろう。

しかし、黒い影は大階段の辺りで闇に溶けるように見えなくなった。消えた？　違う、大階段を下りたのだ。茜は静かに溜息《ためいき》をつく。助かった。しかし危機はまだ去っていない。持ち出した本を胸に抱き、爪先《つまさき》歩きで廊下を進む。広都の部屋を通り過ぎてから、そっと首を伸ばして大階段のほうへと目を向けた。

背を向けた人形《ひとがた》の影が、一歩ずつ階段を下りていた。

ぞっと寒気が走って茜は再び呼吸を止める。思ったよりも近くにいたので緊張感が一気に高まった。影はこちらに気づくことなく、地中に沈み込むようにじわじわと遠ざかっていく。獣ではない。鉈男ではない。乱れた長い髪をそのままにして、体を大きく揺らしながら階段を下りる。まるでゾンビのような女に見えた。

（……妃倭子さん？）

茜はきつく閉じた唇の中でつぶやく。思い浮かんだ答えに自分自身が驚いていた。決して取ってはいけない頭の黒袋を外して、妃倭子が夜の屋敷を徘徊《はいかい》している。有り得ない。しかしそれ以外に考えられない。引田も、妃倭子は動き回ることもあると言っていた。夜のほうが元気になるとも付け加えていた。重い荷物を背負っているかのように、一歩一歩慎重に階段を下りる女の動きも、寝たきりで筋力の衰えた者のように思えた。

しかし、もし妃倭子だったとしたら、彼女はこんな夜更けに一体何をしているの？　暗闇の中で散歩をしているの？　まさか本物のゾンビのように無意識で動き回っているの？　それとも広都の寝顔を見にきたの？　だが彼女は廊下の向こうからやって来て、広都の部屋へ行く前に階段を下りたように見えた。彼女が来た方向にあるのは、応接室、空き部屋、空き部屋、遊戯室、そして、鍵《かぎ》の掛かった部屋……。

女が階下に消えてしばらく経ってから、茜は静かに階段を下り始める。暗闇の中、不確かな視覚の代わりに、全身が耳になったかのように聴覚が鋭くなっていた。真夏の夜のざわめきが広い屋敷にこだましている。だがそこから意味のある物音は聞き取れなかった。

一階に到着したが女の姿はどこにもない。リビングのほうにもエントランスのほうにも誰もおらず何も変化はなかった。茜はしばらくその場に佇《たたず》んでいたが、やがて操り人形のようにぎくしゃくとした動きで私室へ戻る。ドアを閉めてベッドに腰かけると、深く、やはり静かに溜息をついた。

ブゥーンというノイズが耳に届いて頭に響く。耳鳴りではない。人の出入りを感知してエアコンが作動しただけだ。茜は鍵の掛けられないドアをじっと見つめる。いつの間にか、そっと開いて何かが忍び込んでくるような気がして目が離せなかった。

妃倭子は寝室へ戻ったの？　それとも単なる目の錯覚だったの？　そもそもあれは本当に妃倭子だったの？　妃倭子でなければ、誰なの？　疑問は尽きないが、それを確かめる気力はもうない。今はただこの夜が早く明けることだけを望んでいた。

分からない。でも、この屋敷には何かある。

参夜　情《じょう》動《どう》

1

翌朝は灰色の分厚い雲が空を覆う曇天だった。まるで屋敷の上にもう一枚屋根が付いたかのように、雲が森の木々を支えに空に蓋《ふた》をしていた。空気は蒸し暑く湿り、土の濃いにおいが籠《こ》もっている。昨日とは世界が違って感じられるのは天気のせいだけだろうかと茜は思っていた。

今日は茜と引田が妃倭子の食事当番となり、熊川がヘルパーたちと広都の食事を担当することになっていた。もう何度も行っているので妃倭子の食事介助に戸惑うこともなくなったが、この環境と仕事に馴染《なじ》めたという気はしていない。あくまで手順を覚えたというだけで、疑念や違和感は胸の内でより一層強く燻《くすぶ》っていた。

「昨日はごめんね、茜ちゃん」

妃倭子の寝室へ向かう途中、配膳《はいぜん》用のカートを押す茜の隣で引田が話しかける。困り顔に笑みをたたえた、甘えるような表情だった。

「買い物のあとで起きたこと。まさかこのお屋敷に知らない人がいて、襲われるなんて思ってもいなくて、私、先輩なのに何もできなくて、ごめんね」

「そんな、謝ることではないです。あんな目に遭ったら取り乱すのも当たり前です。先輩とか後輩とかも関係ありません。皆さんが無事だっただけでも本当に良かったです」

「無事？　でも茜ちゃんは腕を切られたじゃない」

「そうですけど……まあ大した傷でもなかったので平気です」

茜は包帯を巻いた右腕に少し目を移して答える。本来ならすぐにでも病院へ向かう事態かもしれないが、麓《ふもと》の町まではあまりに長距離な上、診察を受けたところで今と変わらない処置になると知っているので、迷っている内に結局行きそびれてしまった。今朝も少し痛みはあるが、患部はすでに出血も止まり大事には至っていない。恐らくこのまま完治するだろう。

「私、何だかんだでよく怪我や火傷《やけど》をしていますから、この程度なら慣れています。ご心配いりません」

「そうなの？　茜ちゃんって強いんだねっとと……」

引田は話しながらカーペットに足を軽く取られる。見ると左足を少し引きずっていることに気づいた。

「引田さん、足、どうかされたんですか？」

「え？　ああ……昨日、ちょっと痛めちゃったみたいだねぇ」

「昨日って、まさか襲われて転んだ時ですか？　大変じゃないですか」

「ううん、平気平気。茜ちゃんじゃないけど、私もよく転んだり捻《ひね》ったりするからね。慣れっこだよ。気にしないで」

　引田は笑って答える。確かに遠くから見る限りではそれほど重傷でもなく、多少庇《かば》っている程度のようだ。今まで気づかなかったのもそのためだろう。

「……平気ならいいですけど。でもあまり無理しないでください。お仕事なら私が代わりにやりますから」

「ありがとう、茜ちゃん。本当は私のほうがサポートしなきゃいけないのに」

「そんなことありません。引田さんこそ安静にしてください」

「じゃあ今日はお互い支え合って生きていこうね。夫婦みたいに！」

　引田が目を輝かせて言ったので茜は思わず吹き出した。彼女のいつも前向きで楽観的な性格と発言はこの屋敷の癒しだ。恐らく足の怪我もこちらから尋ねなければ黙っているつもりだったのだろう。どう考えても自分より彼女のほうが強い。だからこそ後輩なりに気遣ってやらねばと思った。

　マスクとゴム手袋を装着し、燭台《しょくだい》のロウソクに火を灯《とも》して妃倭子の寝室に入る。すると突然、一匹の黒い羽虫が茜の額に衝突した。

「わっ」

「どうしたの？　茜ちゃん」

「大丈夫です。いきなりハエがぶつかってきて……」

慌てて手で払うと羽虫はすぐどこかに紛れて見えなくなった。ハエにしては大きかった気もするが、よく分からない。リビングの明るさに興奮して向かってきたようだ。気を取り直してカートを停めると引田と分かれて寝室の燭台に火を灯して回る。毎回同じ、妃倭子と対面するための儀式だった。

「今日は特に蒸し暑いからね。ハエさんも元気なんだろうねぇ」

引田は暗闇の中でのんびりと話す。どれだけ閉めきっていても妃倭子の寝室にはハエが出る。リビングからドアを開け閉めする時や、浴室の窓や換気扇の隙間から侵入するのだろう。そしてハエも目的がなければ集まってはこない。虫の目的など茜には二つしか思いつかない。食事と繁殖《はんしょく》。マスク越しに届く臭気も今日は特に強いように感じられた。

全ての燭台に火を灯すとカートを押して天蓋《てんがい》の付いたベッドに向かう。カーテンの周りに付けたハエ取り紙も真っ黒になっていた。一日一回、夕食のあとに取り替えているが、今日は朝からすでにたくさん貼り付いている。乏しい光の中でぼんやりと揺れながら、ブブッ、ジジッと不快な羽音が聞こえていた。

「妃倭子さん、おはようございます。朝食をお持ちしました」

引田にかわり茜が声をかけてカーテンを開ける。二匹の羽虫が顔の両側から通り抜けていった。どうも今日はやけに虫が目に付く。しかしベッドに仰向《あおむ》けになっている妃倭子の姿に変わりはない。赤い薄手のローブを身にまとい、夏用の薄い掛け布団に覆われて、黒い袋を頭から被っていた。

「妃倭子さんは、その……お変わりはありませんか？」

言葉に詰まりながら尋ねるが、妃倭子はやはり全く反応を見せない。昨夜に見たことは引田にも話していない。あの鉈男の事件を怖がっていた彼女をこれ以上不安にさせたくなかったからだが、一夜明けると自分でもあれが本当のことだったのかと自信が持てなくなっていた。もしかすると目の錯覚か、また夢を見ていたのかもしれない。茜は枕元の燭台に火を灯《とも》すと、カートを寄せて食事の準備に取りかかる。

「あれぇ？　妃倭子さん。いつの間に掛け布団をかけたんですか？」

隣から引田が驚いた声を上げる。

「珍しいですねぇ。お部屋が寒かったんですか？」

「掛け布団が……」

カートの上で生肉を混ぜていた茜も妃倭子を見返す。そうだ、彼女はいつも上から何も掛けられずにそのままベッドに寝かされていた。

「それとも、もしかして何か怖いことでもあったんですか？　分かりますよ。布団を被るだけでちょっと安心できますもんね。私なんて昨日は頭まで被って蓑虫《みのむし》になっていましたよ」

「……引田さん。昨日は妃倭子さん、布団を掛けられていなかったんですか？」

「あ、茜ちゃんが掛けてあげたの？」

「違います。私は腕を怪我してから熊川さんに介護を代わってもらっていたので知りません」

「ああ、そうだったね。うん、掛けていないよ。今は夏だし、そういう習慣もないからね」

「では、誰が……」

「妃倭子さんがご自分で掛けたんじゃない？　それとも光江ちゃんかな？　掛け布団自体はベッドの下に畳んで置いてあったからね」

再び、何か大きな羽虫が頬に衝突して茜は顔をしかめる。どういうこと？　あの熊川が妃倭子を気遣って布団を掛けたとも思えない。ということは、引田の言う通り妃倭子が自分でそうしたのか？　昨夜、この黒袋を外して屋敷内を徘徊したあと、再び顔を隠してベッドに入って布団を被《かぶ》った？　一人で？　本当に？

「どうしたの？　茜ちゃん。準備はできた？」

「あ、はい……大丈夫です」

茜は生肉のスープが入ったボウルを置いて返事をする。今は些細《ささい》な出来事にこだわっている場合ではない。仕事に集中しなければならない。食事のために妃倭子を抱え上げようとする引田を制して前に出る。

「私がやります。妃倭子さん、失礼しますね」

そしてつまらない疑念を払拭《ふっしょく》するかのように、妃倭子の掛け布団をやや荒っぽく剝《は》ぎ取った。

その時、妃倭子の体から一斉に羽虫が飛び出した。

「うわぁ！」

茜は声を上げて掛け布団から手を離す。先ほどから顔に当たってきた、ハエよりも大きな虫が五匹、十匹と辺りを飛び交う。隣で引田も小さな悲鳴を上げた。

「な、何？　茜ちゃん」

「虫です。虫が、妃倭子さんの体から……」

「中から出てきたの？　嘘……妃倭子さん、妃倭子さん！」

引田は血相を変えて妃倭子の体から虫を追い払う。茜は呆気《あっけ》に取られてその場に固まっていた。

人間や動物の死体からウジというハエの幼虫が湧き、成長して飛び出すことがある。湧くといっても実際に無から湧き出てくるのではなく、あらかじめ成虫のハエが取り付いて大量に産卵することで発生する現象だ。また死んでいなくても病気や怪我で特定の部位が壊死《えし》すると、そこから同じようなことが起きる場合もある。当然、健康な人体にそのようなことはない。ウジは腐食した肉しか摂取できないからだ。

茜は昔に習った乏しい医学知識を総動員させて思考する。まさか妃倭子の体が病気で腐って、いつの間にか産み付けられたハエの卵が孵化《ふか》して成長したのか？　しかしどれだけ成長が早くても、昨夜の夕食後から数時間で成虫になるとは思えない。茜は食事介助に付き合っていないが、白くて小さな芋虫のようなウジが大量に現れたら引田も熊川も見逃すはずがない。さらに一昨日には妃倭子の入浴介助を行っている。腐ったような青緑色の肌をしていたが、確実に腐敗した部位は見当たらなかった。もし卵が付いていても綺麗《きれい》に洗い流されたはずだ。

いや、そもそもこれはハエではない。

「良かった……妃倭子さん。どこも悪くないみたい。ごめんなさい。気持ち悪かったでしょうね」

引田は安心したように声を上げる。払いのけられた羽虫たちはまだベッドの周囲を飛び交っているが、再び妃倭子の体に戻る様子はない。もしこの羽虫がハエならそんなことはない。見つけた獲物は逃すことなく、鬱陶《うっとう》しいほど付きまとってくるはずだ。

茜はカーテンの端に留まった羽虫を見る。大きさはハエを一回り拡大したくらいだが、形は全く異なっている。全体的に黒色で胸部と腹部が大きいが、その繋《つな》ぎ目が極端に細くくびれて、ほとんど管《くだ》のようになっていた。形態異常か発育不良かと思ったが他の個体も同様なのでそういう種類のようだ。腹部は上半分が赤褐色《せきかっしょく》で下半分が黒色に分かれており、細長い翅《はね》が背中から後方に伸びていた。

ハエの仲間か、あるいはハチの仲間だろうか？　しかし人を襲う様子はない。不思議と見覚えのある気がする。あれは確か……。

「ねぇ茜ちゃん。念のために妃倭子さんを動かしてお体を調べようか。その間にお布団の虫も追い払えるからね。手伝ってくれる？」

「は、はい。そうですね……私、ストレッチャーを持ってきます」

茜は思考を止めて化粧室へ向かう。今は虫の種類を考えている場合ではない。大丈夫。知識はないが、恐らくあの羽虫は妃倭子の体から発生したものではない。腐肉を食べているわけでもなければ、卵を産み付けているわけでもない。何より、勝手に掛け布団の中に侵入したわけでもない。

羽虫はわざと入れられたものだと気づいていた。

2

その後、茜と引田は妃倭子の全身を確認し、羽虫を寝室の窓から外へ出して、改めてベッドの上で朝食の介助を行った。予想通り、妃倭子の体に現状以外の異変はなく、羽虫が寝室に戻ってくることもなく、介護は滞りなく終えられた。寝室を出ると引田は安心した様子で、熊川にもやや誇張気味で事件を伝えていた。熊川はいつもの疑うような表情をなぜか茜に向けていたが、特に何も言わずに短い首を小さく傾げただけだった。

妃倭子の介護を終えると昨日と同じく屋敷の清掃となる。茜は箒《ほうき》とちり取りを渡されて一人で庭掃除を任された。屋敷を出ると熱く湿った風が髪を強く靡《なび》かせる。台風でも近づいているのか、空気は生臭く、森からはどよめくような低音が響いていた。

屋敷の庭は広大だが殺風景で、数本の針葉樹の他には何も植わっておらず、荒れ果ててはいないがきちんと整備もされていなかった。地面は黒っぽい山の土が広がり、普段利用する正面の門までの道以外は緑の雑草が不規則に島を作って点在している。煉瓦《れんが》に囲まれた花壇や、ヨーロッパ風の丸い皿を積み上げたような涸《か》れた噴水もあるが、全体的に古びて色もくすんでいた。

こんな環境で掃除と言ってもほとんどすることはなく、せいぜい吹き溜《だ》まりに集まった森の小枝を敷地の外に捨てるくらいしかない。初日に引田が花畑を作りたいと訴えていた気持ちも分かる。妃倭子にその意識があるかどうかは分からないが、このままでは幽霊屋敷だ。麓《ふもと》の町で会ったスーパーマーケットの店員も、自分がこの山から来たと言ったら顔色が変わった気がする。地元では何か良くない噂も立っているのかもしれない。

ぽつりと頬に水滴が当たる。気のせいかと思っている間にもその数は増えて、暗い空から雨が降り始めたと分かった。これでは掃除どころではない。いや、本当は掃除をしている場合でもなかったが、新人の勝手な行動に遠慮していただけだった。茜は言い訳ができたことを幸いに屋敷へ戻って掃除用具をしまった。

一旦《いったん》私室に戻って目的の物を携えてから、屋敷の大階段へ向かう。途中、エントランスの隅にある棚に設置された固定電話がふと目に留まった。電話機の背後の壁には小さな貼り紙があり、【お屋敷TEL《この電話》】や【ひだまり《代表》】という記述の下に電話番号が羅列されている。さらに麓の町の警察署や消防署、病院や水道局や電力会社の電話番号が続いていた。昨日の鉈《なた》男の事件以降、会社からも警察からも音沙汰《おとさた》はない。捜索の進捗《しんちょく》についてすら連絡がないのは不安だった。

大階段から二階へ上がると、左手にある一つ目のドアをノックする。たとえ耳が聞こえなくても気配のようなものは感じられるかもしれない。名前を呼びかけたが返事はなく、静かにドアを開けて部屋に入った。

子供部屋はしんと静まり返り、広都の姿はどこにも見当たらなかった。奥へ行くと部屋の中央には小さなテーブルがあり、その近くには図鑑や玩具《おもちゃ》や小さな段ボール箱が置かれていた。広都はどこに行ったの？　雨の降り出した庭では見かけなかったので、また書庫で一人遊びをしているの？

その時、近くのベッドで布団がもぞもぞと動く。妃倭子の掛け布団を剝いだ時の光景を思い出しつつ、そっと裾《すそ》を捲《まく》ると広都が体を丸めてこちらを見上げていた。

「広都君、どうしたの？　お腹でも痛いの？」

茜は尋ねるが、広都は気まずいような表情のまま動かない。顔色には変わりなく、特に体調不良というわけでもないようだ。茜は笑顔を見せるとうなずいて小さな手を軽く握る。彼はしばらく迷うような素振りを見せていたが、やがて諦《あきら》めたのか、のろのろとベッドから這《は》い出てきた。

「かくれんぼでもしていたのかな？　でも捜してくれる人がいないとつまんないよね」

茜は床に腰を下ろして親しげに話しかける。広都はやや離れたところに座って警戒するような眼差《まなざ》しを向けていた。

「昨日はごめんね。いきなり抱きついたりして。熊川さんから聞いたと思うけど、広都君が悪い男に捕まっていないか心配だったの。何も見ていないって聞いて安心したよ」

茜は鈍感な風を装って、気にせずに話を続ける。

「でも逆にびっくりさせちゃったね。広都君のお耳が聞こえないことも忘れていて、これじゃ私が悪者みたいに思うよね。だから謝っておこうと思ったの。怖がらせてごめんね。本当は私、広都君と仲良くしたいんだよ」

広都はじっとこちらの顔を見つめている。そうしないと相手の態度が全く分からないからだ。しかし当然、顔を見ても茜が何を言っているのかは分からない。口の動きを見ても内容が難しくて判断できないだろう。やがて彼は床に置いていた段ボール箱を示して茜のほうに押しやった。

「ん、何かな？」

底の浅い段ボール箱には大小様々な白い紙の束が収められている。何枚か取り出してみると、ノートの切れ端や麓のスーパーマーケットのチラシやティッシュ箱を折り目で裂いて広げた物だと分かった。広都はどうやらこれらの紙の裏をメモ代わりに、いや、筆談のための用紙に使っているらしい。彼は続けて大きな筆箱から鉛筆を出して手渡してきた。

「うん。書いて話してってことだね。でもいいんだよ。いらないんだよ」

茜はゆっくりと口を動かしてそう言うと、箱と鉛筆を脇に避《よ》ける。そして不思議そうな顔を見せた広都の前に一冊の本を出して見せた。

「分かるかな？　今日はこれを使って話してみない？」

それは書庫で見つけた手話の本だった。大判サイズで絵と平仮名を多く使っており、初めて手話に触れる幼児や小学生に向けて作られたテキストだった。

「ほら見て、これ、手を使ってお話しする方法なんだよ」

広都は不思議そうに本とこちらを見比べている。どうやら初めて目にしたらしい。本は屋敷にあった物だが発行年から見ても彼のために蒐集《しゅうしゅう》された物ではなかった。茜は本を広げて読むべきポイントを指差した。

「いい？　よく見てね。私、名前、あ、か、ね、言います」

胸を指さし、左の手の平に右手の親指を押し付ける。名前は五十音表にならって一文字ずつ指で示した。昨夜に一通り読んで表現方法を覚えている。何度か同じ動作を繰り返すと広都も納得したように大きくうなずいた。

『僕、名前、ひ、ろ、と、言います』

「そう！　そうだよ。凄《すご》いじゃない！」

茜は拍手してから両手を上下に動かして嬉《うれ》しさを示す。思った以上に呑《の》み込みが早い。

広都は体に覚え込ませるように自分の名前を何度も繰り返していた。

『私。ひ、ろ、と。友達、なりたい』

『僕。あ、か、ね。友達、なりたい』

『よろしく、おねがいします』

お互いに本と相手を交互に見ながら、覚え立ての身振り手振りで挨拶《あいさつ》を交わす。広都のこけしのように冷めた目が興味に輝くのが分かった。

3

午前というのに窓の向こうは暗みを増して、部屋に流れ込む空気に埃《ほこり》っぽさを感じる。雨は一旦収まったようだが本降りの予兆はますます強く感じられていた。

茜と広都は子供部屋の床に座って手話での会話に挑戦している。『家』『山』『花』『おにぎり』『自動車』『広都は部屋で絵を描く』『茜は自動車で買い物に行く』。広都は夢中になって本を読み進め、次はこれ、次はこれと言葉を選んでは二人で動作を真似ていた。どちらも初心者なので動きは大きくたどたどしい。会話というよりも幼稚園でのお遊戯に近かった。

『あ、か、ね、料理、おいしい』

『ありがとう。く、ま、か、わ、料理、もっと、おいしい、ですか？』

『み、つ、え、料理、普通。ち、え、こ、料理、一番、おいしい』

「へえ、そうなんだ」

茜は思わず声で返答するが、広都はまるで耳が聞こえているかのようにうなずく。会話が成り立っていれば相手の表情だけで理解できることを知った。

『ち、え、こ。料理、何が、好き、ですか？』

『カレー、そば、違う、焼きそば』

『私、作る、カレー、明日《あした》』

『嬉しい。カレー、辛い、駄目』

「オッケー」

茜は指で輪を作って笑う。オッケーは共通語らしい。広都は笑顔を見せないものの、新しいコミュニケーション方法を知った興奮と感動に頬を上気させていた。恐らくこんな単純な会話すらも今までしたことがなかったのだろう。引田はお利口さんでいい子、手間がかからなくて助かると話していた。その評価も間違いではないが、彼は誰かと雑談を交わすこともできなければ、希望や不満を訴えることもできなかったのかもしれない。六歳児の筆談では連絡事項の役割しか果たせない。介護ヘルパーの手を止めさせてまで感情を伝える手段がなかったのだ。

うつむいて熱心に本を読む広都の小さな後頭部を見て、ふと茜は撫《な》でてみたい思いに駆られた。驚かせてしまうかな？ それとも怖がらせてしまうかな？ ゆっくりと右手を伸ばして柔らかい髪に触れて、二、三度後ろに撫でつける。広都は気づいていないかのように何の反応も示さない。それよりも本を読むほうが大事なのだろう。手の平に温かい子供の体温を感じた。

もしも、あの子が生まれていたなら、こんな日もあったのだろうか。雨の降る日に二人で本を読んで、手遊びをして、小さな頭を撫でていたのだろうか。割り切っていたはずの思いに囚《とら》われて、忘れていたつもりの感情が胸に込み上げる。しかし理性がそれを押し留《とど》めて、男児の頭から手を離した。この子は、あの子じゃない。この子の頭を撫でるのは、私であってはいけなかった。

「広都君」

代わりに彼の肩を叩《たた》いてこちらを見上げさせる。この子の母親は他にいる。それが今ここへ来たもう一つの理由だった。

『ひ、ろ、と』

手話を使って呼びかけると、彼はこくりとうなずいた。

『ひ、ろ、と。ママ、布団、虫、入れた、ですか？』

茜は笑顔のまま、一単語ずつ区切りを付けて丁寧に伝える。広都は目を大きくさせて唇を噛《か》んだ。やはり、そうだったのだ。妃倭子の布団から大量の羽虫が飛び出したのは広都の仕業だった。

『怒っていない、怒っていない。私、虫、知っている。ひ、ろ、と。絵、描いていた』

あの不気味な羽虫は、書庫で見た広都のスケッチブックの中で見覚えがあった。精緻《せいち》とは言い難い子供の絵だったが、その特徴的な腰の細さと色の塗り分けが共通していた。

『ジ、ガ、バ、チ』

指文字で伝えると広都は本と見比べながら読み取ろうとする。確かそんな名前だったと記憶していた。

『ジ、ガ、バ、チ。ひ、ろ、と。絵、上手。だから、分かる』

恐らく屋敷の庭かその近辺に多く生息しているハチなのだろう。昨日、鉈男《なた》に襲われたあとにこの部屋へ駆け込んだ際、広都の周囲には虫カゴや虫取り網やゴミ袋などが散乱していた。あのゴミ袋の中に集められていたのかもしれない。

『ひ、ろ、と。ママ、嫌い、ですか？』

茜は穏やかな表情で広都に尋ねる。動けない母親の布団の中に虫を入れるなど敵意の表れとしか思えない。まさかプレゼントのつもりではなかっただろう。彼は眉《まゆ》を寄せて両手をわなわなと動かしている。手話ではない。言葉にできないもどかしさがその動作から窺《うかが》えた。

『ひ、ろ、と。ママ、病気。だから、優しく、優しく』

諭すように伝えるが、広都は首を左右に振って否定する。彼が明確に拒否を示したのは初めてだった。茜はスケッチブックで見た妃倭子の醜悪な姿を思い出す。六歳児にとって病気は理由にならないのか。すぐ近くにいるのに自分を受け入れてくれない母親が許せないのか。しかも彼には父親もいなかった。

すると広都は脇に置いていた図鑑を取り上げて床に広げる。中身は昆虫図鑑らしく、様々な虫たちが写真付きで記載されていた。ばさりばさりと大きなページを捲《めく》って、見つけた一匹の写真を指で示す。そこには例の黒い羽虫が、よく似た他の種類とともに並んでいた。

●ジガバチ
体長：十九〜二十三ミリ。分布：北海道〜九州。活動：五月〜九月。
寄生バチの仲間。毒針を刺して動けなくしたガの幼虫などを地中に掘った巣穴に入れて、その体の上に卵を産み付ける。ガの幼虫は死んでいないが毒で動けないので、卵からかえったジガバチの幼虫はそのままガの幼虫を食べて成長する。成虫は人間をめったに刺さない。

茜は図鑑の紹介文を読んで寒気を覚える。生きながら卵を産み付けて幼虫の餌にするとは不気味な生態だ。ミツバチやスズメバチほど名前は知られていないが、人間を刺すこともあるようなので、広都も触れるべきではないだろう。

『虫、危ない。ママ、可哀想。広都、駄目』

胸の前で両手を交差させて×のマークを作る。手話でもダメはバッテンと表現するらしい。もう少し柔らかい言葉で伝えたいが、その方法はまだ分からない。代わりに笑顔を絶やさずに、怒ってはいないことをアピールし続けた。

広都は真っ直ぐにこちらを見上げたまま、手を広げたり握ったりを繰り返している。手話が理解できなかったとは思えない。善悪の判断が付かない子とも思えない。それでも素直にうなずくことなく返答を迷っている風に見えた。

彼は茜の側にあった段ボール箱を手元に寄せると、中に入っていたノートの切れ端を取り出す。そして鉛筆で文字を書いて差し出した。

〝ママたすけて〟

「助けて……」

ぎゅっと胸を締め付けられる感覚を抱いた。広都が書いた必死の文面。手話で伝えなかったのは、遊びではなく本気の思いだからだろうか。

そうだ。やはり彼が本当に望んでいるのは母親の快復だった。あの黒い布袋を取って顔を見せて欲しい、抱き締めて頭を撫でて欲しい。まだ六歳の、しかも耳の聞こえない男の子だ。あの鬼母のような絵も、ジガバチの悪戯《いたずら》も、本心からの憎しみではない。叱られてでも振り向いて欲しいという、切なる願いがそうさせたのだと気づいた。

広都は眉根《まゆね》を寄せてこちらを見つめている。しかし、今の自分に何ができるだろうか。妃倭子を麓《ふもと》の町の病院に入れて治療をさせるのか？　広都を宮園家の親類縁者に引き取らせるのか？　屋敷へ来たばかりの新人ヘルパーにそんな権限はない。隠されていることが多過ぎて何が正解かも分からない。男児の想いに応《こた》えたいだけではどうにもならない現実があった。

その時、手にした紙片の裏面に何か手書きの文字が書かれていることに気づいた。広都は屋敷で見つけた不要な紙を集めては、何も書かれていない裏面を筆談用のメモに使っているらしい。何気なく裏返してみると、紙の上の方に誰かが走り書きした文章がしたためられていた。

〝この屋敷には何かある〟

文章の最初に書かれたその文字に茜の目が引き付けられた。

4

八月二十日
この屋敷には何かある。

分からない。だけど、何か普通じゃないことが起きている。

たとえば小さな地震が何度も起きていると思っていたら、実はどこかで火山が大噴火を起こしていたような。今日は赤ちゃんが大人しく眠っていると思っていたら、喉《のど》がつかえて苦しんでいたような。

そんな、ささいな出来事が、得体の知れない大きな事態に繋《つな》がっているような予感。

それがこの屋敷へ来てからずっと続いている。

私の考えすぎ？

でもこんな山奥の屋敷で、住み込みのヘルパーを雇ってまで介護をさせるなんて、やっぱりどう考えても不自然。

真田《さなだ》駒子《こまこ》さん。あれはただの全身麻痺《まひ》じゃない。あの青緑色の肌は異常。あんな重病人をこんなところに閉じ込めておいていいの？　麓の病院に入院させなくていいの？

大体あれは何の病気なの？

介護の方法も何だかおかしい。素手で触れてはいけないのは分かる。光を当ててはいけないのも分かる。でもあんな袋を頭に被《かぶ》せて、絶対に顔を見てはいけないってどういうこと？　もし顔を見たらどうなるの？

それに、あの肉。毎日何の肉を食べさせているの？

身内の人はどうして一度も現れないの？　会社はちゃんと連絡を取っているの？　どうして夜に部屋から出てはいけないの？　みんな私に何を隠しているの？　分からない。何もかも分からない。でも絶対に何か起きている。それがとてつもなく怖い。

私はどうしたらいい？　駒子さんを屋敷から連れ出して入院させるべき？　全部忘れて一人でここから立ち去るべき？　気にせずに介護を続けるべき？

頭がおかしくなりそう。明日《あした》、熊川ちゃんに電話で相談してみよう。

―――――

何だこれは？

茜は紙片に書かれていた文章を読んで呆気《あっけ》に取られた。屋敷の謎、要介護者の謎、介護ヘルパーの謎、全体に漂う違和感の謎。まるで自分が書いたのかと錯覚するほど、そこにはこの三日間の疑問がはっきりと書かれていた。

すぐに段ボール箱から他の紙片を取り出して確認したが、同じ筆跡の文章が書かれた物は見つからない。スーパーマーケットのチラシや包装紙ばかりで、似たようなノートの切れ端も存在しなかった。

一体これはどこから出てきたの？　誰が書いたの？　不思議なのは、間違いなく今、この状況を書き記した物であるはずなのに、一箇所だけ全く違う言葉が紛れ込んでいることだった。

真田駒子。まるで聞き覚えのない名前だが、その症状は宮園妃倭子と完全に一致している。全身麻痺と青緑色の肌、さらに三つのルールまで共通している。屋敷で介護を受けていることも、肉だけを食べさせていることも、身内の存在が分からないことも同じだった。

真田駒子とは誰？　なぜ、そんなことが起きているの？　紙片の文字がにわかに乱れて、知らずと手が震えていることに気づく。何かがおかしい。しかし何がおかしいのかすら分からない。その感覚までここに書かれている言葉と一致していた。分からない。何もかも分からない。でも絶対に何か起きている。それがとてつもなく怖い。

「ね、ねぇ広都君」

茜は広都に向かって尋ねる。

「この紙って、どこで拾ってきたか覚えてない？　このお屋敷で見つけたものだよね？　他にも同じ紙があったんじゃないかって思うんだけど、知らないかな？」

しかし彼は不思議そうにこちらを見上げるだけで返答しない。耳が聞こえないのだから当然だ。手話で伝えようにもジェスチャーが分からない。いや、筆談にすればいいと気づいてチラシの裏紙と鉛筆を手にした。

「何をしている？」

突然、遠くから声が聞こえて茜は慌てて顔を上げる。ドアを開けて熊川が部屋を覗《のぞ》き込んでいた。

「声がしたかと思って見たけど、栗谷さん、こんなところで何をしている？　今は掃除の時間でしょ」

「は、はい。お庭の掃除をしていたんですけど、雨が降ってきたので……」

「雨が降ってきたから勝手にやめてサボっていたって？　他にもすることはあるのに」

「サボっていません。広都君に手話を教えていたんです」

「手話って、何？」

「え？　あ、手話っていうのは、手を使って会話をすることです。これで耳の不自由な人でも……」

「そんなことは知っている。何でそんなことをあなたがしているの？」

熊川は片方だけ眉《まゆ》を上げて苛立《いらだ》たしげに質問する。茜は自然とその場で正座を作る。

部屋の空気を察したのか、広都はうつむいて口を噤《つぐ》んでいた。

「どうして栗谷さんがそんなことを？　それがあなたの仕事？　誰からそんな命令を受けたの？」

「命令なんて……仕事かどうかは分かりませんけど、広都君も手話が使えた方がいいと思ったから教えていました」

「何でそんな余計なことを」

「余計って……何かいけなかったですか？」

「私たちの仕事は妃倭子さんの介護と屋敷の管理。その子もついでに面倒を見ているだけ。手話を教えるなんて仕事に含まれていない。仕事中に関係ないことをするのは職務《しょくむ》放棄《ほうき》でしょ」

「でも手話が使えたら会話の幅も広がるし、広都君の将来にも役立つとは思いませんか？」

「その子の将来なんて、私たちの仕事には何の関係もない」

「妃倭子さんには関係あるじゃないですか！」

茜は両手の拳《こぶし》を握って反論する。

「介護は病院の治療とは違いますよね？　患者が快復すればそれで終わりってわけじゃないですよね？　介護ヘルパーは要介護者をお世話しながら、その人が幸せな生活が送れるようにお手伝いをするんじゃないんですか？」

「幸せなんて……」

「妃倭子さんの幸せは、広都君です。私は妃倭子さんに安心してもらいたくて、広都君に手話を教えたいんです」

「……妃倭子さんは、広都君のことなんてもう覚えていない。あなたに何が分かるの？」

「じゃあ……熊川さんは何を知っているんですか？」

茜は例の紙片をポケットに隠しつつ、ゆっくりと腰を上げる。

「熊川さん、真田駒子さんって誰ですか？」

「どこで、その名前を？」

熊川は驚いた様子で目を大きくさせる。あの文章の最後には、はっきりと熊川の名前が書かれていた。

「まさか広都君が？」

「広都君じゃないです。誰ですか？　今、どこにいるんですか？」

「知らない……」

「その人も妃倭子さんと同じ病気を患っていたんですか？　【ひだまり】の介護を受けていたんですか？」

「知らないって言ってるでしょ」

熊川は歯を食い縛ったような顔つきで首を振る。いつもの冷めた様子とは違い明らかに動揺していた。

「……あなたには関係ないことだから。もうその名前は忘れなさい」

「教えてください、熊川さん。どういうことなんですか？　真田駒子さんもこのお屋敷にいたんですか？　でも……どうしてそんなことになっているんですか？」

「やめなさい、栗谷さん」

「熊川さん……あなたは何を知っているんですか？」

「やめろ！」

どんっと壁を叩《たた》いて熊川は激昂《げっこう》する。顔を真っ赤に染めて、眉間《みけん》に皺《しわ》を寄せて、今にも泣きそうな表情で睨《にら》んでいる。どうしてそこまで。茜は彼女の過剰なまでの反応にやや怯《ひる》んだが、それで言いなりになるつもりはもうなかった。

ぎゅっと、ズボンの裾《すそ》を引っ張られる。広都が無表情のまま、じっとこちらを見上げていた。事情を理解していない彼も、熊川との間に流れるただならぬ雰囲気を感じ取ったのだろう。大人同士の言い争いは子供部屋ですべきではないと気づいた。

「栗谷さん」

低く、重く、思ったよりも静かな声で熊川は呼びかける。

「屋敷から出て行って。あなたにここで仕事はさせられない」

そしてふいと顔を背けるとドアを閉めて立ち去った。茜は閉まったドアをしばらく見つめたあと、溜息《ためいき》をついて広都を見下ろした。

『……私、ママ、助ける……絶対に』

茜は手振りで伝えると口角を無理矢理持ち上げて笑顔を見せる。広都は口も手も動かすことなく、小さな目をこちらに向けていた。覚えたての手話は果たして通じただろうか。でも、きっと思いは伝わったはずだ。

5

熊川光江は何かを隠している。それはこの屋敷と宮園妃倭子に関係していることに違いない。彼女は真田駒子の名を聞くなり激しく狼狽《ろうばい》し、茜に対して関係ないと言っておきながら、屋敷から追い出そうと脅しかけてきた。

真田駒子も宮園妃倭子と全く同じ病気を患っており、同じくこの屋敷で介護を受けていたらしい。しかし現在、この屋敷には宮園妃倭子しかいない。真田駒子はどこに消えたのか？　真っ先に想像できるのは、すでに死亡していることだ。妃倭子の状態を見る限り、いつ心肺機能が停止しても不思議ではないように思えた。

また真田駒子と宮園妃倭子は身内の可能性が高い。血族であればこの屋敷で同じ介護を受けていても不思議ではないからだ。名字の異なる母娘《おやこ》か、姉妹か、親戚《しんせき》か。もしそうであるならば、あの謎の病気に遺伝的要因の疑いも生じてくるだろう。

不気味なのは、なぜそれらの事実が自分には隠されているのかということだ。名家と称される宮園家に代々伝わる、特殊な遺伝性疾患が世に知られるのを恐れているのか。住み込みを始めて三日目の新人にまで説明する必要はないと思われているのか。だから熊川は頑《かたく》なに、知らない、関係ないと否定し続けていたのか。

しかし所詮《しょせん》は無関係な介護ヘルパーの熊川があそこまで取り乱すのは尋常ではない。彼女の顔には明らかに、何かを恐れる色が浮かんでいた。

この屋敷には、宮園妃倭子の病気には、何かが隠されている。ここへ来てから抱き続けている違和感も全てそこに繋《つな》がっている。恐らくそれが妃倭子と広都を助けるヒントにもなるはずだ。もう遠慮はしていられない。真実を知るために行動しなければならなかった。

妃倭子の昼食介助も朝食と同じく茜と引田が担当することになっている。キッチンへ行くとすでに引田が食事の準備を始めており、妃倭子専用に貯蔵している保冷バッグ詰めの肉塊を解凍してボウルに移していた。

「すいません、引田さん。遅くなりました」

「ううん、全然遅くないよ。茜ちゃんは時刻通り。お掃除お疲れ様でした」

引田はいつものように屈託のない笑顔で返答する。午前の虫騒動からもすっかり立ち直ったようだ。

「でも茜ちゃん、今日はお庭でお掃除してなかった？　雨、大丈夫だった？」

「あ、いえ……掃除は早々に切り上げて、その、広都君に会っていました」

「ああ、そうなんだ。良かったー。雨の中でお掃除しているんじゃないかって心配だったの。やめにしていいからね。広都君と遊んでいたの？」

「そうですね。せっかくなので手話を教えていました」

「手話！　へぇ、茜ちゃん、手話もできるの？」

引田は両手を無意味にぱたぱたと振りながら言う。恐らく手話の真似事をしたのだろう。茜は首を振った。

「できません。だから一緒に勉強していました」

「ふぅん。面白いこと思いついたねぇ。広都君も喜んでくれた？」

「多分、気に入ってくれたんじゃないかと。手話が使えたら広都君ももっと積極的になれるかと思って」

「あの子はこれから大変になるだろうしね。いいと思うよ。私もやってみようかなぁ」

「ぜひ。広都君も交えてみんな手話で話し合えたら楽しそうです」

「そしたらお屋敷がますます静かになっちゃうね」

引田と茜は笑い合う。そう、これが普通だ。彼女の反応は極めて全《まっと》うに思える。余計なことをするなと叱った熊川のほうがやはり異常だった。

左足を負傷している引田に代わって茜が食事用のカートを押す。エントランスからリビングへ入り、マスクとゴム手袋を着けて寝室のドアを開けた。今回は羽虫が燭台《しょくだい》に飛び込んでくることもなければ、ノイズのような羽音も聞こえてはこなかった。

「茜ちゃん、大丈夫かな？　また布団から虫がうじゃうじゃ出てこないかな？」

「大丈夫です。窓を開けて全部追い払いましたし、妃倭子さんの体から湧いて出たわけでもありませんから」

「妃倭子さんが無事で良かったけど、本当にどこから入ってきたのかなぁ」

「あれは……広都君がこっそり入れたみたいです」

「え、広都君がそんな悪さをしたの？」

「いえ、悪さというか、ほんのたわいもない行為だったと思います」

茜は弁明するように言葉を付け加える。

「妃倭子さんや私たちを怖がらせたり、困らせたりするつもりはなかったはずです。何と言うか、きっと寂しかったんだと思います。虫もあの子にとっては玩具《おもちゃ》みたいなものですし、男の子にはそういうところもあるんじゃないでしょうか」

「ふぅん……今までそんなことしなかったんだけどねぇ。もしかすると茜ちゃんに構って欲しかったのかもね」

「そうなんでしょうか……一応、あんなことをしてはいけないと伝えましたけど」

「ありがとう、それでいいと思うよ。なんだ、ちゃんとお仕事しているじゃない、茜ちゃん」

引田はそう言って微笑む。広都は本当に構って欲しくて妃倭子の布団に虫を入れたのだろうか。引田にあっさりと肯定されたことで、かえって茜は男児の心境が不可解に思えてきた。

寝室の燭台に火を灯《とも》して回り、ベッドのカーテンを開けて妃倭子と対面する。いつものように返答のない挨拶《あいさつ》の声を掛けたあと、布団を剝《は》いでマネキン人形のように硬く冷たい彼女を座らせた。それからヘッドボードの縁《へり》に後頭部をのけぞらせて、頭部を包む黒袋を口元まで上げる。自然と顎《あご》が下がって開いた口内からは排水口のような湿った悪臭が漂っていた。

ふと目を落とすと、シーツの上にジガバチの死骸《しがい》が一匹、黒い糸屑《いとくず》のように落ちていた。妃倭子の体の下で死んでいたのか、朝に掃除した時には見つけられなかったようだ。茜はさっと手で払って床に落とすと、足で掠《かす》めるように蹴《け》ってベッドの下に隠す。ボウルに入った生肉のスープを機嫌良く混ぜている引田には気づかれずに済んだ。

「それでは妃倭子さん、お昼ご飯をお召しあがりください。失礼します」

そう声を掛けてからステンレス製の漏斗を、正式にはクスコ式腟鏡《ちつきょう》を妃倭子の喉《のど》の奥にまで挿し込む。引田はボウルに入った赤黒い液体をスプーンで掬《すく》うと、漏斗の壁に沿ってとろとろと静かに流し始めた。一気に入れると穴が詰まって溢《あふ》れるので、時間をかけてゆっくりと与えていく。その間、茜は漏斗を支え続けていた。

「引田さん……ちょっと伺ってもいいですか？」

「んー？　あらたまってどうしたの？」

引田は妃倭子に食事を与えながら穏やかに返事する。その顔はまるで赤子に授乳する母親のように緩んで見えた。

「……真田駒子さんって、どなたですか？」

「え、サナダコマコさん……どなたって……どなた？」

引田は首を傾げる。茜はその表情を横目で見つめていた。

「本当に、ご存じありませんか？」

「えー……あ、前にうちのお客さまになったかたのこと？　確かそんなお名前だったかと思うけど」

「そうです。多分そのかたです」

「だよね？　でもどうして茜ちゃんがそのお名前を知っているの？」

「……熊川さんからお伺いしました」

茜はさらりと嘘を吐いたが、引田は疑うことなくふんふんとうなずく。慌てて何かを隠そうとする素振りも見せず、ごく普通に名前を思い出したような態度だった。

「真田さんなら光江ちゃんのほうが詳しいんじゃないかなぁ。私はその時、他のかたの介護を請け負っていたからよく知らないよ」

「真田さんが、今の妃倭子さんと同じようなご病気に罹《かか》っていたのはご存じですか？」

「そうみたいだね。だから同じように介護を受けておられたと思うよ」

「どういうことでしょうか？　このご病気ってそんなに有り触れたものとは思えないんですけど」

「それはそうだよ。妃倭子さんみたいな人がたくさんおられたら大変。私たちも手が足りなくなっちゃうよ」

「それと、真田さんもこのお屋敷で介護を受けておられたようなんですが」

「うん。そう、確かそうだったはず」

「では真田さんは妃倭子さんのお身内なんでしょうか？」

「ううん、違うんじゃない？　そんな話は聞いていないよ」

「え？　でもこのお屋敷は妃倭子さん……宮園家のものですよね？」

「そう、妃倭子さんのお家《うち》。お金持ちっていいよねぇ。私なんて実家も小さなマンションだから、こんなお家に憧《あこが》れるよ。茜ちゃんはどう？」

「あ、いえ……」

笑顔で話す引田に茜は奇妙な感覚を抱く。この人は何を言っているのだろう。質問すればためらうことなく返答してくれるが、なぜかその言葉に納得できないものを感じてしまう。誤魔化している様子もないが、彼女と話していても真相に辿《たど》り着けるとは全く思えなかった。

「まぁ、私は真田駒子さんのことは名前しか知らないからね。もう介護も終わっているし、茜ちゃんには関係のないことだよ」

「しかし……」

「ほら茜ちゃんの悪い癖。あんまり思い詰めちゃ駄目だよ」

引田の明るい声が耳を通り抜ける。そう、彼女には疑問がないのだ。熊川は一切の質問を拒否したが、引田は全てを認めて肯定してくれた。しかし彼女自身はその事実に対して何一つとしておかしいとは感じていないようだった。なぜ宮園妃倭子と真田駒子が同じ病気を患っているのか。なぜ二人とも同じ屋敷で同じ会社から介護を受けているのか。それを不思議とも思わないのが茜には理解できなかった。

「高砂さんが見たら叱られるよ。【ひだまり】では笑顔が基本。スマイル、ハッピーよって。あの人いつも同じこと言うんだから」

「は、はぁ……」

茜は引田から目を逸《そ》らす。思い返せば、彼女は常にそんな人間だった。妃倭子に対して献身的な介護に努め、屋敷での雑務にも熱心に取り組んでいるが、それ以外の事柄には全く触れようともしない。初めの内はそれが介護ヘルパーとしてあるべき姿と感じていたが、関心すらも欠落したような彼女の精神が今は酷《ひど》く不気味に思えていた。

その時、視線の先にあった妃倭子の左手が、ぴくりと指を折り曲げた。

「あ……」

茜は目を見開いて凝視する。振動を受けて揺れたわけではない。今、妃倭子がかすかに指を動かした。三日目にして初めて、あの夜の徘徊《はいかい》を除けば確実に、彼女が自発的に動作するのを目撃した。素早く視線を動かして腕から首元、そして漏斗の突き出た口を見たが、他には全く変化はない。もう一度指先まで見直したが、もうそれ以上は何も変化はなかった。

「はぁい、妃倭子さん。お昼ご飯はこれでおしまいです。おいしかったですかぁ」

引田がボウルの中身を全て流し終えてから声をかける。茜は静かに妃倭子の口から漏斗を引き抜いてカート上のトレイに置いた。引田は妃倭子が指を動かしたことに気づいていない。茜は口を噤《つぐ》んで妃倭子をベッドに寝かせると、彼女の手を隠すように静かに布団を掛け直した。引田に報告しなかったのは、それが何となく、妃倭子から自分だけに向けられたメッセージのように思えたからだ。

「……引田さん、あと一つだけお伺いしてもいいですか？」

その代わりに、茜は別の質問を投げかける。

「今、真田駒子さんは、どうしてこのお屋敷にはおられないのでしょうか？」

「どうして？　それはだって、もううちの介護を受ける必要もなくなったからだよ」

引田は当然といった表情で返答する。

「ということは、やはりお亡くなりに……」

「いやいや、元気になったから介護も終わったんだよ」

「え？」

「茜ちゃんはすぐにそっちのほうに考えちゃうんだねぇ」

「いや……でも、快復されたんですか？　真田駒子さんは」

「もちろん。今はお子さんも生まれて幸せになられたって。高砂さんからそう聞いてるよ」

「子供まで……」

茜はそれ以上言葉が続かない。元気になった？　子供も生まれた？　幸せになった？　これは不治の病ではなかったの？　妃倭子もあの状態から快復する可能性があるの？

事実が想像を上回り、思考が追いつかない。まさか引田が嘘を吐いているの？　それとも高砂が引田に嘘を吐いているの？　誰を信じればいいのか、真相はどこに存在するのか。激しい頭の混乱が腕にまで伝わり、カートを押す手元まで小刻みに震えていた。

6

妃倭子の昼食介助のあとは介護ヘルパーたちと広都の食事が始まる。キッチンでは熊川がてきぱきと料理をこなしており、茜たちが片付けを終えて席に着くタイミングを見計らい皿に盛り付けてダイニングのテーブルに並べていった。今日は野菜とベーコンを使ったキッシュに、小エビと鱈《たら》のフリッター。ミニトマトとモッツァレラチーズとバジルを串《くし》に刺したカプレーゼに、ジャガイモを使った冷製スープだという。熊川は料理に関してだけは手間を厭《いと》うこともないようだ。

茜は豪勢な昼食には舌鼓を打ち、引田の世間話には相槌《あいづち》を打ちながらも、頭の中は答えの見つからない問題に囚《とら》われ続けていた。恐らくこれ以上、引田と熊川に何を尋ねても、こちらが期待する回答は得られない。広都も何か知っているかもしれないが、六歳児にうまく説明できるとは思えなかった。【ひだまり】の会社に電話をして高砂に尋ねても同じことだろう。スマートフォンも使えず、エントランスの固定電話から掛けるしかないのも気が引ける。結局、自分の力では何も知ることはできず、妃倭子を助けてほしいと言う広都の願いを叶《かな》えることもできそうになかった。

「引田さん」

食事を続けていた熊川がフォークを止めて静かに呼びかける。

「今日の夕食、カレーライスにしようと思いますが、いいですか？」

「え？」

茜が思わず声を上げる。熊川はちらりと目を向けた。

「何？」

「あ、いえ……」

「全然オッケーだよ。光江ちゃんのカレー、私大好きだからね」

引田は嬉《うれ》しそうに返事する。

「茜ちゃんも期待していいよ。色んなスパイスが利いていてね、本当、絶品なんだから」

「へ、へぇ……それは楽しみですね」

茜は誤魔化すように軽く笑ってうなずく。カレーライスは明日《あした》の当番で作るつもりだったが先を越されてしまった。さすがに二日連続はつまらないだろうし、味を比べられるのも嫌だった。

ふと目を向けると、広都がこちらをじっと見つめていた。三人での会話の内容が気になったのだろう。茜は腕を構えて手話で話しかける。

『夜、ご飯、カレーライス。く、ま、か、わ、作る』

『明日、あ、か、ね、作る、ですか？』

『明日、作る、やめる。また今度、作る』

『み、つ、え、カレーライス、嫌です。辛《から》い、味が違う、おいしくない』

「栗谷さん、何しているの？」

熊川が非難するような口調で割って入る。茜は手を止めて彼女のほうを見た。

「ああ、ええと……広都君に、夕食は熊川さんがカレーライスを作ってくれるって……」

「また手話で？」

「そ、そうですね」

「あなたは……」

「凄《すご》ーい。茜ちゃん」

引田が感心した様子で手を叩《たた》く。熊川は何か言おうとしていた口を閉じた。

「今のが手話なんだね。できないって言っていたのに、ちゃんと広都君とお話しできるんだ」

「合っているかどうか分かりませんけど。むしろ広都君のほうが先にマスターしてくれそうです」

「光江ちゃんのカレー、喜んでくれている？　今ちょっと嫌そうな顔していなかった？」

「いえ……あれはカレーライスを手話で伝える時の表情です。わざと辛そうな顔をするんです。広都君、カレーライスは好きだそうです。ただ、まだあまり辛いのは得意じゃないようですけど」

茜は熊川に気を遣いながら説明する。広都はこの数時間でコツを摑《つか》んだのか、相手の言葉もすぐに読み取り、自らの手振りにも迷いがなくなっていた。子供ならではの習熟速度か、自分に必要なものだと思ってくれたのなら教えた甲斐《かい》もある。結果的に表情が増えたことも良かった。

「引田さん」

熊川が再び暗い声で呼びかける。

「夕方の妃倭子さんの入浴介助、私と栗谷さんと代わってもらって良いですか？」

「え？　今日は私と茜ちゃんがする予定だったよね？　光江ちゃんが代わりに引き受けてくれるの？」

引田が不思議そうに尋ねる。突然の申し出に茜も理解が及ばない。熊川は小さくうなずいた。

「……でも、光江ちゃんは私たちの夕食も担当だよ？　そっちを茜ちゃんに任せるの？」

「もちろん夕食も私が作ります」

「そう？　大変じゃない？」

「いいえ、カレーライスならそんなに手間がかからないので。栗谷さんが来る前まではそれが普通でした」

「それはそうだけど……でもどうして？」

「いけませんか？」

熊川は断固とした態度で訴える。彼女はいきなり何を言い出したのか。先日の入浴介助ではあれほど嫌そうにしていたのに。引田は小声でうーんと唸《うな》ると、窺《うかが》うような顔を茜に向けた。

「私は、どちらでも結構ですが……いや、でも入浴介助は私がやります。手順も教わりましたので大丈夫です」

「私が代わるから」

熊川がきっぱりと言い放つ。

「栗谷さんは、手話でも何でもやって遊んでいればいい」

「……私がやって、何か問題があるんですか？ 説明していただけたら直します」

「あなたには、妃倭子さんに近づいてほしくない」

「な、なんですか、それ……」

「あらら、二人で妃倭子さんを取り合ってるみたいだね」

引田はまた見当違いの感想を嬉しそうに漏らす。

「茜ちゃん、どうする？ 私はどっちでもいいと思うんだけど。それとも茜ちゃんと光江ちゃんの二人でやってくれる？」

「……いえ、そこまで仰《おっしゃ》るなら、入浴介助は引田さんと熊川さんにお任せします。私は、また次回に引き受けます」

茜は努めて平静を装って返答する。ここで熊川と言い争っても仕方がない。彼女はこちらから揉《も》め事を起こしたり、屋敷から出て行ったりするのを期待しているのだろう。その手に乗るつもりはなかった。

「そう？　じゃあ茜ちゃんは午後からのんびり過ごしていいからね。光江ちゃんも言ったけど、広都君と手話で遊んでいてもいいし、お昼寝しててもいいよ。実は私も、いつもご飯のあとは部屋で寝てるんだよ」

「そうなんですね。私は、部屋の片付けでもしています。まだ開けていない荷物もありますから」

「必要な物があったら言ってね」

「大丈夫です。お昼寝の邪魔はしませんので」

茜が返すと引田はあははと闊達《かったつ》に笑う。熊川はちらちらとこちらに目線を送りつつも、黙って昼食を続けていた。

今や熊川は茜をはっきりと敵視して、この屋敷から追い出そうとしている。その理由は茜自身への嫌悪ではなく、この屋敷と妃倭子に隠された謎を曝《あば》かれることを恐れているからに違いなかった。

しかし茜も引き下がるわけにはいかない。詮索《せんさく》趣味でもなければ正義感でもない。妃倭子と広都の母子のためにも知る必要があると思っていた。もしも隠された謎が全くの無関係で、ひとつの解決にもならなかったとしたら、謝罪して今後は一切出しゃばらないと誓ってもいい。ただ、熊川の態度を見ればそんなはずはないと確信していた。

そして味方はおらず、打つ手はなく、手詰まりかと思ったが、熊川の発言でもう一人、問い質《ただ》すべき相手がいることを思い出した。

全ての原因。暗闇に閉ざされた寝室で眠り続ける屋敷の主《あるじ》、宮園妃倭子自身がまだ残っていた。

7

昼食が終わると茜は私室で三十分ほど時間を潰《つぶ》したあと、改めてこっそりとドアを出る。すぐに動き回ると目立つので、部屋で大人しく過ごしているものと見せかけるのが狙いだった。昼食の際に聞いた話では、今ごろ引田は自分の部屋で昼寝をしている。キッチンのほうから聞こえる物音は、料理にこだわる熊川がカレーライスの仕込みを早々と始めているのだろう。広都はまた二階の子供部屋か書庫へ引き籠《こ》もったようだ。

外ではまた雨が降り出したらしく、エントランスはいつもより暗く、じめじめと湿っている。茜は緊張に強張《こわば》る顔をそのままに、背筋を伸ばして屋敷の奥へと向かった。大丈夫、何もおかしなことはしていない。介護ヘルパーが空き時間に要介護者の様子を見に行っても何も問題ない。誰かに見つかっても疑われたり叱られたりする筋合いもない。そう自分に言い聞かせていた。

大階段の横を通ってリビングに近づくにつれて、空気の重みが増していくように感じられる。今日はすでに朝食と昼食の二回も通っているが、引田がいないせいか今はまるで世界が変わってしまったかのように陰鬱《いんうつ》な雰囲気が漂っていた。実際に何かが変化したわけではないのだから、全て気のせいで自分の思い込みに過ぎない。それが分かっていても一度足を踏み入れた不穏な意識の泥濘《ぬかるみ》からは抜け出せそうになかった。

気を紛らわせるために手早く燭台《しょくだい》に火を灯《とも》して寝室のドアを開ける。むっとした生温《なまぬる》い刺激臭が鼻を突いて思わず手で顔を覆った。マスクを着け忘れたことに気づいて慌ててリビングへと引き返し、確実に装着してから再び寝室へ戻ってドアを閉める。外からの光が完全に遮断されると、寝室は手元の燭台だけが灯る暗黒の洞窟《どうくつ》と化した。

そろり、そろりと寝室の中央にある天蓋《てんがい》付きのベッドへ近づいていく。介護に来たわけではないので他の燭台にまで明かりを灯す必要はない。しかしお陰で周囲の闇は深くなり、存在しないはずの視線が四方から向けられているような気がした。かすかに響くサアアアというノイズは外の雨だろうか。閉めきった室内は湿気が充満しており、低温サウナのように蒸し暑かった。

息が乱れて、心音が高鳴る。茜は自らここへ来ておきながら、今すぐにでも逃げ出したいという矛盾した気持ちに戸惑い、焦りを覚えていた。妃倭子に会って謎の真相を確認したい。それはこれまで何を尋ねても一切反応がなかった彼女から、何かしらの回答を得ようと試みることに他ならない。その光景を想像すると、期待よりも恐怖が先立ち体を震わせた。

「妃倭子さん、お休みのところを失礼します。栗谷です」

天蓋のカーテン越しに上擦った声をかける。

「……介護の予定はありませんが、少々お伺いしたいことがあって来ました。入ってもよろしいでしょうか？」

やはりカーテンの向こうから返答はない。果たしてこの声は彼女の耳に届いているのだろうか。二秒、三秒、六秒待って、茜は意を決してベージュの布に手を差し込んで開いた。

「あれ……？」

その瞬間、茜は手を止めたまま硬直する。

ベッドの上には誰もいなかった。

「……妃倭子さん？」

無人の空間に向かって呼びかけたのは目の前の状況が信じられなかったからだろうか。妃倭子がいない。燭台をかざしてさらに覗《のぞ》くが、大きく皺《しわ》の入ったシーツの他には何も存在しなかった。

どういうこと？　彼女はどこに消えた？　茜の頭は思考停止から混乱状態へと遷移《せんい》する。誰かが運び去った？　それとも彼女自身がどこかへ行った？　とにかく誰かに知らせなければいけない。しかしそうなれば、自分がここへ来たことも熊川に知られてしまう。いや、何よりまず妃倭子の居場所と無事を確認しないといけない。茜は彫像のように体を固めて素早く自問自答を繰り返す。

その時、背後から強烈な気配を感じて総毛立った。

何かいる。

茜は思わず取り落としそうになる燭台を握り締めてから、緊張に軋《きし》む首を回してゆっくりと振り返る。


宮園妃倭子が、すぐ真後ろに立っていた。


（き、妃倭子さん……）

茜は声を出せずに唇だけで呼びかける。頭から黒い布袋を被《かぶ》った背の高い妃倭子が、いつの間にか背後に現れていた。体の横で腕をだらりと垂らして、足をカーペットに沈ませている。身じろぎ一つしない直立不動のまま、こちらを見下ろすように立っていた。

茜も彼女の真似をするかのように、棒立ちになったまま動けない。いつか見た光景。初日の夜に夢で見た妃倭子の姿そのままだった。しかしこれが夢でないことは分かりきっている。ベッドに横たわったまま動かないはずの彼女が、手を伸ばせば触れられる距離で立っていた。

「お……お目覚めだったんですね、妃倭子さん。ベッドにおられなかったので、私、びっくりしました」

茜は引田のように砕けた調子で話しかける。しかし喉《のど》が詰まってうまく声が出なかった。驚くことはない。妃倭子が時折立って歩くことは引田からも聞いていた。しかし、いつの間に背後へ来たのか？　もしかすると、ベッドにいるものとばかり思い込んでいたので、最初からそこにいたことに気がつかなかったのかもしれない。周囲の暗さを見るとその可能性もあった。

「何か、なさろうとしていたのでしょうか？　私で良ければお手伝いします。それとも、もうベッドにお戻りになりますか？」

なおも尋ねるが妃倭子から返事はない。顔が隠れているので表情も見えず、何を考えているのか、何も考えていないのかも分からなかった。

対峙《たいじ》したまま無言の時間が経過するにつれて、次第に茜は落ち着きを取り戻していく。眼前に立ち塞《ふさ》がる妃倭子の姿は、まさしく直面している謎そのものに見えた。違和感と恐怖を体現しながら、一切の干渉を拒否し続ける存在。彼女を守るためには、彼女に立ち向かわなければならなかった。

茜は少し息を止めてから再び口を開いた。

「妃倭子さん、教えてください。あなたと、このお屋敷には、一体何が起きているんですか？　私、ここへ来てから分からないことばかりです。妃倭子さんのお体は普通ではありません。私は元・看護師だから分かります。すぐにでも入院して治療にあたるべき状態なんです。

それなのに、こんな山奥に隠されるように収容されて、あの、よく分からない生肉のスープばかりを食べさせられて。食べさせているのは私たちです。でも私たちは会社の指示で行っています。でも、それでいいんでしょうか？　ご家族のかたは何も仰《おっしゃ》らないんでしょうか？　それとも、もうあなたは見捨てられているのですか？」

黒袋の顔に向かって、堰《せき》を切ったように話し続ける。

「真田駒子さんはご存じですか？　妃倭子さんと同じ病気に罹《かか》って、このお屋敷で介護を受けておられました。でもそのかたはもう快復されて、お子さんも生まれているそうです。いいえ、私は話を聞いただけです。でも、どういうことですか？　そんなことが有り得るんですか？　妃倭子さんもいつか元気になれるんですか？　このまま続けて……私にはとても信じられません」

茜は左手を伸ばして妃倭子の青緑色の右手を摑《つか》む。冷たく乾いた鶏肉《とり》のような感触がした。病院で何度も触れたことのある、死体の手。親指の腹で手首の内側に触れても脈拍は感じられなかった。

「誰も、そのことには触れません。妃倭子さんの病気も、お屋敷のことも、私には何も教えてもらえません。引田さんは全然気にしていないし、熊川さんからは余計なことをするなと言われて嫌われています。会社の高砂さんからもそんな説明はありませんでした。みんなから、私には関係のないことだから、黙って仕事をしろと言われているみたいです。全てを知っているのはあなただけです。妃倭子さん、教えてください。何が隠されてるんですか？　誰が嘘を吐いているんですか？」

茜は自分が発した言葉にはっと驚く。なぜ、誰が嘘を吐いているのかと聞いたのか？　嘘を吐いて誤魔化している人物など熊川しかいないはずなのに。

それとも無意識の内に、そうではないと気づき始めていたのか。真相を知っているのは熊川だけではないのか。

「……妃倭子さん、広都君のこと、心配じゃないんですか？」

左手を放すと、妃倭子の右手は再びだらりと落ちる。茜はいつの間にか彼女の見えない顔を睨《にら》み付けていた。

「広都君はママのことが心配で堪《たま》らないみたいです。私は、広都君からママを助けてほしいと言われました。ここへ来てまだ三日しか経っていないのに。だから私はあなたを助けたいんです。そうでなければこんなお仕事すぐに辞めて屋敷から出て行きます。でも、もう放っておけないんです」

燭台を持ったまま両腕を伸ばして、妃倭子の顔を覆う黒い袋に触れる。決して顔を見てはいけない。しかし顔が隠れたままでは、すぐ側にいる我が子を見ることもできない。そんな病気など存在しない。そんな治療など許されるはずがなかった。

「私はもう一度、妃倭子さんと広都君を会わせたいんです。こんな汚い袋なんて外して、ちゃんと広都君を見てあげてほしいんです」

首元のリボンを外すと袋の口部が広がる。そのまま両端を持って引き上げると、食事介助の際に見慣れた顎《あご》と口元が露《あら》わになった。肌の色はやはり青緑色で、唇も血が通っていないかのように土色をしている。重力に従って顎が下がったが、開いた口から声が聞こえることはなかった。

「妃倭子さん、あなたの正体を見せてください。もし、あなたが無事に快復できるなら、私が必ず助けてみせます。広都君と約束したんです」

そして茜は、妃倭子の黒い布袋を彼女の頭から取り去った。

8

そこには、彫りの深い顔立ちをした、息を呑《の》むほど美しい青緑色の女の顔があった。

「妃倭子さん……」

茜は肩を震わせてわずかにあとずさりする。これが妃倭子の素顔。癖のある長い髪が乱れて顔の両側に張り付いている。窪《くぼ》んだ目元と高い鼻は彫像のように硬質的でくっきりと整っていた。物憂げに開いた口からは象牙《ぞうげ》色の歯が覗き、異様な肌の色も神秘性を際立たせている。しかし、本当に驚いたのはそこではない。

両目の瞼《まぶた》が糸で縫い留められていた。

「酷《ひど》い、どうして……」

茜は自分の目まで痛みを感じて眉《まゆ》をひそめる。閉じられた瞼の上を黒い糸が縦断している。医療用の縫合糸ではなく、裁縫用の太い手縫い糸だろう。糸の間隔も広く、まるで服に空いた穴を子供が仮縫いしたような状態だった。

「これが、顔を隠していた理由なんですか？」

胸の動悸《どうき》が激しさを増していく。誰が、何の目的で、妃倭子をこんな目に遭わせたの？　瞼を縫って袋を被せてまで何を見せたくなかったの？　全く理解できないが、彼女が何か虐げられた立場にあることは間違いない。姿の見えない宮園家の人間がやったのか。まさか引田や熊川などの仕業ではないだろう。

「大丈夫です……私が皆さんに報告して、改善してもらいます」

茜は右手を伸ばして彼女の顔に近づける。これではたとえ袋を取ったところで広都を見ることもできない。母が子の顔を見られないなどあってはならなかった。

「もし妃倭子さんが何か眼病を患っておられたとしても、こんな治療法は有り得ません。瞼なんて縫わなくても、袋なんて被らなくても、目を塞いでおくことはできます。【ひだまり】の人たちも分かってくれるはずです……」

その時、微動だにしなかった妃倭子の鼻が、すんっと音を立てた。

「え？」

茜が驚き声を上げる。妃倭子の顔が小刻みに震えている。額が持ち上がって皺《しわ》が入り、口元は逆に下がって頬が突っ張る。顔の筋肉に力ずくで引き伸ばされていく……妃倭子が動いている。何か言おうとしているの？　いや、違う。その理由に気づいた時は、もう手遅れだった。

ばつんっと瞼が皮を裂いて開き、白濁した眼球が露わになった。

「あ！」

そして驚いた茜が反応するよりも早く、両目から血を流す妃倭子が首を伸ばして右腕に噛《か》みついてきた。

「妃倭子さん！」

腕を引くが間に合わず、妃倭子が昨日怪我をして包帯を巻いていた場所に歯を立ててくる。さらに両手で手首と肘《ひじ》を摑まれ口元へ引き寄せられた。

茜は燭台《しょくだい》を床に落とし、さらに足をよろめかせて床に尻餅《しりもち》をつく。妃倭子もそのまま覆い被《かぶ》さってきた。妃倭子が動いた、いや、襲いかかってきた。振り解《ほど》こうとするが驚きと恐怖で力が出ない。左手で彼女の頭を押さえて引き離した。

「どうしたんですか！　妃倭子さん！　や、やめてください！」

声を上げるが妃倭子は茜の右腕を凝視している。ほつれた糸の垂れ下がる瞼から流れた血が頬を伝って包帯に染み込んでいった。その時になって、寝室に入る前にゴム手袋を着用し忘れていたことに気づいた。妃倭子の顔を見てはいけない。妃倭子に素手で触れてはいけない。引田から厳守と言われていた二つのルール。まさかこれがその理由なのか。ルールを破ると、妃倭子に襲われるということだったのか。尋常ではない力に右腕が締め上げられ、歯を剝《む》き出しにした顔が近づいてくる……。

突然、強い光が視界を覆った。

「何をしている！」

寝室のドアの前で大声が響く。熊川が驚いた顔を向けている。頭上の巨大なシャンデリアが金色に輝いていた。暗闇から一転した眩《まぶ》しさに目の前が真っ白になる。電気が点《つ》いた。この部屋の照明が機能するとは知らなかった。恐らく熊川が壁際のスイッチを入れたのだ。

ギャアアーと耳をつんざくような音が聞こえた。妃倭子が叫んだ。それは夜に聞こえたあの夜鳴き鳥の声と全く同じだった。茜の右腕から包帯をちぎって顔を離し、血塗《ちまみ》れの両目を押さえながらカーペットに転がる。茜は両腕で這《は》って彼女から離れた。

「妃倭子さん！」

妃倭子はなおも激しい叫び声を上げ、髪を振り乱してもがいている。妃倭子に光を当ててはいけない。今、三つ目のルールが破られたことに気づいた。

「く、熊川さん。照明を消して！」

「火！」

熊川は返事の代わりに茜のほうを指差す。目を向けると床に落ちた燭台の火がカーペットを焦がして煙を上げている。慌てて手で払い、足をばたつかせて火種を踏み潰《つぶ》した。

立ち上がった妃倭子がその横を走り抜けた。

「妃倭子さん、駄目です!」

茜は叫ぶが妃倭子の耳には届かない。彼女は胸を突き出すような走りかたで寝室の入口へ向かうと、熊川を体当たりで突き飛ばしてリビングへと出て行った。

茜は慌てて立ち上がってあとを追うが、直後に激しい物音が鳴り響く。リビングに辿《たど》り着くと、湿った外の風が顔に当たった。窓ガラスが割れてカーテンが波打っている。その向こうでは雨の降りしきる空の下、裸足《はだし》のままで真っ暗な森へと走り去っていく妃倭子の背中が見えた。

「そんな、妃倭子さん……」

「お前!」

熊川が呆然《ぼうぜん》とする茜を振り向かせて右手で胸ぐらを掴《つか》む。

「ふ、袋を取ったのか! 顔を晒《さら》したのか!」

「わ、私は……」

茜は熊川の剣幕に押されて声が出ない。彼女は眉を寄せて、今にも泣き出しそうな表情を見せていた。服を着替えていたのか、トイレに入っていたのか、ずり下がるズボンを左手で持ち上げている。その様子がさらに緊急事態の必死さを物語っていた。

「何、どうしたの……？」

大階段のほうから恐る恐る引田が顔を見せる。騒ぎに気づいてやって来たのだろう。

「あ、駄目。寝室の電気を点けちゃ駄目だよ！」

「……引田さん」

熊川は寝室へ向かおうとする引田の前に立つ。

「光江ちゃん？　一体何をしているの？　妃倭子さんに光を当てちゃ駄目だよ。ルールを忘れたの？」

「妃倭子さんが、外へ出て行きました」

「え？　え……」

「栗谷さんが頭の袋を外したのでお目覚めになったようです。私が急いで照明を点けましたが、今日は外のほうが暗かったせいで窓を割って飛び出して行きました」

「そんな、大変。すぐに戻ってもらわないと……」

引田は慌ててリビングから出ようとするが、熊川がその手を摑んで制した。

「待ってください。今から捜すのは無理です。会社に……」

「放して！」

引田が声を上げて熊川の手を振り解《ほど》く。

「妃倭子さんは外に出ちゃ駄目。このお屋敷の中で過ごさなきゃいけない。そのお世話をするのが私の役目なんだよ。そうでしょ、光江ちゃん」

「そ、そうですが……」

「誰かに見つかったら大変なことになっちゃう。せっかくここまで来たのに。早く連れ戻さないと、私が妃倭子さんを……」

「引田さん……」

引田はそう言って背を向けると小走りで引き返していく。熊川はなおも呼びかけていたがもうあとは追わなかった。

熊川はしばらくその場に留《とど》まっていたが、やがて振り返ってこちらへやってくる。あまりに予想外の出来事が立て続けに起きたせいで、茜は何もできずに立ち尽くしていた。妃倭子が外へ出て、引田がそのあとを追って、熊川が目の前に立っている。みんな人が違ってしまったかのように様子がおかしい。何が起きた？　自分は何をしてしまった？　あの黒袋にはどんな意味が……。

いきなり、熊川から頬を叩《たた》かれた。

目の前に火花が散り、衝撃で顔が右を向く。混乱が鋭い音とともに耳から零《こぼ》れ落ちて頭が真っ白になった。顔を戻すと熊川が歯を食い縛って睨《にら》み付けている。そして、はぁっと勢いよく溜息《ためいき》をつくと普段の冷たい無表情に戻った。

「栗谷さん、引田さんを連れ戻してきて、早く」

「ひ、引田さんを？　妃倭子さんでは……」

「あなたに妃倭子さんは捕まえられない。それより一人で出て行った引田さんが危ない」

「どういうことですか？　まさか妃倭子さんが引田さんにまで襲いかかってくるんですか？　それで瞼《まぶた》を縫って、あの黒袋を被らされていたんですか？　あれは妃倭子さんが嚙みつき癖を起こさないように……」

「さっさと行って！　そんな話、今は関係ない！」

「は、はい」

「……妃倭子さんを見つけても絶対に近づかないで。私は会社に電話で連絡して対応を決めてもらうから」

熊川は苛立《いらだ》たしげに足を踏み鳴らしてエントランスへ向かう。理解しきれない状況だが、今は彼女の言う通りにするしかない。茜は黙ってあとに続いた。

9

屋敷の外は時刻の感覚がなくなるほど薄暗く、庭の先に広がる森は夜のように真っ暗だった。茜は熊川からレインコートと長靴と懐中電灯を借りると、あちこちに水溜《みずた》まりができた荒れ地を通り抜けて、妃倭子が姿を消した木立の隙間へ足を踏み入れた。引田がどこへ向かったのかは分からなかったが、妃倭子のあとを追えばいずれ二人とも遭遇できると判断した。まずは引田を見つけて、それから一緒に妃倭子を連れ戻したかった。

「引田さん！　どこにおられますか！　引田さん！」

闇の中で声を張り上げて確認する。幸いにも生い茂る木々の葉がある程度の雨露を凌《しの》いでくれていた。引田は雨具も持たずに出て行った気がする。妃倭子に至っては薄手のローブの上に素足だ。真夏とはいえそれでは体を冷やして風邪をひいてしまうかもしれない。大人しく木の下でしゃがんで待ってくれていればいいが、それも期待できそうにはなかった。

耳を澄ますと、ギャアギャアという脅すような声が聞こえてくる。顔を上げて懐中電灯を回しても姿はなく、それが妃倭子の絶叫か、単なる鳥かサルの鳴き声かは分からなかった。土の地面は起伏し、太い木の根や大きな石が障害物となり、おまけに雨にぬかるんで滑りやすい。とてもまともに歩けたものではないが、それだけに二人も遠くまで行くのは無理だと思った。

「引田さん！　どこですか！　妃倭子さんは一緒に捜しましょう！　引田さん！」

声を止めると右腕の傷がズキズキと痛む。妃倭子に嚙《か》みつかれたのは、昨日あの裸の不審者に鉈《なた》で切られた箇所だった。包帯を巻いていたお陰で直接ではなかったが、塞《ふさ》がりかけていた傷が少し開いてしまったらしい。嚙みちぎられて残った白布の残骸《ざんがい》に薄く血が滲《にじ》んでいた。

傷が痛むたびに、妃倭子の形相が目の奥でちらつく。あの黒袋を剝《は》ぎ取って初めて直視した彼女の顔は、衝撃的ではあったが予想していたほどではなかった。しかし今まで一切反応を見せなかった彼女が、目を動かして、嚙みついて、叫び声を上げて逃亡することまでは全く想像できていなかった。脳の意識レベルが低下した状態から急に覚醒《かくせい》して、感情がコントロールできなくなって反射的に噛みついてきたのか。そして熊川が点《つ》けた照明の光に驚いて、屋敷の外へ逃げ出してしまったのか。

その時、頭に浮かんだ熊川の姿に、なぜか違和感を覚えた。

ざわざわと森の木々が風に震える。何だろう。先ほどまでは気が動転して気づかなかったが、今あらためて振り返ると熊川はどこか様子がおかしかった。素顔の妃倭子がルールを破った自分に襲いかかっているのだから、彼女も冷静でいられるはずがない。いつになく機敏な動作で寝室を往復して、呆然とする自分の頰を叩いた。しかしそんなことではない。確か初日の深夜に彼女と出会った時にも同じような感覚を抱いた。おかしいのは言動だけではない。

熊川の体が、別人のように痩《や》せて細く見えたのだ。

泥濘《ぬかるみ》に足を取られて茜は地面に手を突く。右腕の傷が再びずきりと強く痛んだ。熊川が痩せていた。気のせい？　いや、太めだったはずの腰回りが細くなって、ズボンがずり下がりかけていた。別人だった？　いや、顔は全く同じだった。つまり丸い顔や細い目はそのままだが、体形全体が一回りほど細く小さくなったように思えた。

煤《すす》けたような黒い視界の遠くに、白い何かが動いた。

「妃倭子さん！」

大声を上げると相手も気づいて立ち止まる。茜は一歩一歩、足下を確認しながら歩を進めた。とても走れるような地面ではない。相手のほうも逃げることとなく、危なげな足取りでこちらに近づいてくる。その様子を見て、相手が妃倭子ではないと気づいた。

「茜ちゃん……」

そこにいたのは引田のほうだった。傘もレインコートも懐中電灯も持っておらず、髪も体も雨に濡《ぬ》れている。雨か汗か涙かは分からないが顔もずぶ濡れだった。

「引田さん、大丈夫ですか？」

「茜ちゃん、妃倭子さんはどこ？　見つけたの？」

「み、見つかっていません。姿を見たので声を掛けてみたら引田さんでした」

「そう……」

引田はそう言うと興味をなくしたように茜から離れる。

「待ってください、引田さん。この状況で捜すのは無茶です」

茜は彼女の手を取って止めた。

「一旦《いったん》お屋敷に戻って対策を考えましょう」

「駄目だよ、茜ちゃん。妃倭子さんが出て行ったんだから、早く捜し出してお屋敷に帰ってもらわないと」

「私もそう思っています。でもこの暗がりでは近くにいても見つけられません。今、熊川さんが会社に連絡していますから、指示を待ちましょう」

「でも妃倭子さんはお屋敷から出ちゃいけないんだよ。もうすぐお風呂《ふろ》の時間だから、寝室でお休みになっていないといけないの。私のお仕事は、妃倭子さんを清潔にして、寝室で穏やかに過ごせるお手伝いをすること。だから外へ出た妃倭子さんを連れ戻すのも私のお仕事なんだよ」

「いや、でも引田さん……」

「妃倭子さんはお屋敷の外に出ちゃいけない。誰にも見られちゃいけない。それが私のお仕事。私は妃倭子さんのために誠心誠意、介護をする。分かるよね、茜ちゃん？　いつも笑顔で、朗らかに……」

引田はやんわりと茜の手を解《ほど》くと、ふらつくような足取りで歩き始める。彼女はどうしてしまったのだろう。いつもどこかずれたような感覚を持っていたが、今はそれがさらに顕著になって錯乱しているとさえ思えた。

彼女は茜の話を無視して背を向ける。足下を見れば土に黒く汚れた靴下のままだった。信じられない。妃倭子だけでなく、引田まで靴を履いていない。どれだけ慌てていたとしても外へ出るのに靴を履き忘れることなど有り得るだろうか。見間違えたのかと思って懐中電灯の光をさらに下に向ける。

引田の左足の太腿《ふともも》が血に染まっていた。

「引田さん、何ですか、それ……」

茜は震える声で尋ねる。ベージュのズボンの裏側が大量の血で濡れている。そういえば、昨日、あの鉈男に襲われた際に左足を少し傷めたと話していた。しかしそこまでの大怪我を負った様子ではなかった。それでは今、この森の中で岩にぶつけたり、木の枝が刺さったりしたのか？　なぜ平然として痛がる素振りすら見せないのか？　引田はどうなってしまったのか。

「ひ、引田さん。待って……」

「妃倭子さん、どこにおられますかぁ。お屋敷にいないと駄目ですよぉ……」

引田は振り返ることなく森の闇に紛れていく。危険だ。彼女は自分を見失っている。熊川が危惧《きぐ》していたのはこのことだろうか。妃倭子よりも先に彼女を無理矢理にでも屋敷に連れ戻さなければならない。茜は泥が撥《は》ねるのも構わず早足になる。まだすぐにでも追いつける距離だった。


ばきばきばきと、轟音《ごうおん》を立てて何かが引田を上から押し潰《つぶ》した。


「引田さん！」

茜の足がぴたりと止まった。何だ？　太い木の枝が落ちてきたのか？　いや引田の上に岩のような大きな塊があり激しく動いている。サルか？　人の背丈ほどもある大きな山猿が襲いかかってきたのか？　茜は腕だけを伸ばして懐中電灯の光を向けた。

長い髪と赤いローブが炎のように揺らいでいた。

「妃倭子さん？」

声が雨音に掻《か》き消される。落ちてきたのは妃倭子だった。木に登り、枝にぶら下がって、引田の真上から覆い被《かぶ》さってきた。妃倭子は腕を振り上げて引田の背に拳《こぶし》を打ち付け、乱暴に掻きむしっている。そして伏せるように顔を背に寄せると、髪を波打たせながら頭を乱暴に振り回していた。

「や、やめて……」

妃倭子は何をしている？　引田はなぜ動かない？　目の前で起きていることが理解できなかった。まるで野生動物が獲物を狩るように、妃倭子が引田を食べている。身動き一つしなかった要介護者が、懸命に世話をしていた介護ヘルパーの肉を引きちぎっている。鮮血が乱暴に飛び散っていた。

茜は止めることもできなければ、逃げることもできない。まるで妃倭子の難病が感染したかのように、恐怖に縛られて指先一つ動かすことができなかった。

「捕まえなさい！」

背後から鋭い声が聞こえて、茜の脇を数人の女が通り過ぎる。灰色のレインコートを纏《まと》った三人の女たちが、長い棒の先が二股《ふたまた》に分かれた刺股《さすまた》を使って遠巻きに妃倭子を突いて地面に転がした。ギャアアアと濁った叫び声が森に響く。遅れてもう一人の女が近づいていった。

「妃倭子さんに袋を被せて。噛《か》みつかれないように気をつけて！」

「あ、高砂さん……」

指示を出しているのは高砂藤子だ。大作りな白髪頭とチェーン付きの眼鏡に見覚えがあった。他の女たちは知らないが、振る舞いを見る限り同じ【ひだまり】の社員だろうか。いずれも選《よ》りすぐったように体格が良かった。

「栗谷さん、怪我はない？」

さらに後ろから別の女が茜の肩に手を回してきた。フードの下に富士額を隠した、平安貴族のような丸顔の女。重そうな体を左右に揺らして、ふぅと温かな息をついた。

「社長……」

「大変だったね。でももう大丈夫。うちのママに任せておけば心配いらないよ」

同じ歳の社長、神原椿はそう微笑むと、安心させるようにぽんぽんと肩を叩《たた》いた。

終夜　禁忌《きんき》

1

屋敷に戻った茜は風呂に入って汗と泥を洗い流し冷えた体を温めた。現状が把握しきれないまま、神原からそうするように指示されて素直に従った。着替えを済ませて右腕の包帯を巻き直してからダイニングへ行くと、席に着いた神原と高砂と熊川が一斉にこちらに顔を向ける。三人の前には紅茶の入ったカップと菓子が置かれていた。

「栗谷さん。気分はどう？　もう落ち着いた？」

高砂が微笑んで声を掛ける。茜は黙ってうなずいた。

「じゃあそこに座って。ああ、無理しないで楽にしてね。熊川さん、栗谷さんにもお茶を」

熊川はテーブル上のポットから紅茶をカップに注ぎ無言で差し出す。不機嫌そうな仏頂面はこちらに目を合わせることもなかった。

「高砂さん……妃倭子さんは？」

「今は寝室でお休みよ。静かに眠っておられるわ」

「引田さんは……」

続けて尋ねると、高砂は少し表情を曇らせた。

「……怪我をしていたから麓《ふもと》の病院へ運ばせたわ。ここではどうすることもできないから」

「大丈夫でしょうか……」

「もちろん。元気になったらまたお屋敷に戻ってもらうわよ」

高砂は声を弾ませて答えるが、茜の暗い表情は変わらない。嘘だ。遠くから見ていただけだが、引田の怪我はそんなに浅くはなかった。恐らく命にかかわるほどの重傷だったはずだ。だがそれを説明しても落ち込ませるだけなので気を遣われたのだろう。

「何はともあれ、間に合って良かったわ。昨日、お屋敷に不審者が出たと聞いたから、念のために社長とスタッフの何人かを連れてこちらへ向かっているところだったの。その途中で今日も熊川さんから連絡があって慌てて駆けつけたのよ」

それで高砂たちが早くにやってきた理由が分かった。昨日の一件も放ったらかしではなかったらしい。前もって聞いていなかったので熊川も知らなかったのだろう。

今の熊川は、普段通りの熊川だった。市松人形のような澄まし顔と小山のような体形もそのままで、痩《や》せたような様子も全く見られなかった。不思議だ。あの時、やけに細く見えたのはやはり錯覚だったのか。まさか夏の最中に服を着込んで厚着になる理由もないだろう。

「さて、栗谷さん。何があったのか話してもらってもいい？」

高砂がカップに一口付けてから穏やかな口調で尋ねる。隣の神原は椅子の背もたれに体を預けて、大きくなった腹の上で板状のチョコレートを割って食べていた。

「熊川さんの話だと、栗谷さんが妃倭子さんの頭の袋を外してしまったから、妃倭子さんが驚いてお屋敷から逃げ出したらしいけど、それは本当？」

「本当です……」

「あの袋を取ってはいけないことは聞いていたでしょ？」

「聞いていました。素手で触ってはいけないことも、光を浴びせてはいけないことも」

「そうね。それなのに、どうして約束を守ってくれなかったのかしら。妃倭子さんがどんなお顔をされているか見たくなったの？」

「違います。好奇心じゃありません。妃倭子さんを助けたかったからです」

「助けたかった？」

「高砂さん。この状況は明らかに異常です。こんな山奥の屋敷に閉じ込めて、頭に袋を被せて介護するなんて普通ではありません。たとえお身内のかたからそう依頼されたとしても、これは虐待と判断されても仕方ない環境だと思います。だから……」

「何様《なにさま》のつもり？」

熊川が棘《とげ》を刺すようにぼそっとつぶやく。高砂がちらりと目を向けるとふてぶてしい顔付きで口を噤《つぐ》んだ。

「栗谷さんはそう思ったのね」

「……誰でもそう思います。広都君も、こんなところで育てるのは不適切です。私たちは介護ヘルパーであって保育士ではありません。未就学児を他人が片手間で世話をするのは間違っています」

「妃倭子さんの袋を取ったら、その問題が解決すると思ったの？」

「妃倭子さんと、広都君の……環境を改善するきっかけになると考えました」

茜は口籠《くちご》もりつつ答える。実際に袋を取った理由は衝動的なものだった。何を話しても一向に無反応だった妃倭子に苛《いらだ》立ったと言ってもいいだろう。しかしそれを高砂に説明するのは難しかった。

「高砂さん、妃倭子さんにはせめて麓の病院で適切な治療を受けてもらうことはできませんか？　広都君にもちゃんとした養育環境が必要です。色々と事情があるのかもしれませんが、私たちの介護が必要かどうかはそのあとに決めてもらえばいいのではないでしょうか？」

「栗谷さんの言うことも一理あるかもしれないわねぇ」

高砂は眉《まゆ》を寄せて同情するような微笑みをたたえていた。

「だけど、どうしてそれを前もって私に話してくれなかったのかしら？　何かあれば会社に知らせてほしいと伝えていたのに。どうして一人であんなことをしちゃったのかしら？」

「すいません……」

「先輩の引田さんや熊川さんには相談しなかったの？」

「……お二人には、理解していただけませんでした」

「いいえ。私はちゃんと注意しました」

熊川が即座に口を挟む。

「私たちの仕事は会社の方針に従って妃倭子さんを介護することです。それ以外のことには関わるべきではないと伝えました。栗谷さんは嘘を吐いています。私はちゃんと否定しました」

「熊川さんは、こんな介護が正しいと思っているんですか？」

「引田さんに大怪我を負わせたのは誰？　妃倭子さんに襲わせたのは誰？」

熊川は吐き捨てるように言い放つ。

「そう。それが一番問題なのよねぇ……」

高砂が考え込むように口元で手を合わせる。

「……栗谷さんにそのつもりはなかっただろうけど、結果的には最悪の事態になってしまったのね」

茜には反論する言葉が見つからない。こんなことになっては高砂から理解を得られるはずもなく、妃倭子の環境改善を彼女の身内に提案できるはずもない。屋敷の扉はさらに固く閉ざされ、黒袋はもう二度と外されなくなるだろう。言い訳はできない。全て自分の行動が招いたことだった。

「栗谷さん」

その時、これまで静かにしていた神原が顔を上げる。

「……チョコレート、半分食べる？」

「え？　いえ……」

「やめなさい、椿」

高砂はいつか聞いた口調で娘を窘《たしな》める。神原は少し笑みを浮かべてチョコレートを割っていた。

「だって、私だけ食べているのも変じゃない」

「だったら食べなきゃいいでしょ」

「仕方ないじゃない。やめられないんだから。ねぇママ、これってどういうこと？」

「知らないわよ。食い意地が張っているんでしょ」

「違うよ。お腹の赤ちゃんが求めているんだよ」

「あ、あの……」

茜は脱線しそうになる話を戻そうと声を上げる。

「……チョコレート、半分いただけますか？」

「もちろん、どうぞ」

神原は嬉《うれ》しそうに茜へ手渡す。高砂は呆《あき》れ顔で頬杖《ほおづえ》を突いていた。

「それで栗谷さん……それって、広都君から頼まれたの？」

「え？」

茜はチョコレートを受け取りつつ、神原の顔を見返した。

「栗谷さんは広都君から言われたんじゃないの？　ママの顔が見たいとか、ママに会いたいとか」

「……いえ、そんなことはありません」

「椿、あの子は耳が聞こえなくて話すこともできないのよ」

高砂が横目を向けて指摘すると神原はうーんと唸《うな》って苦笑した。

「でも一緒に住んでいるんだから、コミュニケーションは取れているでしょ？　来たばかりの新人の栗谷さんがこんなことをしたのは理由があるんじゃないかって」

「妃倭子さんの黒袋を取ったのは、私の独断です。広都君とお話しすることはありますが、あの子から妃倭子さんの話は聞いたことがありません」

茜は明確に否定する。なぜか、広都から助けを求められたことは伝えないほうがいいような気がした。それに広都から頼まれて妃倭子の黒袋を取ったわけではないのも事実だった。

「そう……だったらもう、いいんじゃない？」

神原は腹を撫《な》でながらのんびりと話す。

「栗谷さんも大変なことになったのは分かっているみたいだし、これ以上責任を追及しても仕方ないでしょ。次は気をつけてくれたらそれでいいよ」

「次ってあなた……栗谷さんにまだここで働いてもらうつもりなの？」

高砂が厳しい目を娘に向ける。

「今回はたまたま運良く私たちが来たから収められたのよ。今度またこんなことが起きたらどうするの？」

「だから、気をつけてくれたらって言ったじゃない。引田さんもしばらくは復帰できないだろうし、ここは栗谷さんと熊川さんに頑張ってもらうしかないよ」

「他の社員と交代する方法もあるわよ」

「そんな融通の利く状況じゃないでしょ。大丈夫よ、私も残るから」

「椿も？　だってあなたは……」

「ママの言いたいことは分かるよ。でも私の体は私が一番よく知っているから。ママは他にも仕事があるでしょ。心配しないで、私だってうまくやってみせるわ」

神原は母親に向かってにっこりと微笑む。高砂は複雑な表情を浮かべていた。自分の娘で社長とはいえ、妊婦をこんな屋敷に置いておくわけにはいかない。しかし茜を放っておくわけにもいかない。そんな心境が窺《うかが》えた。

「私は反対です」

すると熊川が強い口調で声を上げた。

「栗谷さんはこのお屋敷にいるべきではありません。会社を辞めさせるか、別の仕事場へ異動させるべきです」

「熊川さんまでそんなこと言うの？」

「私は社長より栗谷さんのことをよく見てきました。この人は私や引田さんの言うことを聞かずに、勝手な行動ばかり取っています。会社が決めた方針にも従わず、ずっとおかしな疑いを持っています。はっきり言って【ひだまり】には不適切で不必要な人間です」

「でも仕方ないでしょ。今は……」

「仕方がなくても、これ以上栗谷さんに妃倭子さんのお世話をさせるわけにはいきません」

「ああ、熊川さんは妃倭子さんと仲良しだったもんねぇ」

神原が理解したようにうなずく。仲良しとはどういう意味だろう。ずっと以前、妃倭子の病状がまだ緩やかだったころから介護を務めていたのか。ということは、これまで彼女に敵視されてきたのは嫉妬《しっと》に近い感情があったからだろうか。夜に様子を見に行くことを叱り、広都と親しくなることにも反対したのはそういう理由だったのか。

「私のことではありません。栗谷さんがふさわしくないということです」

熊川は熱心に主張するが、神原は首を振って拒否を示した。

「だから私も残るって言ってるんだよ」

「社長の負担になります。今の社長は一番大切な時です。無理をしないでください」

「ありがとう。でも熊川さん、これは私が決めたことだよ」

「社長」

「私の言うことが聞けない？」

神原はふいに強い口調で制する。熊川はわずかにためらったが、それでも意を決したように発言した。

「……でも、栗谷さんは、流産しているんですよ」

すっと、茜は息を呑《の》む。熊川の言葉に全員の表情が固まった。

今、何て言った？　頭の中が空っぽになり、何を言われたのか全く理解できなかった。

「栗谷茜さんは、去年流産で子供を亡くしています。一昨日《おととい》、前に働いていた病院に問い合わせて確認しました」

熊川は一言一言、はっきりと伝える。茜は一気に押し寄せてきた感情の波に体が震えた。なぜ知っている？　誰が話した？　いや、今その話に何の意味がある？　突然のことで何も反応できない。神原と高砂は明らかに目を大きくさせて驚いていた。

「それは本当なの？　栗谷さん」

高砂が神妙な面持ちで尋ねる。我に返った茜は唇を強く噛《か》んで静かにうなずいた。否定はできない。死亡届もなく、父親もいない我が子だったが、確かに存在していたのだから。自分だけは絶対に偽れない。高砂は短く数回うなずいたあと、慌てたように首を振った。

「いいえ。別にそれをどうと言う気はないのよ。ただ聞いていなかったからびっくりしちゃっただけ。本当にそれだけよ」

「そんな重要なことを隠している人は信用できません。動けない妃倭子さんや、子供の広都君に何をするか分かったものじゃないですから」

熊川の言葉が容赦なく茜の胸に突き刺さる。心音が速まり、呼吸が乱れる。忘れていた絶望に内臓を引きずり出されて下腹部に痛みが走った。

「現に、栗谷さんは妃倭子さんの黒袋を剝《は》ぎ取って私たちの仕事を無茶苦茶にしました。環境を改善したいとか言っていたけど、それと妃倭子さんの顔を晒《さら》すこととは何の関係もありません。今は反省していても、また突発的に変なことをやり出すかもしれません。そんな人ならいないほうがましです」

「わ、私は……」

茜は過呼吸のように喘《あえ》ぎながら首を振る。そんなわけがないと言い返したいが、根拠を示す方法が分からない。それ以前に、これ以上は話を続けたくなかった。しかし熊川はこちらを一瞥《いちべつ》もせずに神原に向かって訴えた。

「お腹の赤ちゃんを殺すような人に、他人の介護なんてできません」

神原は目を伏せると自分の腹に両手を置く。その瞬間、茜はテーブルに手を突いて立ち上がった。我慢の限界だった。

「……あ、あの、ちょっと気持ち悪くなってきたので、部屋で休んできます」

「待って、栗谷さん。いいのよ」

高砂が引き留めるが、茜は手で口を覆って首を振る。胃がつかえて中身が逆流する感覚を覚えた。

「すいません。本当にすいません」

そして中腰のまま小走りでダイニングを出ると、トイレに入って嘔吐《おうと》した。胃がズキズキと痛み、体がガタガタと震えて、涙と鼻水が溢《あふ》れ出した。ああ、ああ、と濁った呻《うめ》き声を漏らして、さらに嘔吐を繰り返した。

病院のにおい、患者の顔、手術室の無影灯《むえいとう》、花瓶に入ったユリの花、血のにおい、分娩《ぶんべん》台の背もたれの感触、エコー写真に映る我が子、あの男の顔、看護師長の目付き、汚物の臭い、看護師たちの話し声、膨らんでいく腹、電話の着信音、見知らぬ母子、あの男の土下座、下から見上げる点滴、産婦人科医の慰めるような微笑み、マタニティマークのキーホルダー……

スマホに録り溜《た》めた写真や動画をスワイプするように、かつての光景が次々と頭を過《よ》ぎる。茜は両手で腹を押さえて歯を食い縛って耐え続けた。忘れろ、何もかも終わったことだ。過去に引きずられるな。眉間《みけん》に皺《しわ》が寄るほど強く目を閉じて、ただ頭の中が空っぽになることだけに集中した。

溢れ出した記憶はやがて白く霧散し、それに伴って感情の波も穏やかに凪《な》いでいく。

恐怖が遠ざかり、嘔吐感も体の震えも収まると、トイレの水が渦を巻いて流れていく様を見つめながら深く溜息《ためいき》をついた。

もう大丈夫、何とか帰ってこられたと思った。

しかし、もうここにはいられないと悟った。

2

茜はトイレを出ると私室に戻って床に腰を下ろす。ダイニングに戻ろうとしたがどうしても足が向かず、膝《ひざ》を立てて三角座りになって顔を伏せるともう立ち上がる気力もなくなった。体が萎《しぼ》むほど息を吐き、そのまましばらく深呼吸を繰り返して気分が落ち着くのを待ち続ける。一年前も仕事から帰るとよくこうやって夜を過ごしていた。

しばらくそのままでいると、ドアをノックする音が聞こえた。顔を上げて古い木のドアをじっと見つめていると、さらに二回、控えめに叩《たた》く音が繰り返された。

「栗谷さん……大丈夫？　神原です」

ドア越しに囁《ささや》くような声が聞こえる。茜は少しためらったが、返事をして腰を上げた。

「気分はどう？　もう落ち着いた？」

「はい……平気です」

茜はドアの前に立ってノブに触れるが、そのまま力が抜けたように手を下ろした。

「すいません、神原さん。ご心配をおかけしました」

「ううん、こっちこそごめんなさい。あんなことになっちゃって」

神原はわざとらしく明るい声を上げる。

「熊川さんには二度とそんな話をしないように言っておいたよ。本当に、酷《ひど》い人だと思う」

「……いえ、熊川さんは悪くありません。本当のことですから」

茜はドアに額を押し付けて話す。熊川に対して恨みはない。怒る理由もない。事実を隠して、あの子をいなかったように見せかけていたのは自分だ。ショックを受けたのは、そんな自分が許せなかったからだった。

「私のほうこそ、社長や高砂さんにお話ししていなくて、申し訳ございません」

「いいんだよ、そんなこと話さなくて。うちのお仕事とは関係ないんだから」

「でも、私が看護師を辞めたのも、心と体を崩してしまったのも、それが大きな理由になっていました。面接の際にきちんと説明しておくべきでした」

「そうだったんだね……でも今はもう元気になったんでしょ？」

「そのつもりでしたが……」

「元気だよ。ちっとも体調が悪いようには見えない。私なんかよりよっぽど活動的だよ。だから……」

「神原さん」

茜は神原の話を打ち切るように声を上げる。

「……勝手を言って申し訳ございません。仕事を、辞めさせてください」

萎《な》えた拳《こぶし》を握り、喉《のど》から絞り出すように声を出す。ドアの向こうでも細い呻き声が聞こえた。

「栗谷さん……駄目なの？」

「すいません。ちょっともう……私には無理です」

「熊川さんかあなたか、どちらかを別の仕事に回してもいいんだよ？」

「そんなご迷惑は掛けられません。先ほどもそんな融通の利く状況じゃないって」

「そうだけど……でも、あなたに辞められるよりはいいよ。ママが何て言うか知らないけど、私は栗谷さんに続けてほしいって思っている。同じ歳だし、いい人だと思っているから、本当だよ」

「熊川さんだけが理由ではありませんから」

茜は乾いた声で伝える。すでに感情は出し切って涸《か》れ果てていた。

「妃倭子さんと、引田さんをあんな目に遭わせたのは、私の責任です」

「そんなこと思わないで。あれは会社の責任、だから社長の私のミスだよ」

「やめてください。神原さんこそ、そんな風に考えないでください。お体に障ります」

熊川から流産の話を聞いた時、神原がそっと自分の腹に両手を置いたのを茜は見ていた。恐らく無意識のことと思うが、彼女も我が子が心配になったのだろう。妊婦の心境はそこまでナーバスなものだ。茜がドアを開けるのをためらった理由もそこにあった。神原の顔を見たくないのではなく、彼女に自分の姿を見せたくなかった。

「……それに、会社の方針にもやっぱり私は従えません。これ以上、妃倭子さんにあんな介護をしたくないんです」

「栗谷さん……」

ゴンッと、何かがドアに当たる音が聞こえた。神原が手を突いたのか、額を押し付けたのか。しばらく沈黙が続いたあと、神原の声が聞こえた。

「……分かってほしいとは言えないけど、うちにも色々と事情があるの。栗谷さんに言えないことも、隠していることだってある。でもそれはあなたを信用していないとか、新人さんだから下に見ているとか、そういうことじゃないんだよ」

「それくらいのことは、私も分かっています」

「うちがもっと大きくて、力があれば、もっとうまくできるかもしれない。でも、今の私たちにはこれが精一杯なの。栗谷さんの気持ちも分かるけど……ごめんね」

「いいんです。これは私のわがままですから。神原さんや【ひだまり】をどうこう言うつもりはありません」

「ありがとう……だけど、駄目なんだね」

「本当にすいません」

茜はきっぱりと断る。神原の溜息が聞こえた。

「分かった……だけど、栗谷さん。ひとつだけ、約束してほしいことがあるんだけど……」

「妃倭子さんやお屋敷のことなら、誰にも話しません」

「本当に？」

「絶対、口にしませんし、どこにも訴えません。皆さんにご迷惑をお掛けするつもりはありません。ほんの数日でもお世話になりましたから」

「良かった……お願い、絶対に守ってね」

「ですから、神原さん。どうか妃倭子さんと広都君を大事にしてください。辞める癖に勝手なことを言いますが、私はできれば二人に安心して過ごしていただきたいと思っています」

「……大丈夫、私がしっかり気をつけて面倒を見るから。二人が平和で幸せに過ごせるようにするよ」

「神原さんもお体を大切になさってください」

「……ねぇ、栗谷さん」

「はい？」

「ドアは開けてくれないんだね」

「……すいません。今は、誰にも会いたくありません」

茜はドアに向かって謝罪する。同じ歳の社長と社員。本当なら直接手を取って励まし合いたいところだが、やはり妊婦に合わせる顔はなく、また平静を保てるかどうかも不安だった。

「いいよ、栗谷さん。帰りの車を用意するから……ちょっと遅くなるかもしれないけどゆっくり待っていて」

「ありがとうございます。よろしくお願いします」

やがてドアの向こうで足音が遠ざかっていく。茜はドアから離れると、そのままベッドの上に倒れ込んだ。

終わった。これで全て終わった。結局、自分には関係のないことだ。これ以上、心身をすり減らしてまで付き合う仕事ではない。ただ妃倭子の力になれなかったのは残念で、広都との約束を果たせなかったのが心苦しかった。

だが、もう何も考えたくない。やれるだけのことはやったつもりだ。あとは神原と高砂がうまく取り計らってくれることを願うしかない。真田駒子を快復させた実績が本当なら、きっとこのまま続けていくのが正解なのだろう。あの介護を……いや、それももう関係ない。明日《あした》からは全てを忘れて……。

……ほんのわずかな時間のあと、茜は物音に反応して目を覚ました。眠るつもりはなく、数分か十分程度の、まるで気絶したかのような仮眠だった。何か音が聞こえたような気がしたが、辺りを見回しても変化はない。部屋の外からは何の音も聞こえてこなかった。

再び沈みこもうとする眠気を振り払って、茜はベッドから起き上がる。行動しなければならない。屋敷を出ると決めたのだから、荷物をまとめて帰る準備をしなければいけない。三日前に広げたばかりの荷物は片付けるのも苦労はなかった。

少し眠ったお陰か、茜は普段の冷静さを取り戻していた。麓《ふもと》まで帰るには自動車で送り届けてもらわなければならない。神原からはしばらく待つように言われたが、具体的にはいつ出発になるのだろうか。先ほどはあまりに辛《つら》くてドア越しに会話をしてしまったが、やはり神原と高砂と、熊川にも挨拶《あいさつ》をして別れるべきだ。妃倭子には会わせてもらえないかもしれないが、それは仕方がない。しかし広都にはきちんと顔を合わせて感謝を伝えたい。まずはそこから済ませておくべきだと思い、私室のドアへ向かった。

しかし、ドアは鍵《かぎ》が掛かって開かなくなっていた。

3

何かの勘違いかと思って、茜は何度か金色のドアノブを回す。しかし右に捻《ひね》っても左に捻ってもすぐに詰まってドアも引けなくなっていた。いつの間にか、鍵が掛かっている。よく見るとドアノブの下に小さな鍵穴が付いていた。

腰を屈《かが》めてよく見ると、鍵穴はこちらから鍵を差し込むようにできている。そうなると廊下側はツマミを回して施錠するサムターンが付いていたのだろう。茜は鍵を受け取っておらず、このドアに鍵など付いていないものと思い込んでいた。不自然な位置にあるところを見ても後付《あとづ》けされたものに違いなかった。

何かの拍子で自然と施錠されてしまったか。何度かドアとドアノブをガタガタと動かしてみたが錠が開く様子はない。やむを得ず拳でドアを叩《たた》いて外に向かって呼びかけた。

「すいません。近くに誰かおられませんか？　急にドアが開かなくなったんですが。すいませーん……」

やや強めに叩きながら声を上げるが、廊下からは何の音も聞こえてこない。さらに大声を出そうと思ったが、その直前でふと体が止まった。

もしかして、閉じ込められたの？

ドアノブから手を離して、音を立てないようにあとずさりする。そもそもこのドアの場合、普通は廊下側に鍵穴があるはずだ。部屋側からいくら鍵を掛けても、廊下側からツマミを回して開けられるなら意味がない。しかし、意味があるとすれば、部屋に人を入れて鍵を掛ければ閉じ込めることができる。今の状況がまさにそれだった。

四方の壁が迫りくるように感じて、茜は息苦しさを覚える。これまで安全地帯と思っていた私室が、出られないと分かっただけで急に身の危険を抱くようになっていた。背後には窓があるが金属の面格子が塡《は》まっているので抜け出すことはできない。実際に見たことはないが、これでは刑務所の独居房と同じだと思った。

しかし、もし閉じ込められたとしたら、一体誰の仕業だろうか。今、屋敷内にいる人物は限られている。神原椿とはもう話が付いている。高砂藤子が古風な罰を与えるために鍵を掛けた可能性もあるが、それも仕事を辞めると知ればもはや無意味なことと分かるだろう。広都が屋敷にいて欲しくて閉じ込めようとしたのかもしれないが、あの子供が現時点で事情の全てを理解しているとも思いにくかった。

そう考えると、やはり熊川光江が一番怪しい。理由は判然としないが、彼女から異常に嫌われているのは自覚している。言動にも理解できないところが多く、嫌がらせで鍵を掛けて恐怖を与えようとしても不思議とは思えなかった。

茜はドアの前で逡巡《しゅんじゅん》する。このまま誰かが気づくまでドアを叩いて叫び続けるか、それとも麓へ行く車の用意ができて神原が呼びにくるのを待つべきか。いや、声を上げるのも待つのも相手の罠《わな》に思える。何かこちらから開ける術《すべ》はないか。そう考えて、辺りを見回して解錠の道具を探すことにした。

果たして素人が泥棒のように鍵を使わずドアを解錠することなどできるのだろうか。鍵穴に挿し込む針金のような物を探したが、あいにくそんなものは持っていない。ヘアピンなら何本かあったが、先端が丸くなっていて鍵穴には全く入らなかった。

以前テレビで外側から内側のサムターンを回す空き巣のテクニックが紹介されていたのを観たが、あれも特別な工具がなければできないはずだ。部屋には備え付けのベッドと小型のチェストと書き物机があるだけで、持参したトランクにも適当な道具は何一つ見つからなかった。

窓に嵌まった面格子のほうも確認したが、やはり外す方法は思いつかない。チェストの引き出しを開けてもすでに片付けたので中身は空になっていた。

その時、一番下の引き出しの奥に、何か物が挟まっているのを見つけた。

床に手を突いて引き出しの中を覗《のぞ》くと、下板との隙間に何かカードのような物が挟まっている。そんな物を入れた覚えはないので、恐らく前に誰かがこのチェストを使っていて、気づかないうちに挟まれてしまったのだろう。

茜は無理な体勢で腕を伸ばしそれを摘《つ》まんで引っ張る。解錠に役立つ物とは思えないが、見つけたからには確認したい。端を摑《つか》んで二、三回振ると隙間から抜き出すことができた。カードのような物体は、見覚えのあるパスケースだった。

【訪問介護ひだまり　介護ヘルパー　宮園妃倭子】

「え？」

茜は思わず声を上げて目を丸くする。見つけたのは自分も所持している【ひだまり】のパスケース。初日の最初だけ首から下げていた、写真付きの社員証だった。

「妃倭子さん？　え……」

社員証は宮園妃倭子の物だった。写真には彫りが深くて鼻の高い、美しい妃倭子が澄まし顔で写っている。それはあの黒袋を取った妃倭子の容貌《ようぼう》と同じ、流血した目に大口を開けて、髪を振り乱していた姿とは異なるが、骨格や各パーツは瓜二《うりふた》つだった。

「妃倭子さんが……【ひだまり】の社員？」

茜はベッドに放置していた自分の社員証と見比べたが、やはり同じ物だった。何より妃倭子が健康的で若々しい肌を持ち、きっちりと焦点の定まった瞳《ひとみ》をこちらに向けているのが信じられなかった。本当はこんなに素敵な顔をしていたのか。茜は驚きと感動に胸を震わせたが、瞬時に湧き起こった恐怖に手が震えた。

これは一体、どういうこと？

頭の中で、これまでの認識が音を立てて崩れ出す。何かを根底から勘違いしていたことを、この薄いパスケースがはっきりと示していた。

介護していたはずの妃倭子が、実は同じ介護ヘルパーだった。神原と高砂がこの事実を知らないはずがない。引田と熊川も知っていたのか？　まさか広都も？　全身が総毛立ち、足下の床がたわんだように揺れ動く。何もかもを間違えていた。この屋敷と、この介護には、想像以上にとてつもない現実が隠されていた。

ドアをノックする音が部屋に鳴り響く。

茜は思わず社員証を持つ手で口を塞《ふさ》いで体を固めた。

物音を立てずに目線だけを音のほうに向ける。ドアの向こうに誰かがいる。神原か、高砂か、熊川か、広都か、全く分からない。じっと留まっていると、さらに二回ノックの音が聞こえた。返事ができない。黙っているほうが不自然に思えたが、声がどうしても喉《のど》から出てこなかった。

　やがて、コトンと、ドアの下で金属音が聞こえた。

　何の音だ？　何をしている？　茜はそれでも動くことができず、ただ全身が耳になったように廊下の物音に集中していた。まさか鍵を開けた？　ドアを開けて入ってくるつもり？　誰が？　震える歯を嚙《か》み締めて腹筋に力を入れる。右腕に食らいついてきた妃倭子の姿が頭を過《よ》ぎった。彼女は本当に原因不明の難病だったの？　もしそうでないとすれば、彼女の身に何が起きたの？【ひだまり】の者たちが人知れず介護を続ける理由って……。

　やがて、ぼそっぼそっとカーペットに物を落とすような音が遠ざかっていく。それはドアの前にいた人物が去って行く足音のように聞こえた。その後はもう何の音も聞こえない。茜はじっと身構えていたが、ドアが開く様子もなかった。

　ようやく静かに息をつくと、それでも音を立てないように慎重な足取りでドアに近づいていく。ノックに応じなかったから眠っているとでも思われた？　会えばどうなっていた？　もはや何も分からず、誰も信用できない。ドアノブにそっと触れて、ゆっくりと手首を捻《ひね》ると、半回転してドアが開いた。やはり今の人物が鍵《かぎ》を開けたらしい。慎重に、針が通るくらいの隙間から廊下の様子を窺《うかが》いながら、ゆっくりとドアを開けていく。

やがて頭が通るくらいまで開けると、恐る恐る首を伸ばして左右を確認した。誰の姿もそこにはなかった。

その代わりに、足下には黒くて小さな部品のような物と白い紙が置かれていた。拾い上げてよく見ると、板状の部品には錠前のマークで施錠と解錠を表した二つのボタンがあり、裏側には自動車メーカーのエンブレムが刻印されている。それで庭に駐車している車のリモコンキーだと分かった。

もう一つの白い紙は葉書よりも小さなメモ用紙で、乱雑に扱われたように皺《しわ》だらけになっている。手に取ったほうの面には何も書かれていなかった。

裏返して見ると、小さな字で〝逃げろ〟とだけ記されていた。

4

茜はこっそりと私室を出ると、足音を殺して廊下を抜ける。そしてエントランスに誰もいないことを充分に確認すると、玄関のドアを開けて屋敷の外へと脱出した。手には拾ったばかりのリモコンキーとメモだけを握り締めている。片付け終わった私物のトランクは二つとも置き去りにしてきた。

すでに雨は上がっていたが、空は変わらず厚い雲に覆われている。スマートフォンで確認した時刻もいつの間にか六時を過ぎて、闇は次第に深くなりつつあった。あれだけ騒がしかったセミの声も途絶えて、森は不気味に静まり返っている。木々の隙間から見えない獣に狙われているかのような気配を感じていた。

庭の駐車スペースには全く同じ型の自動車が二台駐《と》まっている。どちらも白のワゴン車で、側面には【訪問介護ひだまり】という会社名とハートをモチーフとしたロゴマークが青緑色で書かれていた。景色に紛れるように屋敷の壁沿いに歩き、腰を屈《かが》めて周囲を窺いながら、リモコンキーの解錠ボタンを押下する。ズンッと片方の自動車から鍵の開く音が聞こえてハザードランプが点滅した。すぐさま小走りで近づいて運転席に乗り込み、内側から鍵を掛ける。車内にはバニラのような甘い香りが漂っていた。

スタートボタンを押すとエンジンはわずかに咳《せ》き込んでから始動して、車内に重低音を響かせた。当然、外ではさらにけたたましいエンジン音が周囲の空気を震わせて、屋敷の中にまで届いていることだろう。自動車の運転は久しぶりだが免許は持っている。慎重に、しかし、ためらうことなくアクセルを踏んで発進させた。

多分、もうすぐ、何かが起きる。きっと想像しているよりも早く、迷っているうちに間に合わなくなる。茜はそんな予感に強く急《せ》き立てられて、誰にも知らせることなく屋敷から脱出した。私室のドアの鍵を開けて、自動車のリモコンキーと、〝逃げろ〟のメモを残したのが誰なのか、何を意図しているのかは分からない。しかし宮園妃倭子の社員証を目にした今、ここに留まっているのは危険だと直感的に判断した。

道は大きく蛇行して、車は横転しそうなほど左右に揺れ動く。ただし分かれ道や脇道もなかったと記憶しているので気をつけていれば道に迷うことはなさそうだ。勝手に屋敷を抜け出して、車に乗って行ったと知れば追ってくるだろうか。麓《ふもと》の町まで辿《たど》り着ければ、車を捨てて逃げ果《おお》せるかもしれなかった。

ハンドルを握る手に力が入る。神原椿と高砂藤子、あの母娘《おやこ》には何か秘密がある。宮園妃倭子は依頼を受けた要介護者ではなく、自分たちの会社の社員だった。そして二人は難病を患った妃倭子を山奥の屋敷に隠して、他の社員たちに介護をさせていた。なぜ？　経営者として、いや、人としてまともな判断とは思えなかった。

恐らく、あの二人は妃倭子の難病にも関係している。町の病院や介護施設に入れられない理由もそこにあるはずだ。引田と熊川はこの真実を知っているのか？　自分より長く勤務している彼女たちが知らなかったとは思えない。だから引田は質問をはぐらかし、熊川は露骨に追い出そうとしてきたのか。そう考えると全て辻褄《つじつま》が合う気がした。

暗闇の中、ヘッドライトの光だけを頼りに危うげな道を下り続ける。途中で三台の対向車とすれ違った。いずれも白のワゴン車で同じようなフォルムをしていたと思う。この道は屋敷にしか続いていないから、対向車に乗っていたのは他の社員たちだろう。神原か高砂に呼び出されたのか？　何のために？　引き留められるかと恐れたが、いずれもそのまま通り過ぎて行った。

警察へ行かなければいけない。あの屋敷で行われていることを訴えて、【ひだまり】

の不正を白日の下に晒《さら》さなければならない。正義感ではない。自分の身を守るためにはそうするしかなかった。それが妃倭子と広都の母子を救うことにもなると思った。

ポケットの中から甲高いチャイムが鳴り響いた。

茜はわずかに肩を震わせる。聞こえてきたのはスマートフォンの電子音だった。無関係なメールか、意味のないお知らせメッセージでも受信したのか。ともかく山を下って電波の届くエリアに入ったということだ。麓の町はまだ遠いが、孤独で不可解な屋敷を離れて文明社会に帰還できたような気がする。ひとまずほっと胸を撫《な》で下ろした。

ハンドルから強張《こわば》った片手を離して、ポケットからスマートフォンを取り出す。運転中の使用は厳禁だが、今はそうも言ってはいられなかった。最寄りの交番か警察署を調べてこのまま向かうか、先に通報して状況を伝え対応を任せておきたい。はやる気持ちで液晶画面をタップした。

屋敷の電話番号から、留守番電話が三件届いていた。

茜は走行する正面の道と手元の端末との間で何度も視線を行き来させる。今までスマートフォンの電波が届かなかったので、その間の着信は留守番電話として基地局に留められていたのだろう。電話番号はアドレス帳に登録されていなかったが、屋敷のエントランスにあった固定電話の番号だと気づいた。電話機の背後の壁面に貼られていた連絡先の一覧表にあった【お屋敷TEL《この電話》】の番号と一致していた。

電話を掛けてきたのは高砂か、神原か。無断で屋敷を出て行った理由を問い質《ただ》し、戻ってくるよう連絡してきたのか。聞き入れるつもりはないが、相手の出方は知っておきたい。新たな事実も分かるかもしれない。そう思って留守番電話を再生してスマートフォンを耳に押し当てた。厳しく叱られるか、やんわりと窘《たしな》められるか、いずれの言葉でも投げかけられる覚悟をしていた。

『もしもし……熊川です』

「熊川さん？」

茜は思いがけない相手に驚き留守番電話に返答してしまう。彼女はこちらの電話番号までですでに調べ上げていたようだ。

『この電話が聞けているということは、栗谷さんは無事に屋敷から逃げ出せたってことだと思う。そのつもりで話すからよく聞きなさい』

熊川はぼそぼそと、辺りを憚《はばか》るような声で話を始める。私室のドアの鍵を開けて、この車のリモコンキーと〝逃げろ〟のメモを残したのは彼女だった。

『まず、そのまま車に乗って麓まで辿り着いたら、駅で車を捨てて電車に乗って、どこか遠くへ行きなさい。自宅へ帰ってはいけない。警察へも行ってはいけない。とにかく痕跡《こんせき》を消して、居場所を知られないようにしなさい』

「警察へも行ってはいけない……？」

『そのスマートフォンも解約しなさい。発信電波で位置が分かるという話を聞いたことがあるから。できれば名前も変えて、姿も、整形したほうがいいかもしれない。栗谷さんはなるだけ早く、完全に別の人になって、どこかに身を隠しなさい』

熊川は早口で話し続ける。嘘とは思えない。何か、とてつもない告白が始まっている。

茜は運転に注意しながら耳に届く彼女の声にも集中した。

『あの二人は、必ず栗谷さんを捜して捕まえにいく。今度捕まれば、あなたはもう二度とこの屋敷から出られない。だから逃げて。絶対に見つからないように』

「あの二人……」

『栗谷さん、今の話と、これから話すことは、全て真実。私は今まで、随分とあなたに酷《ひど》いことをしてきた。言わなかったことも、嘘を吐いていたこともある。だから、信じてもらえないかもしれない。あるいは、とても信じられない話に思えるかもしれない。でも、全て本当のこと。あなたは、この屋敷に来てはいけなかった』

そして熊川は、一呼吸置いてから発言した。

『神原椿と、高砂藤子は、人間ではない』

「人間ではない？」

『あれが何なのか、私にも分からない。私が知っているのは自分の目で見たことだけ。

あいつらは人間を襲い、人間を食い、人間の体を苗床《なえどこ》にして、卵を産み付ける。そして卵から孵《かえ》った子供たちは、苗床の人間を食い荒らして這《は》い出てくる』

「え、ええ……」

茜はハンドルを切りながら声を上げる。運転中でなければ呆気《あっけ》に取られていたことだろう。

『あいつらは苗床にする人間を手に入れると、その体に二種類の特別な体液を注入する。一つ目の体液はまともな思考力を奪って彼女たちの言いなりになる。この状況に何の疑問も抱かなくなって、本当のことも言えなくなって、絶対に逆らえなくなる。二つ目の体液は体の自由を奪って、何も考えられなくなって、ただ生きているだけの屍《しかばね》になる。そして子宮に大量の卵を産み付けられる』

引田千絵子は会社のやりかたを疑うこともなく、ただ従順に働き介護に喜びを感じていた。宮園妃倭子は頭に黒袋を被《かぶ》せられて、ほとんど動くこともできずベッドで体を腐らせていた。

『【訪問介護ひだまり】は、あいつらが人間を捕まえて産卵するために作られた会社だ。気に入った社員に一つ目の体液を注入して操り人形に、あいつらが言う正社員にして、先に二つ目の体液を注入して苗床になった人間の介護をさせている。栗谷さんが体液を入れられなかったのは、きっとまだ適当な人材かどうかを確認する試用期間中だからだと思う。私はやられそうになったけど、先に気づいて体にタオルを巻いて服を着込んで厚着にしていたから届かなかった。あいつは、神原椿は……性器と肛門《こうもん》の間に体液を注入する毒針を持っていた』

熊川の体形が時折、不自然に変わっていた理由。痩《や》せて見えていた時は、決まって彼女が私室に入ったあと予定外に顔を出した時だった。入浴介助の際にやたらと暑さに不満を漏らしていたのは、湯気の籠《こ》もる夏場の浴室で厚着をしていたからだ。そして今日、神原と高砂が屋敷に現れた際、彼女は元通りに太っていた。

『宮園妃倭子さんは、元々【ひだまり】の介護ヘルパーだった。彼女はこの屋敷で、栗谷さんがどこかで知った、真田駒子さんの介護にあたっていた。私はその頃からこの会社を怪しんでいたから、妃倭子さんに逃げるように言っていた。でも間に合わなくて、真田駒子さんは産卵に使われて、妃倭子さんは次の苗床に選ばれた』

広都の部屋で見つけたメモ。そこに書かれていた真田駒子への介護と、熊川の名前。あの文章を書いた人物こそ、宮園妃倭子だった。彼女は社員証の入ったパスケースを持ち、茜が使っていた私室に住み込み、介護ヘルパーとして屋敷で働いていた。あの屋敷は彼女の持ち物ではなく、【ひだまり】の所有物だ。姿を見せない資産家、宮園家は存在しなかったのだ。

『私は、妃倭子さんとは友達だった。歳は違うけど同じ年に【ひだまり】に入社して、ずっと仲良くしてくれた。明るくて、優しくて、頼もしくて、介護ヘルパーが天職のような人だった。それなのに、あんな姿になって……。私がもっと早くに気づけば良かった。それなら無理矢理にでもこの屋敷から引きずり出して、一緒に逃げられたのに』
熊川の怒りを押し殺した後悔の声が茜の胸を締め付ける。留守番電話の一件目はそこで終わった。日時のアナウンスのあと、続けて二件目が再生される。もはや聞かないわけにはいかなかった。

5

『妃倭子さんの体はもう安定期に入ったらしい。苗床として充分に整ったから、あとはあいつが産卵するタイミングを待つだけになっていた』

留守番電話の二件目は、普段の熊川らしい怒りの籠もった冷ややかな口調から始まった。時間が惜しいらしく前置きもない。彼女があいつと呼ぶ、【訪問介護ひだまり】の社長、神原椿。出産を間近に控えたあの大きな腹には、人間ではない生物の卵が成熟していた。

『私がそれに気づいたのは、栗谷さん、あなたがこの屋敷に来たから。あいつらが新たに社員を雇うのは、妃倭子さんに産卵したあと、次の苗床を作るための準備だ。多分、次は私か引田さんを選ぶつもりだと思う。当然、このまま屋敷で働いていたら、いつかはあなたの番も来る』

淡々とした説明にかえって寒気を覚える。次は熊川か引田が、あの妃倭子のような屍《しかばね》になり、残った者が介護を続ける。あの屋敷ではずっとそのようなことが行われていた。

『私はそれを知っていたから、栗谷さんを屋敷から追い出そうとした。代わりの介護ヘルパーをなくして妃倭子さんへの産卵をやめさせることと、こんな呪われた世界にあなたを巻き込ませないことが目的だった。

でもあなたが本当に何も知らないのか、すでに一つ目の体液を注入されて操られているのか分からなかった。だから何も打ち明けられずに、虐《いじ》めて辞めさせるようにしかできなかった』

初対面の時からのふてぶてしい表情と口調。熊川は何かある度に言い掛かりを付けてきて、露骨に追い出そうとしてきた。あれは茜を嫌っていたのではなく、本心を隠して妃倭子と茜を守ろうとすることの表れだった。

『でも、その内あなたには体液も注入されていないことが分かってきた。だってあなたは、あまりにも自分勝手で、余計なことに興味を持ったり、屋敷の疑問を私にぶつけたりしてきたから。それは【ひだまり】の正社員になった介護ヘルパーたちには有り得ないことだから』

茜が熊川の行動を疑問視していたように、熊川も茜の行動を疑い続けていた。恐らく決定的になったのは、茜が介護のルールを破って妃倭子の黒袋を取り外したからだろう。だから彼女は、この自動車のリモコンキーと【逃げろ】のメモを残して屋敷から脱出するよう促したのだ。

『だけど、まさかあなたが妃倭子さんの頭の黒袋を取るとは思わなかった。私がちゃんと説明できなかったからでもあるが、あなたがそこまで追い詰められていたとも思っていなかった。お陰で何もかも早まってしまった。あなたのせいとは言わないけど、あの黒袋は本当に取ってはいけないものだった』

熊川はそう言って短い溜息《ためいき》をつくと、何かを決意したように話を続けた。

『妃倭子さんが食べていた物、私たちが食事介助で与えていたあの料理は、人肉だ。人間の肉と内臓を磨《す》り潰《つぶ》した物を流動食にして与えていた。私たちの食材とは別の冷凍庫に入れて、絶対に私たちの口には入れないようにしたのもそういう理由だ』

どくんっと心臓が胸の奥で跳ねる。人肉。意外とは思わなかった。不思議と、そうではないかという気がしていた。だが、決して当てたくはない予想だった。

『妃倭子さんが苗床になって最初に口にしたのは、彼女の夫の肉だった。私が見た時には、もうバラバラの死体になっていた。私と引田さんはそれを屋敷の二階にある解体室に運んで、さらに小分けにして保冷バッグに詰めて冷凍して、少しずつ妃倭子さんに与え続けた』

行方の知れない妃倭子の夫。広都の父親は死んでいた。そして屋敷の二階にあった鍵《かぎ》の掛かった部屋は、やはり単なる開かずの間ではなかった。しかしそこでは、茜の暗い想像を遥《はる》かに超えた陰惨な作業が行われていた。

『それから何度も、会社から送られてくる新しい死体を処理して妃倭子さんのご飯にしてきた。一番新しいのは若いカップル。誰かは知らない。でも、まだ二人とも生きていた』

茜はその正体に勘付いている。先週に山へ入って遭難したカップル。警察にも捜索隊にも見つからなかった二人は、麓《ふもと》の町を挟んで正反対にあるこの山の屋敷で囚《とら》われていた。

『カップルは先に女の方から解体して、妃倭子さんの食事に使った。作業のほとんどは引田さんがやった。鶏や魚を捌《さば》くように、女を殺して、皮を剝《は》いでいった。あの笑顔で、鼻歌交じりに……』

いつも朗らかで仕事熱心だった引田の顔が思い浮かぶ。彼女は遭難したカップルについても全く知らないと話していた。しかし彼女は嘘を吐いていない。異常な殺人鬼でもない。洗脳効果のある体液でまともな思考力を奪われて、会社の方針に逆らうことができなくなっていた。

初日の午後、入浴介助の際に見つけた、長く茶色い髪の束。その翌日に朝食を介助している際に妃倭子が吐き出した、黒ずんだスジ肉。あれは遭難した女の死体だった。普段の食事とは別に、恐らく深夜に与えられていたのだろう。

『カップルの男は、私が逃がした。栗谷さんがキッチンで見た男だ。あなたと引田さんが麓の町へ行った隙に逃がそうとしたけど、あの人はもうおかしくなっていて、私を突き飛ばすと部屋にあった遺体切断用の鉈《なた》を奪って飛び出して行った。自分の目の前で恋人を殺されたんだから仕方ない。屋敷から出て行ったと思っていたけど、まだキッチンにいた』

山奥の屋敷に現れた不自然な全裸の鉈男。彼が向けた獣のような眼差《まなざ》しには、怒りと恐怖の色が浮かんでいた。茜も恋人を殺した連中の仲間と思い込んだのだろう。そのあとに引田と鉢合わせになって逃げ出した。手にしていた鉈は茜たちを襲うためではなく、自分の身を守るためだった。彼が再び屋敷に戻ってくるはずがない。無事に保護されたか、森の中で息絶えたかは分からなかった。

恐らく警察にもまだ情報は伝わっていない。情報を得ていればすぐにでも駆けつけるだろう。鉈男が逃亡したのち、引田が警察への通報を引き受けたが、【ひだまり】が代わりに伝えることになったと聞いていた。神原と高砂がそれを許すはずがない。屋敷での出来事は一切外部には知られてはいなかった。

『私があの男を逃がした理由も、妃倭子さんのためだった。苗床は人肉を食べないと体調が整わなくなる。それであいつの産卵を遅らせられると思った。でも、そうはいかなかった。与える人肉が不足すると、引田さんは、自分の足の肉を切って妃倭子さんに食べさせた』

今朝、引田は左足を引きずって歩いていた。森の中で妃倭子を捜索している時、彼女の左の太腿《ふともも》が異常に出血していることに気づいた。昨日の深夜、ふらつきながら階段を下りていた女は妃倭子ではなく、二階の解体室から自分の足を切って妃倭子の許《もと》へと向から引田の姿だった。

二件目の留守番電話が終了する。正面にはなだらかな一本道が続いている。左右の森が迫りくるように視界の両端を遮り、ヘッドライトの先に目を向けても町の明かりはどこにも見えない。逃げているはずなのに、忌まわしい地獄へ向かっているようにしか思えなかった。

6

『そして今日、栗谷さんが全てを動かしてしまった』

三件目、最後の留守番電話は熊川の責めるような口調から始まった。

『あなたがしてしまったことは、あなたが思っている以上に取り返しのつかないことになってしまった。妃倭子さんの黒袋を取ってはいけない理由はもう分かっていると思う。妃倭子さんが目覚めて動き回ってしまうから。でもそれだけなら対処できた。問題は、妃倭子さんが引田さんを食べてしまったことだった』

暗黒の森の中、妃倭子は泥濘《ぬかるみ》に倒れた引田の背に乗り、その体に食らいついていた。皮膚を掻《か》きむしり、肉を咀嚼《そしゃく》し、不気味な音を立てて血を啜《すす》っていた。茜は止めることもできず、恐怖に身を固めてその場に立ち尽くしていた。

『私はその様子を見ていないが、あいつらの話によると相当食い荒らされたらしい。それで妃倭子さんは一気に苗床の準備を整えてしまった。今まで適切な量を与えて維持させてきたのに、栄養過多になって成長しきってしまった。このまま放っておくと、多分妃倭子さんは腐りきって本当に死んでしまう。そうなると苗床としての機能を果たせない。だからあいつは、神原椿は……今夜、妃倭子さんに産卵すると思う』

熊川の声が震えている。自分の言葉に脅えているのか、屋敷のエントランスで電話を掛けている所を見つからないかと心配しているのか。留守番電話を繰り返して一気に捲《まく》し立てる彼女の顔を想像する。不安ながらも口を止めずに訴え続けるその表情には、誰にも話せなかった真実を告白する決意の色が表れていた。

『私はそれに気付いたから、栗谷さんをこの屋敷から逃がそうと決めた。神原椿があなたを部屋に閉じ込めたのは、これからのことを見せないようにするため。そのあとに体液を注入して【ひだまり】の正社員にするためだ。栗谷さん、私があなたの過去を探ったのは、あなたがあいつらの仲間として屋敷に来たのか、全くの部外者として来たのかを知りたかったから。あなたの流産をあいつらに話したのは、あなたが産卵の苗床として不向きかもしれないと伝えたかったから。それが関係しているかどうかは私も知らないが、あいつらはちょっとためらったように思う。そうでなければ、あなたはあの場で体液を注入されていたかもしれない』

「そうだったんですね……」

『何も知らなかった栗谷さんは、きっと私を恨んでいると思う。だけど、私の話は信じなさい。あいつらは裏切り者を絶対に許さない。だからこのまま行方をくらまして、何もかも捨てて逃げなさい。そしてあいつらのことも、屋敷のことも、私のことも、全部忘れなさい』
そして熊川の、決意を込めた溜息が聞こえた。
『私は、この忌まわしい屋敷に残って機会を待つ。多分まだ時間があるから、何とか妃倭子さんをここから連れ出して逃げようと思う。元に戻す方法があるかどうかは分からないけど、絶対にあいつらの苗床にはさせない。私はただ、そのためだけに今まで異常な介護を続けてきたから。
栗谷さん……妃倭子さんを心配してくれてありがとう。今まで酷《ひど》いことを言ってごめんなさい。どうか生き延びてください……さようなら』
プツリと、電話の切れる音が聞こえて留守番電話が終了した。
茜はスマートフォンをポケットにしまうと、ハンドルを握り直してアクセルを踏み込む。道は曲がりくねった上り坂に入り思ったほどスピードは出なかった。ルームミラーから見える車の背後は、まるで何もかもが消え去ったように黒一色に塗り潰されている。しかし何者かが追いかけてくるような気配だけは次第に強まりつつあった。
茜は頭の中で、現実が乖離《かいり》していくのを感じていた。鬼の体液、産卵、苗床、人食い……何もかもが悪い冗談としか思えない。だが熊川の告白はずっと抱き続けていた疑問の全てを解消していた。【訪問介護ひだまり】は、人間ではない者たちが経営する会社。

転職サイトで見つけた仕事は、決して関わってはいけない世界への入口だった。

どうか生き延びてください……さようなら。熊川が最後に残した声が耳の奥で何度も再生される。彼女がいなければ、自分はこのまま【ひだまり】の正社員になっていた。神原から体液を注入されて、思考力を失って会社の忠実な下僕となり、やがて身体機能まで失って産卵の苗床に変えられていただろう。今の妃倭子のように青緑色の冷たい肌になり、喉奥《のどおく》に挿し込まれたクスコ式膣鏡《ちつきょう》から人肉を溶かしたスープを与えられて、瞼《まぶた》を縫われて黒い布袋を頭から被《かぶ》せられて……。その危機から救ってくれたのは、あの憎らしかった熊川だった。それにもかかわらず、自分は彼女を屋敷に残して立ち去ろうとしていた。

そしてもう一人、屋敷に残してしまった者がいる。宮園広都。あの子はまだ、母親を助けてもらえると信じているのだろうか。いや、疑うはずがない。絶対に助けると手話で約束したのだから。

その時、茜は思いがけない事実に気づいた。書庫にあったスケッチブックで見た広都の絵。そこには屋敷に来た三人の介護ヘルパーの下に悪魔のような女が描かれていた。目を見開き、大口を開けた形相で、鉤爪《かぎづめ》の付いた手で人形らしきものの首を摑《つか》んでいた。さらにその姿には大きな×印が何重にも付けられていた。

茜はその絵の女を妃倭子だと思っていた。今の母親の様子からそのような姿を想起したのだと思い込んでいた。しかし違った。あれは妃倭子の姿を描いたのではなく、神原椿の本性を描いたものに違いない。妃倭子はあの悪魔ではなく、その手に捕らえられた人形のほうだった。

さらにもう一つ、広都の行動から気づいたことがある。妃倭子の掛け布団の中に大量の羽虫を入れたことだ。黒く、大きく、腰部が極端にくびれた不気味な姿。図鑑によるとあれはジガバチというハチだった。

●ジガバチ
体長：十九〜二十三ミリ。分布：北海道〜九州。活動：五月〜九月。
寄生バチの仲間。毒針を刺して動けなくしたガの幼虫などを地中に掘った巣穴に入れて、その体の上に卵を産み付ける。ガの幼虫は死んでいないが毒で動けないので、卵からかえったジガバチの幼虫はそのままガの幼虫を食べて成長する。

広都は知っていたのだ。母親の身に何が起きているのか。そして、これから何が起きるのかを。【ひだまり】による説明できない妃倭子への介護と、理解できない神原たちの生態を、ハチに置き換えて伝えようとしていた。それを自分は、母親への恋しさのあまりの悪戯《いたずら》と勘違いしていた。

ちらりと、視界の端で何かの光を感じる。素早くルームミラーを見ると、背後の闇から爛々《らんらん》と輝く二つの目が明滅していた。追いかけてきた。カーブの多い夜の山道を駆け降りるように、猛スピードで近づく車のヘッドライトが見えた。

茜はアクセルを強く踏んで加速する。しかし速度の差は歴然だった。相手は明らかに走り慣れている。このままでは麓《ふもと》の町に着く前に追いつかれるか、その前に道を外れて森の木々か山の斜面に衝突するだろう。どう考えても逃げ切れる状況ではなかった。

熊川はどうなったのだろう。自分を屋敷から逃がしたことは、明らかに会社の方針に逆らう行動に違いない。ならば彼女が洗脳から逃れていたことも神原たちに知られてしまったのではないだろうか。あいつらは裏切り者を絶対に許さない、と彼女自身が言っていた。捕まって体液を注入されるか、もしかすると、それだけでは済まないのかもしれない。

広都はこれからどうなるのか。あの子は大人が思う以上に周囲の出来事を観察し、状況を把握している。もし神原たちがそれを知ったら、決して放ってはおかないだろう。それ以前に妃倭子が苗床としての役目を終えたなら、もはや屋敷に置いておく意味もなくなる。神原の産卵は妃倭子だけでなく、広都の危機にも繫《つな》がっている。そしてあの子には逃げる術《すべ》もなかった。


〝ママたすけて〟

ノートの切れ端に書かれた稚拙な六文字が目に浮かぶ。今、茜にはそれが、この世に生まれなかった我が子からのメッセージのように思えた。広都は決して我が子ではない。六歳児では生まれ変わりですら有り得ない。しかし我が子でなければどうだと言うのか。守りたくても守れなかった我が子を悔やみながら、母親を助けてほしいと願うあの子との約束を破って逃げるのか。

茜はアクセルから足を離して惰性での走行に任せる。背後から迫りくる獣の両目は、すでにこの車のテールライトを捉《とら》えているだろう。やがて充分に減速するとブレーキを踏みしめて、ハザードランプも点滅させる。車が完全に停止すると、ヘッドレストに頭を委《ゆだ》ねて目を閉じた。

逃げるわけにはいかない。もう二度と、子供を見殺しにはしたくなかった。

7

雲の切れ間から射し込んだ月明かりが夜空と森の境界線をぼんやりと照らしている。虫の声は途切れることなく、ざわざわと岸辺のような潮音《ちょうおん》を山間《やまあい》に響かせていた。

屋敷から追いかけてきた車は茜の車へ近づくに従って、次第に速度を落としていく。夜の山道でふいに車を駐《と》めた茜を不審に思ったからだろう。茜は追跡車がすぐ近くまで来たことを確認すると、エンジンを止めてリモコンキーをポケットにしまって車から降りる。そして出迎えるように自分の車の後ろに回った。

四肢《しし》の代わりにタイヤを付けた白い猛獣が、吊《つ》り上がった目をぎらぎらと輝かせながら茜の前に停車する。眩《まぶ》しさに目を細めつつ車内を窺《うかが》うと、高砂藤子が一人で運転してきたことが分かった。

もし、熊川が語った留守番電話の内容が全て嘘だったとしたら、何とでも言い訳が付く。単純に、私室の前に鍵《かぎ》が落ちていたので、一人で出て行けという意味だと思ったとでも言えばいいだろう。

しかし、あの告白が全て本当だとしたら、この絶体絶命のピンチを切り抜けなければならない。私のすべきことは、真実を見極めることと、最悪の事態を避けること。車で追いかけ合いをしても勝ち目はない。高砂が車を駐めたということは、そのまま轢《ひ》き殺す意思はないということだ。それならまだ可能性はあると信じた。

茜はその場に立ち止まったまま微動だにしない。それを不思議に思ったのか、高砂はエンジンを掛けたままドアを開けて車から降りた。大作りな白髪頭《いぶか》にチェーン付きの眼鏡を掛けた顔は、獲物を狙うカマキリの姿を思い起こさせる。訝《いぶか》しげに眉《まゆ》を寄せた表情には戸惑いと疑いの色が見えた。

一方の茜は、これまで見せたことがないほど満面の笑みをたたえていた。

「栗谷さん……」

「高砂さん！　高砂さんですね。ああ、良かった──」

茜は胸の前で両手をぱたぱたと振る。高砂は少し首を傾げつつ近寄ってきた。

「心配して迎えに来てくれたんですか？　ごめんなさい、お忙しい時に！」

「迎えに？」

「私、実は車の運転が凄《すご》く苦手で、免許証は持っているんですけど、ずっと乗っていなかったんです。それなのにこんな危ない山道を走ることになって……前も後ろも周りも真っ暗だし、急カーブばかりだし、でももう戻れないし。本当に怖かったんです」

「い、いや、栗谷さん？」

「それでも頑張って走っていたら、後ろから車のライトが近づいてきて、私、どうしようかと思ったんですけど、私の後ろから来るってことはお屋敷の誰かさんだと気づいたから駐まって待っていたんです。そしたら高砂さんが出てきたから、ああ良かったって……」

「ちょ、ちょっと待って栗谷さん。落ち着いて頂戴《ちょうだい》」

高砂は困惑の表情を浮かべている。茜は普段よりも声のトーンを遥《はる》かに上げて興奮気味に喋《しゃべ》り続けていた。いつも笑顔で、前向きに。モデルにしたのは引田千絵子だった。

「ええと、栗谷さん。あなた一体どうしたの？　何だか変よ」

「え、どうしたのって？　どうしたんですか？」

「いや、でもあなた……どうしてこんなところにいるの？　お屋敷から勝手に車に乗って、どこへ行くつもりだったの？」

「勝手にじゃないですよ？　麓の町へ行けって言われたから……」

「誰に？」

「神原社長に」

「椿に？」

高砂は声を上げる。茜は笑顔のまま、彼女の表情、一挙手一投足を丹念に観察する。

こちらへの敵意は感じられないが、未《いま》だ半信半疑のようだ。

「椿がどうして……私には何も言わなかったのに」

「あれ？　私はてっきり話を聞いたから迎えに来てくれたと……どうしよう、これ、ママには内緒って言われていたのに」

「私に内緒で？」

「い、いいえ。何でもないです……」

「……栗谷さん。どういうこと？　あなた、椿に何を頼まれたの？」

「え、ええと、でも……」

「大丈夫よ。あなたは悪くない。別にそれであなたを責めたりしないから。椿のほうにもちゃんと言っておくから。だから教えて？」

「だから、その、チョ、チョコレートを……」

「チョコレート？」

「チョコレートを食べたくなったから、買ってきて欲しいって……でもママに知られたら、また叱られるから黙っていてって。それで車のリモコンキーを預かって……」

茜は口をもごもごとさせながら遠慮気味に話す。高砂はそれを聞くと、はぁっと大きな溜息《ためいき》をついた。

「全く、いつまでも子供みたいなことを……」

「すいません、高砂さん……」

「栗谷さんのことじゃないわよ。あなたはそんなことまで従わなくていいのよ」

「そうなんですか……でも、私も、その、正社員にしていただいたので」

「え、正社員に？　栗谷さんが？」

「はい、先ほど私の部屋で……これであなたも正社員よって」

「……でもあなた、辞めるんじゃなかったの？」

「そう思っていましたけど、正社員にしていただいてからは全然そんな気がなくなりました。今は何が何でもお役に立ちたいと思っています！」

「まぁ、そうだったの……それで急に明るくなったのね」

「はい！　でもそのせいで私、神原さんの頼みを断れなくなったというか、何だか高砂さんにも言えなくて……」

「ええ、それでいいのよ。正社員になったなら、椿の言うことに逆らえないのは仕方ないわ」

「そうなんですか？　良かった……」

「私もそれで分かったわ。あなたは何も悪くない。それはちゃんと正社員になれた証拠よ。おめでとう、栗谷さん。これであなたも正式な【ひだまり】の一員ね」

高砂は嬉《うれ》しそうに笑顔を見せる。茜も元気良くうなずいた。常識では嚙《か》み合わない会話にもかかわらず、彼女は全て理解し納得している。それは熊川の告白が真実であることを意味していた。

「……それにしても、チョコレート、チョコレートって、椿の偏食にも困ったものね」

「い、いいえ、神原さんは悪くないんです。私が妃倭子さんを目覚めさせてしまったから、お詫《わ》びに何かお役に立ちたかったんです」

「そう……でもいいのよ。栗谷さんが責任を感じることじゃないわ」

「神原さんも……それで今夜は忙しくなるって」

「ええ、そうね。ちょっと早まったけど、これくらい何てことないわ」

「あの、今夜って何かされるんでしょうか？　私にお手伝いできることはありませんか？」

茜が尋ねると、高砂は少し窺うような目付きになる。薄氷を踏むような緊張感が通り過ぎた。

「……いいえ、あなたはお屋敷に帰ったら、そのままお部屋で過ごしていればいいのよ」

「ですが、神原さんの話だと……妃倭子さんの介護も今夜で終わりになるって」

「ええ、妃倭子さんの介護はもう必要ないわ。栗谷さんにはまた次のかたの介護をお任せすると思う」

「どういうことでしょうか？　妃倭子さんはどこかに移されるんでしょうか？　それとも……」

「正社員になっても、何でも気になる癖までは治らなかったのかしら？」

高砂は針を刺すような視線と声を投げかける。茜は思わず言葉に詰まったが、狼狽《ろうばい》を表には出さず笑顔のまま首を傾げた。

「栗谷さん。あなたは何も心配しなくていいのよ。あなたは椿と私の指示に従っていればいい。あなたはそれだけで幸せなはず。そうでしょ？」

「……はい、その通りです。神原さんからも、そう言われました」

「それなら、もうあなたは妃倭子さんのことは考えなくてもいいはずよ。私が言うんだから間違いないわ。そうでしょ？」

「はい、その通りです。……でも、広都君はどうなるんでしょうか？」

「広都君？　ああ……」

「妃倭子さんのことはもう何も心配していません。でも妃倭子さんがいなくなったら、息子の広都君はどうなるんでしょうか？　これからも私たちがお世話するのでしょうか？　でもママと離ればなれになるなら可哀想だなぁと思って」

「……あの子のことも心配いらないわ。栗谷さんが面倒を見なくても大丈夫よ」

高砂はそう言うと、なぜか苦笑いを見せる。その瞬間、茜は真顔に戻りそうなほどの恐怖を感じた。辺りの闇が狭まってくるような不安。がさがさと、見えない森の騒ぐ音が聞こえた。

「あの子も、ママと一緒になって幸せになるでしょうから」

「はぁ、ママと一緒に……お屋敷から出て行くんですか？」

「いいえ、妃倭子さんが……まあ、とにかくそれもあなたが気にしなくていいことよ」

高砂は話を切って回答を誤魔化す。茜も、そうですかぁ、とのんびり答えて惚《とぼ》けたふりをした。これ以上追及するとまた怪しまれてしまう。しかし今、高砂は何を言おうとした？ 妃倭子さん『が』……？ 『と』ではなく、『は』でもなく、『の』でもない。

『が』のあとに続く言葉は？ 妃倭子が、広都を？

「あ……」

その意味に気づいた時、茜はいきなり高砂に体当たりして車のボンネットに押し付けていた。

「ぐっ！」

ゴンッとボンネットに音が響き、高砂の喉《のど》から呻《うめ》き声が漏れる。茜は彼女に覆い被《かぶ》さるように体を乗せて、右腕を首元に押し付けていた。考えるよりも先に体が動いていた。

「く、栗谷さん？ 何を……」

高砂はずれた眼鏡の奥で瞬《まばた》きを繰り返す。何が起きているのか理解できていないらしい。茜の顔からは笑みが消え、豹変《ひょうへん》したように怒りと興奮に強張《こわば》っていた。

付け焼き刃の芝居は終わった。熊川の告白は全て真実だった。それで茜は、自分でも信じられない問いを彼女に投げかけた。

「高砂さん……あなたたちは妃倭子さんに、広都君を食べさせる気ですか？」

8

ヘッドライトの強い光とエンジン音が周囲の世界を包む中、茜は高砂を強く押さえつけている。力の加減が利かないのは、得体の知れない存在に対する恐れが拭《ぬぐ》えないから。しかし服の上から感じる彼女の体は老人らしく、細く固く骨張っており、およそ人間と違った様子は全く感じられなかった。

「高砂さん、そうなんですね？　心配しなくていい、ママと一緒になるって、妃倭子さんが広都君を食べるってことですね？」

「な、何？　まさかあなた……」

「私は【ひだまり】の正社員なんかじゃありません。神原さんに操られてなんかいません」

「そんな……じゃあどうしてそのことを？　だ、誰が……」

高砂は目を見開いて唇を震わせていた。その狼狽が質問を肯定していた。

「私は全部知っています。あの屋敷で何が行われているのか、私たちが何をさせられていたのか。どうして私が雇われて、連れてこられたのかも」

「何てこと……」

「私も産卵の苗床にするつもりだったんですか！」

「……だから私は、外の人間を入れるのは反対だったのに。伝手《つて》を頼って、身元のはっきりした人間を、十分吟味してから雇わないと危ないって……」

「高砂さん！」

その時、高砂は筋張《すじば》った首を目一杯に伸ばして茜の右腕に食らいついた。ずきりと筋肉と骨に強い痛みが走る。まるで興奮した獰猛《どうもう》な野犬に嚙みつかれたような恐怖を抱いた。

しかし、それ以上の力は感じなかった。歯形は残るだろうが肉まで裂ける不安はない。

茜はそのまま右腕を伸ばすと、高砂の後頭部を車のボンネットに強く打ち付けて引き剝《は》がした。

「ああ悔しい……。老いてさえいなければ、こんな細腕嚙みちぎってやるのに。こんな力も撥《は》ね飛ばして、その首に食らいついてやるのに……畜生……」

高砂は無念そうにぎりぎりと歯軋《はぎし》りする。それを聞いて茜はさらに体重をかけて彼女を押さえつけた。

「何ですか……あなたは」

「悔しい……この意地汚いサルどもが……」

「教えてください、高砂さん！　一体、何なんですか！　あなたたちは！」

「……私たちは、鬼よ」

「鬼……」

茜は思いがけない言葉を繰り返す。高砂は恨みの籠《こ》もった目で睨《にら》み返していた。

「鬼子母神……人間に誑《たぶら》かされて、神に祭り上げられた鬼の母。その千人の子の末裔《まつえい》が私たちよ」

「まさか？」

「かつて鬼は人間と共に生きてきた。鬼は人間に対して村作りを手伝い、獣を追い払い、山野の知識を与えてきた。その代わりに人間から生贄《いけにえ》をもらい受け、それを苗床にして子を生《な》してきた。しかし、いつしか人間は鬼との共存共栄を否定して迫害するようになった。生贄をやめて、武器を持って、山奥へと追いやった。そして鬼と人間は天敵同士となった」

「……嘘、ですよね？」

「伝説は伝説。でも私たちは真実。麓《ふもと》の人間たちも知っている。だからこの山へは滅多に入らない。そして部外者には決して語らない」

茜は衝撃的な告白に呆然《ぼうぜん》とする。本物の鬼。昔話や漫画に登場する悪の代表格。人間を食べていた頃の鬼子母神の子供たち。しかし高砂には鬼の角もなければ人間離れした剛力もない。目の前にいるのは、雑踏に紛れると見失うほどありふれた老婆だった。

「人間からの虐殺によって数を減らした私たちは力を失い、知識も忘れ、寿命さえも縮まってしまった。でも人間を食らい、人間を使って繁殖する本能だけは、昔も今も変わらない。だから私は【ひだまり】を作って人間の社会に入り込んだ。目的はただ一つ、生き延びるため。それだけよ」

「……そのために、今まで何人もの人間を殺して、食べて、操ってきたんですか」

「それが天敵というものよ。恨みじゃないの。人間が憎くてやっているんじゃないのよ。そうするしかないから、そうしているだけなのよ」

高砂は新入社員を指導するような口調で説明する。茜は何も言い返せずに口を噤《つぐ》んだ。彼女の話は正論だ。だからこそ、人間の自分には受け入れることができなかった。

「栗谷さん、あなたは運が悪かったのよ。たまたま就職活動中に【ひだまり】を知って、うっかり椿に気に入られて、そのせいで私たちを知ってしまった。でも正社員になる前に抜け出せたのは、運が良かったのでしょうね」

「……でも、高砂さんに追いつかれてしまった」

「大丈夫よ。私たちはもうあなたを追うのはやめにするわ」

「捕まえようとはしないんですか？　それを信じろって言うんですか？」

「私たちにできるのは、暗闇を渡り歩いて人間を襲うだけ。仲間を集めて無理矢理連れさらうこともできるけど、ここまで知ってしまったあなたとはもう関わりたくないわ。警察へ行かれたり、インターネットで広められたりしたら堪《たま》らない。私たちにはもう、そこまでの力はないのよ」

高砂は諦《あきら》めたように溜息《ためいき》をつく。その声に嘘は感じられなかった。

「何度も言うけど、これは栗谷さんのせいじゃない。私たちのミスよ。だから、あの屋敷もこの山も捨てて、【ひだまり】も潰《つぶ》して、またどこかへ隠れるわ。それでお互い忘れましょう。ね、それでいいでしょ？」

「……よくありません」

茜は首を振って拒否する。高砂の言葉に嘘はない。しかし巧みに同情を誘う老獪《ろうかい》さが見え隠れしていた。

「一度知ったことを忘れるなんて、私にはできません」

「じゃあどうするの？　このまま私をここで殺すの？」

「そんなこと、私にはできません。私はあなたたちとは、鬼とは違います」

「栗谷さん？」

「だから、人間として……捕らわれている人たちを救いに行くだけです」

茜は高砂から身を離すと、左に回って彼女の車に乗り込む。そして集中ロックボタンでドアの鍵《かぎ》を全て掛けると、シフトレバーを『R』に動かしてアクセルを踏んだ。

エンジンのかかり続けていた車はすぐに反応し車がバックする。ボンネットに乗り上げていた高砂の体が路上に滑り落ちた。

前方で停車する茜の車はすでにエンジンを切っており、リモコンキーもポケットに入っている。ここで高砂を置き去りにすれば追いかける手段もなくなるだろう。自らの存在を隠したい彼女は警察を呼ぶこともできず、タクシーを呼んで屋敷まで送り届けてもらうこともできない。【ひだまり】の社員を呼んでもすぐにはここまで駆けつけられないだろう。

茜は目一杯にハンドルを切って車を転回させる。必死で逃げてきた道を今度は引き返さなければならない。しかも向かう先は人里ではなく鬼の棲処《すみか》だった。

「栗谷さん！」

その時、脇から飛び込んできた高砂がフロントガラスに張り付いてきた。

「屋敷へは行かないで！　椿には手を出さないで！」

「高砂さん！　離れてください！」

茜は車内で叫ぶ。しかし高砂は強く首を振った。

「どうかお願い！　椿に卵を産ませてあげて！　大切なお産の邪魔をしないで！」

「駄目です！　そんなことさせられません！」

「あなたが行っても何も変わらないわ！　苗床は時期を過ぎると使えなくなる。妃倭子さんは椿から卵を受け取らないとそのまま腐って死んでいく！　元には戻せないのよ！」

「……たとえそうだとしても、放っておくことなんて私にはできません。広都君だっているんです！」

「どうして？　あなたたちは言ったじゃない！　千人の子のうちの一人を失ってもそれだけ嘆くなら、たった一人の子を失った嘆きはどれほどのものかって！」

「高砂さん……」

「あなたたちの祖先はそう言って、私たちの祖先を諭《さと》したのよ！　それなのに、何十億人もの子供を持つあなたたちは、ごくわずかな子供しかいない私たちの嘆きが分からないの？　人間に裏切られた鬼の子が、ささやかに命を繋《つな》ぐことも認めてはくれないのか！」

　高砂がガラスを隔てた向こう側で必死に訴えている。白髪頭を振り乱し、眼鏡はなく、顔中に深い皺《しわ》を何本も走らせて目を見開いている。もはやそこに普段の穏やかな上品さはない。しかし鬼の形相にも見えない。茜にはそれが、命がけで娘を守ろうとする母の姿に思えた。

「もう……やめてください。高砂さん！」

「お願い、栗谷さん。屋敷には戻らないで！　私たちには関わらないで！」

　高砂の叫びが車内に響く。茜は勢いよくハンドルを切るとアクセルを素早く三回踏み散らした。車は激しく前後左右に揺すられて、高砂の体が剝がれ落ちる。そして車体を整えると今度はアクセルを限界まで踏み込んだ。

ルームミラーには路上に倒れ込む高砂の姿が映っている。しかしそれもすぐに暗闇に紛れて、あとは何も見えなくなった。

9

視界の遠くに捉《とら》えた屋敷は不安と恐怖を塗り固めたような存在感を周囲に放ち、ぼんやりと赤い光を帯びている。その佇《たたず》まいはまるで獲物を待ち受けるかのようにも、あるいは逆に一切の干渉を拒むかのようにも見えた。

住み込みで働いていたはずの場所だが、なぜか今は初めて訪れるかのような緊張感を抱いている。異変を察した茜は敷地よりかなり離れたところで停車すると、エンジンを切って車からそろりと降りた。幸いにも夏の夜は虫の音が騒がしい。それでも森に隠れた鹿のごとく慎重に、足跡を殺して近づいていった。

夜陰に紛れて柵《さく》の朽ち果てた門をくぐって庭に入ると、赤々と燃える篝火《かがりび》が何本も立てられていることに気づく。その周囲には十名ほどの人間が、何をすることもなく佇んでいるのが見えた。全員女性で、一様に【ひだまり】で支給されている介護服を身に着けている。側には会社のロゴが入った車が数台停車しており、屋敷の玄関前でも数人の女が門番のように辺りを窺《うかが》っていた。

神原椿の産卵が始まっている。茜はそう確信して奥歯を噛《か》み締めた。人間にとっても鬼にとっても、命を受け継ぐ最も重要な活動で、最も無防備になる時間。女たちはそれを妨害されないように屋敷の外を見張っているのだろう。つまり全員、鬼の体液で精神を操られているに違いなかった。

彼女たちに説明したところで意味はない。また強行突破を試みても力ずくで止められるのは明らかだ。茜は見つからないように柵から延びた塀づたいに敷地内を周回する。唯一の隙は、ほぼ全員が屋敷の玄関付近に留《とど》まっていることだ。何も知らずに呼び集められた彼女たちは、屋敷へ入るにはそこを通るしかないと勘違いしていた。

敷地の左手へと回り、篝火の陰に隠れて屋敷に近づく。飾り枠が施された窓の一つで、室内に掛かるカーテンが風に揺れているのが見えた。そこは屋敷内で妃倭子の寝室へ入る手前のリビングにあたる。今日の午後に妃倭子が突き破って外へと飛び出した窓は、今もまだ割れたままになっていた。

茜は爪先《つまさき》立ちになって窓から顔を入れると、腕を伸ばしてカーテンをそっと開ける。屋敷内では照明が全て消えており、ロウソクの火を灯《とも》した燭台《しょくだい》が等間隔に並んでいるのが見えた。むっとした蒸し暑い空気とともに、妃倭子の寝室で嗅《か》いだような悪臭が何十倍にもなって鼻に届く。昼間とはまるで違う。妃倭子の屋敷と思い込んでいた、人間を食う鬼の住処。陰気ながらも慣れかけていた風景は、暗闇と狂気に穢《けが》れた魔窟《まくつ》へと変貌《へんぼう》していた。

鼓膜を突き破るような絶叫が、すぐ近くで聞こえてきた。

「妃倭子さん！」

茜は窓の桟を両手で摑《つか》むと、懸垂するように体を持ち上げて足を掛ける。玄関前の女たちに気づかれたかもしれないが、もう構ってはいられなかった。転がるようにリビングに入ると、揉《も》み合う二人の女が目に入る。そこにいたのは相手の腕を摑んで必死に引きずろうとしている熊川と、その腕に食らいつこうと首を伸ばす素顔の妃倭子だった。

「熊川さん！」

「栗谷さん？」

茜は二人の許《もと》へ駆け寄ると、妃倭子の後ろに回って彼女を羽交い締めにする。顎《あご》の下に腕を回して持ち上げて、嚙みつかれないようにした。

「な、何をしているの？　栗谷さん。どうして戻ってきた！」

「ごめんなさい、熊川さん！　私、何も知らなくて、熊川さんの話を聞いて全て分かりました」

「馬鹿！　そんなことどうだっていいでしょ！　私が話したのは、あなたが二度とここへは来ないために。絶対に逃げなきゃと思って欲しかったからだ！」

　熊川は茜を睨《にら》みながら妃倭子の手を引く。妃倭子は喉《のど》が裂けるほどの声を上げながら激しく頭を振り回していた。

「妃倭子さん、大人しくして！　お願いだから……もう私のことも分からなくなったの？　妃倭子さん！」

　熊川は悲痛な声で呼び続ける。妃倭子を屋敷から逃がそうとしていることが分かったので、茜も背後から押して無理矢理に歩かせた。しかし留まろうとする妃倭子の力も尋常ではない。半ば寝たきりだった彼女のどこからこんな力が出るのか。もし操られた意思だけによるものだとしたら、骨や筋肉が限界を超えて破壊される恐れがあった。

「妃倭子さん！　分かってください！　あなたはここにいちゃいけないんです！」

「栗谷さん！　あなたもよ！　さっさとここから出て行け！」

　熊川は叫ぶが茜は首を振る。

「熊川さんを放っては行けません！　一緒に逃げましょう！　妃倭子さんも、広都君も、みんな一緒に！」

「私は！　私は……もういいから……」

　一瞬、熊川の目に穏やかな光が射し込んだように見えた。

「私は、もう戻れない。妃倭子さんを助けるためとはいえ、無関係な人を捕まえて、殺して、ミキサーで磨《す》り潰《つぶ》してきた。あいつらに操られてはいなかったけど、もう人間じゃなくなってしまったから。もう……ここから逃れることなんてできない」

「そんなことありません！　熊川さんは、私を助けようとしてくれました。あなたは人間です！　自分を犠牲にして友達の妃倭子さんを助けようとするあなたこそ、こんなところにいてはいけないんです！」

「栗谷さん……」

「妃倭子さんを元に戻す方法もきっとあるはずです！　その時、熊川さんが側にいなかったら誰が妃倭子さんを介護するんですか！」

茜が叫ぶと熊川は口を噤《つぐ》んで小さくうなずく。その時、彼女と出会ってから初めて気持ちが通じ合えた気がした。妃倭子もようやく力を出し切ったのか、その体はぐったりと重みを増している。入浴介助の時のように、二人で力を合わせれば屋敷から運び出せそうに思えた。

「茜ちゃん？　光江ちゃん？」

その瞬間、懐かしい声が聞こえて、茜は体中に鳥肌が走った。

「どうしたの？　二人でそんなに大声出して。妃倭子さんのご迷惑になっちゃうよ」

視線の先、リビングの出入口に、笑顔の引田千絵子が立っていた。

10

「ひ、引田さん……」

茜も熊川も驚き体を固めている。引田はまるで散歩でもするような足取りで、のんびりと近づいてきた。

「私、思ったんだけど、カレーを煮込んでいる間に、妃倭子さんをお風呂《ふろ》に入れてあげるといいと思うの。私と光江ちゃんの二人で。茜ちゃんはカレーの見張り番ね。それなら仕事が終わってすぐに食べられるでしょ？　ね、茜ちゃん、いいと思わない？」

茜は声も出せずにただ首を振る。どうしてここに？　妃倭子に襲われて麓《ふもと》の町の病院へ搬送されたのではなかったの？　あの怪我で歩けるはずがない。普通に話せるはずがない。

「でもご飯はもう炊いたっけ？　ちょっとお硬《かた》めに炊くのがコツよって、高砂さんが言ってたけど……あれ、妃倭子さん？」

「来ないで、引田さん」

熊川が掠《かす》れた声で制する。しかし引田は不自然にかくんっと首を傾げるだけだった。

「光江ちゃん……駄目だよ。妃倭子さん連れ出しちゃいけないよ。妃倭子さんは瞼《まぶた》を縫って、黒い袋を被《かぶ》せて寝かせておくのがルールなんだから。それが私たちのお仕事なんだから。ちゃんと守らないと……」

「引田さん……もう、介護は終わったんです。私たちの仕事はもう、いらないんです」

「そう……そうだよ。そうなんだよ。これから神原さんのお産が始まるんだよ。だから妃倭子さんは寝室にいなきゃいけない。動かしちゃいけない。返さないと、早く……」

引田は妃倭子を捕まえようと手を伸ばす。

「卵が無事に孵《かえ》ったら、次は私の番。このお屋敷で平和に暮らして、みんなに介護してもらって、それで……元気な赤ちゃんを生むの」

「引田さん！」

いきなり熊川は部屋の燭台を摑んで引田の横面に振り当てる。引田は何の抵抗も見せずにそのまま床に崩れ落ちた。

「栗谷さん！　妃倭子さんと一緒に逃げて！」

続けてそう言うなり熊川は床に倒れる。頭から血を流し、左目から眼球を垂らした引田が彼女の足を摑んでいた。

「お庭にね……お庭に、お花を植えてもらうの。バラの花園が広がって、私はお姫さまみたいに眠って……」

引田はぶつぶつとつぶやきながら熊川の体を引き寄せる。背中の服はボロボロに破け、ごっそりと抉《えぐ》れた血肉の中から灰色の肋骨《ろっこつ》が覗《のぞ》いていた。

「……妃倭子さん！　行きましょう！」

茜は二人から目を逸《そ》らして妃倭子を支える。しかし妃倭子は足を引っかけたようにその場で転んだ。異常な重みが茜の肩に掛かる。何事かと思って顔を上げた。

寝室のドアから伸びた黒い腕が、妃倭子の足首を摑んでいた。

「何……」

茜は歯を食い縛って妃倭子の腕を引く。人間の腕ではない。異常に長く、金属のように黒光りしたそれは、鉤爪《かぎづめ》のような手で妃倭子の足を絡め取っていた。

「栗谷さん……」

闇の中から名前を呼ぶ声が聞こえる。重く野太い、岩を擦り合わせたような声。吊《つ》り上がった巨大な目が、燭台の炎を受けてギラギラと赤く輝いている。額の上には湾曲した二本の角、極端に盛り上がった胸の下には、黒色と黄色の縞《しま》が走る虎柄の腹が膨らんでいた。

それはどこかで見た覚えのある、鬼の姿。

あるいは、人間よりも遥《はる》かに巨大なスズメバチの姿に見えた。

「返して、私の揺り籠《かご》……赤ちゃんのご飯……」

「神原さん……」

茜は見た目も声もまるで違う怪物に向かって呼びかける。神原椿、これが本当の姿。目にしただけで足がすくみ、歯が震えて音を立てる。それでも妃倭子の腕を放さず堪え続けていた。

「栗谷さん、ママに会ったんでしょ？　私たちのこと、聞いたんでしょ？　お願い、妃倭子さんを連れて行かないで。今、私にはこの人が必要なの」

「神原さん……私、あなたを信じていたのに。会社に雇ってくれて、仕事を任せてくれて、これからだと思っていたのに……」

「そうだよ。私、これからも栗谷さんには頑張ってもらいたいと思っている。本当だよ。あなたさえ良ければ辞めなくていいんだよ」

「私に人殺しをさせて！　人間の肉を食べさせる手伝いをしろって言うんですか！」

「それが嫌なら別の仕事に変えてもいいよ。普通の訪問介護もやっているし、社内の事務を任せてもいい。仕事なんて他にいくらでもあるから」

「毒を入れて言いなりにするくせに！」

「お金のほうがいいってこと？　人間はそうしているんだよね。私、【ひだまり】も人間の会社に合わせるべきだと思う。お薬よりもお金で社員を操ったほうがいいって」

「あなたは人間じゃない！　人間を食う鬼だ！」

「でもそれ以外はほとんど一緒。私はあなたを差別しない。どこで誰の子供を生もうと、それが上手《うま》くいかなかったとしても、あなたに対する思いは変わらない。私たちの世界にだってよくあることだから。この赤ちゃんを愛するように、私はあなたを愛している」

ギチギチチギチと、神原の笑う声が聞こえる。茜は観念の違いに困惑と諦《あきら》めを感じていた。話に惹《ひ》かれてはいけない。こんな会話に意味はない。人間とは生態が違うのだから、説得できる相手ではなかった。

「ああ……栗谷さん。もう時間がないの。手を放して。妃倭子さんを返して」

ぐんっと妃倭子を摑《つか》む手が強く引っ張られる。茜は慌てて両腕で摑み力を込める。

「妃倭子さんは渡せません！」

「……産ませて……苗床がないと卵を産めない。私の赤ちゃんが死んじゃう……」

凄《すさ》まじい力が両肩に掛かる。妃倭子が顔を歪《ゆが》ませて叫び声を上げた。

「お願い、栗谷さん……何でも言うことを聞くから。私は殺されたって構わないから。だけど、赤ちゃんだけは見逃して。この子たちまで殺さないで、お願い……助けて……」

神原の地を這《は》うような声が頭に響く。鬼の慟哭《どうこく》、だが紛れもない母の懇願。茜は痛みに顔をしかめて声を上げる。手を放してはいけない。神原椿は人間ではない。人を食らい、人の体に卵を産み付ける、鬼。しかし彼女に何の罪があるのか。

その時、妃倭子の手が茜の腕を摑んだ。

「妃倭子さん？」

瞼から血の涙を流す妃倭子の目が茜をじっと見つめている。獲物を狙う獣の眼光ではない、あの社員証にも写っていた、理性のある人間の眼差《まなざ》しだった。夜鳴き鳥のような絶叫は止まり、ひび割れた唇がぶるぶると震えている。その口が、ほんのわずかに意思のある動きを見せた。

次の瞬間、妃倭子は茜の腕を振り解《ほど》いた。

茜はふいに力が抜けて後ろに反り返る。足を摑まれたままの妃倭子は宙に浮き、そのまま寝室へと吸い込まれるように消えていった。

「妃倭子さん……」

ドアの向こうは闇に没して、もう神原の姿も見えない。茜は腕を伸ばして一歩前に踏み出す。しかしそれ以上は進まず、拳《こぶし》を握って強く唇を噛《か》むと、踵《きびす》を返してリビングから飛び出した。

見間違いかもしれない。気のせいだったのかもしれない。だが茜には、妃倭子が連れ去られる直前に正気を取り戻して、声を発したように思えた。鬼に囚《とら》われて、人間を食わされて、体を引き裂かれて、産卵の苗床にされる寸前に、彼女は切望した。

広都を助けて、と。

11

茜は大階段を大股《おおまた》で駆け上がって二階を目指した。屋敷の外にいた女たちが現れる様子はない。恐らく外で見張っておくように命令されているので、何があっても中へ入ってくることはないのだろう。勝手な解釈だが今はそう信じて行動するしかなかった。

階段を上がりきったところで足を止めて、一呼吸置いてから廊下へ顔を出す。左右に延びる長い廊下は真っ暗だが、闇に慣れた目を凝らして見ても誰かがいる様子は窺《うかが》えない。ただ右手の突き当たりに目を向けると、ずっと鍵《かぎ》の掛かっていたドアが大きく開いているのが見えた。

山で遭難したカップルを閉じ込めて、妃倭子に食べさせるために死体を解体していた部屋。行って中を覗く気にはなれない。重傷を負った引田もここに匿《かくま》われていたのだろうか。彼女のことを思うといたわしさと、それ以上の恐ろしさに頭がどうにかなってしまいそうだった。神原椿に洗脳されて、喜んで妃倭子の介護ができるように操られていた引田千絵子。あの明るくて、頼もしくて、優しくて、可愛かった先輩が、あんな怪物になるなんて……。

ごとんっと、何か落ちる物音が背後から聞こえた。

茜は左手の廊下を素早く振り返ったが、先ほど見た時と同じく誰もおらず、何も変化していない。物音はすぐ手前の部屋、広都の子供部屋から響いてきたようだ。足を向けて近づくと、さらにゴソゴソと中で動き回る音が聞こえる。子供の足音ではない、部屋の中で複数の大人が何かをしている。茜は息を止めて、緊張に震える手に気をつけながら、ドアノブに手を掛けそっと隙間を開けた。

子供部屋の中を徘徊《はいかい》する三人の介護士が見える。森へ逃げた妃倭子を捕まえた、あの大柄な三人だった。それぞれ緩慢な動きでタンスの中を漁《あさ》ったり、ベッドの上の布団を剝《は》がしたりしては両手で生地をびりびりに引き裂いている。広都を捜しているのは明らかだった。

気づかれないように静かにドアを閉めると、廊下をさらに奥へと進む。屋敷や広都のことを知らない彼女たちは、子供部屋のどこかに隠れていると思い込んでいるのだろう。だが見つからないと分かると他の部屋へも捜しにくるかもしれない。茜は振り返って誰も付いてきていないことを確認してから、ドアを開けて滑り込むように書庫へ入った。

「広都君……いるの？」

広い部屋の奥に向かって呼びかけるが広都の耳には届かないことを思い出す。書庫にも明かりは灯《とも》されていないが照明を点《つ》けるわけにもいかない。茜は自分の手元すら見えない暗闇の中、書架に肩が激突するのも構わず早足で奥へと向かった。

広都が一人遊びに興じていた窓際へと辿《たど》り着くが、そこにも彼の姿はない。月明かりが射す一隅にはスケッチブックや絵本や、積み木代わりの分厚い本が片付けられないまま放置されていた。どこへ消えたのか。子供部屋には捜し回る女たちがおり、庭の外にも見張りの女たちがいる。誰も居場所を知らないようだが、恐ろしいのは、彼女たちが命令に従うだけのロボットと化していたことだ。もしかするとすでに見つかり捕まっていたとしたら……。

ざわっとカーペットを擦る音が聞こえて振り返る。

書架の隙間から小さな二つの目が覗《のぞ》いていた。

「広都く……」

大声を上げそうになった口を押さえて小走りで駆け寄ると、その小さな体を抱き締める。今は広都も拒もうとはせず、両腕でしっかりと抱きついてきた。狭い暗闇の中で隠れ続けていたのだろう。じっとりと汗をかいて震えていた。

『ひ、ろ、と。逃げる。一緒に』

広都を離して手話で伝える。彼は不安そうな顔のまま小さくうなずいた。大丈夫、この子はしっかりしている。しかし誰にも見られずに屋敷を出て車まで戻れるだろうか。その後に自分だけ引き返して熊川と、できれば妃倭子を連れて逃げられるだろうか……。

「広都君、ここにいるのー？」

突然、書庫の入口から女の低い声が聞こえた。茜は再び広都を抱き締めると体を固めて音を殺した。先ほど子供部屋にいた女だ。のんびりと間延びした呼びかけがかえって不気味に感じた。

「あれー？　音が聞こえたような気がしたけどなぁ。ちょっと付いてきて」

短髪で顔の大きな女と、茶髪で顔の浅黒い女が並んで書庫の奥へとやってくる。どちらも背が高く、横幅も広い。あの暴れ回っていた妃倭子を押さえ込んだほどの女たちだ。捕まれば逃げることはできない。しかしこのまま隠れていても必ず見つかってしまう。迷っている暇はない。茜は広都の体を離して立たせる。彼もこの危険な状況を理解しているようだ。

「広都君。私の言う通りに動いて。あの人たちから逃げるよ」

そう口と手話で伝えると広都は顎《あご》を下げてしっかりとうなずく。茜は彼を自分の背後に隠すと、立ち上がって介護士の女たちを見た。

「ん？　あ、君は確かお屋敷の……」

短髪の女が目を丸くして返事をする。引田と同じく、操られていてもまるで普通の人間と同じように振る舞っていた。

「新人の栗谷茜です。何かご用ですか？　勝手にお屋敷を歩かれては困ります」

「ごめんごめん……でも勝手じゃないよ。私たちは男の子を捜しているんだ。広都君っていう……知っているよね？　宮園妃倭子さんの息子さん」

「広都君をどうするつもりですか？」

「神原社長の産卵室《さんらんしつ》へ連れて行くんだよ」

「それがどういう意味か分かっているんですか？」

「ああ、そっか。栗谷さんはまだ知らないんだな」

短髪の女は隣の女と笑顔を交わしてから再びこちらを見た。

「男の子は妃倭子さんの最後のご飯にするんだよ。苗床にはしっかり栄養を摂《と》ってもらわないと」

「ご飯……」

「血の繋《つな》がった子を与えられるなんて滅多にないことだから、赤ちゃんのためにどうしても欲しいんだって。親心ってやつ？　あのお嬢さまもすっかりママさんだよ」

その嬉《うれ》しそうな口振りに茜は寒気を感じる。この時だけは広都の耳が聞こえなくて良かったと思った。

「……でも、ここに広都君はいませんよ。他を捜してみてはいかがですか？」

「そう？　もう大体捜したつもりなんだけどなぁ。どこに行ったんだろ……」

「外の納屋へは行きましたか？　あの子はよくそこで遊んでいましたけど」

「あ、そうなんだ。そこはまだ見ていなかったよ。さすがお屋敷の人だ」

しかし二人の女は歩みを止めずに近づいてくる。

「じゃあ栗谷さんも一緒に来てくれる？」

「私も？……どうしてですか？　私は神原社長から命令を受けていません」

「でも私たちは、君も見つけたら捕まえておくように言われているんだよ。高砂さんから」

短髪の女の言葉に茜は舌打ちする。嘘を伝えて追い払えるかと期待したが、どうやらそう都合良く事は運ばないようだ。

恐怖のせいか目の前が霞《かす》んで女たちの姿も揺らぐ。捕まれば殺されるか、苗床にされるか。いずれにせよ、もう二度と元の世界へは戻れないだろう。

12

二人の女が立ち去る様子はない。それならば、やるしかない。茜は覚悟を決めると背後の広都を自分の右側に立たせて女たちの目に晒《さら》した。

「あ、その子……なんだ、そんなところに隠れていたんだね。これで二人とも見つかった。良かった良かった」

二人の女は足取りを速めて近づいてくる。

茜も広都とともに足を進めた。

「広都君を、あなたたちには渡しません」

「渡さない？　君が神原社長のところまで届けてくれるの？」

「神原さんにも渡しません。私が守ります」

「ん？　どういうこと？　意味が分からないんだけど」

「分からなければ、仕方ないです。通してください」

「ちょっと待って栗谷さん。何を怒っているんだい？　一旦《いったん》落ち着こう、な」

短髪の女が抱き締めるように大きく両腕を伸ばす。

茜は捕まる直前まで近づいてから、いきなり声を上げた。

「広都君！　右へ逃げて！」

「お、おっとと」

二人の女は茜の言葉と指し示す右手につられて、右側を向く。その隙を突いて、広都は左側から飛び出して行った。

「あ、あれ？」

意表を突かれた二人の女は体を固めて躊躇《ちゅうちょ》する。

茜は右へ逃げろと叫びながら、声の聞こえない広都には手話で『左へ逃げろ』と伝えていた。

広都は茶髪の女の腕が届く寸前でかわして書庫の入口へと走り抜けた。

続けて茜は、今度は言った通りに右側へと走る。

しかし短髪の女が慌てて伸ばした太い足に引っかかって床に倒れた。

「子供を捕まえろ！」

短髪の女がもう一人に指示を出す。茜は立ち上がろうとするが、脇腹を蹴《け》られてその場に転がった。

「駄目だよ栗谷さん、会社の指示に従わないと叱られるよ」

見上げた女の顔が不敵に微笑んでいる。恐らく彼女にはそんな意思すらないだろうが、茜の目には敗者を嘲《あざけ》るような笑みに映った。脇腹がずきりと痛み足に力が入らない。所詮《しょせん》は無謀な賭《か》けだったか。茜にはもう逃げる方法が思いつかなかった。このままでは広都もいずれ捕まってしまう。悔しさに涙が溢《あふ》れ、恐怖に呼吸が乱れる。

「あの子は神原さんのところへ、栗谷さんは解体室へ連れて行くように言われているんだから。二人とも連れて行けば、今度は私が苗床にしてもらえる。神原社長の赤ちゃんを……」

その時、短髪の女は動きを止めて激しく咳《せ》き込む。ふいに咽《む》せたのかと思ったが咳《せき》は止まらず、書架に手を突いて背中を痙攣《けいれん》させていた。

何かがおかしい。部屋が暗いのでよく見えなかったが、いつの間にか辺りに霧のようなものが立ち込めているのに気づいた。軽く嗅《か》ぐと刺すような痛みが目と鼻の奥に走った。霧ではなく煙だ。どこかで火事が起きている。この涙と息苦しさは絶望感によるものではなかった。

「会社のために働くのが私の幸せ。社長のために尽くすのが私の幸せ。私は幸せな生贄《いけにえ》。介護する人も、される人も、みんなが幸せに……」

短髪の女はなおもぶつぶつと呟《つぶや》きながら苦しそうに喘《あえ》ぐ。この状況も、自分の体に何が起きているのかも理解していないようだ。茜は床に両手を突いて四つん這《ば》いのまま逃げ出す。煙は部屋の高いほうから濃くなっている。書庫の入口付近でもう一人の女も俯《うつぶ》せに倒れていた。

廊下はさらに煙が充満しており、視界が遮られて平衡感覚まで失いそうになる。床には三人目の女も倒れていたが、伸ばした手の先では足を摑《つか》まれた広都が必死にもがいていた。

茜は這うように進むと広都を抱いて女の手を引き離す。罪もなく、操られているだけなのは分かっていたが、彼女を説得して一緒に逃げるまでの時間はなかった。広都の顔を胸に押し付けて立ち上がると中腰のまま全力で走り出した。

小さくて細い子だと思っていたが、抱えてみると意外と大きくて重い。煙は大階段の下から溢れ出すように立ち込めている。しかし他に道はない。茜は息を止めて一気に駆け降りた。酷使され続けた全身の筋肉と関節が悲鳴を上げる。一階へ下りると右に曲がってリビングへと向かった。

屋敷のあちこちから火の手が上がっている。燭台《しょくだい》の火が引火したのだろうが、勢いが尋常ではなかった。あらかじめ床や柱に可燃物が撒《ま》かれていたのだろう。屋敷に入った時に嗅いだ悪臭もそれに違いない。庭の物置小屋には車の燃料、ガソリンを保管していると引田も話していた。

リビングには二人の女が、絡み合うようにして倒れていた。

（熊川さん！　引田さん！）

茜は声には出さず呼びかけて近づく。熊川は嚙みちぎられた喉《のど》から大量に血を流して息絶えており、引田は裂けた背中から内臓が零れ落ちていた。たった数日だけの先輩たち。どうしてこんなことになったのか。しかし感傷に浸っている余裕もなかった。

凄《すさ》まじい大きさの爆発音とともに、身を切り裂くような絶叫が隣の寝室からこだました。

振り返ると勢いを増した炎が頬を撫《な》でる。すでに寝室のドアは焼失し、壁が崩れ落ちている。充満する煙の向こうで、鮮血のように噴き出した赤い炎が輝いていた。

その中で影絵のような姿を見た。

禍々《まがまが》しいほど巨大なハチが、動かなくなったイモムシに向かって、膨張した腹を打ち付けていた。

しかしその姿は、一瞬のうちに炎と煙に掻《か》き消された。

目を下ろすと、広都もじっとその様子を見つめている。煙に巻かれて充血した目を必死に開いて、黒い瞳《ひとみ》に赤い火が揺らいでいた。

茜は彼を抱いたまま背を向けると、もう振り返ることなく屋敷の玄関に向かって走り出した。

13

外では女たちが、じっとその場で立ち止まって、燃えさかる屋敷を眺めていた。皆一様に口を半開きにさせて、誰も何も動こうとはしなかった。

茜はそのまま庭を抜けて門柱の辺りまで辿《たど》り着くと、ようやく広都を下ろしてから激しく咳き込んだ。喉と鼻に痛みが走る。涙と鼻水が垂れて、拭《ぬぐ》うと手の甲が煤《すす》で真っ黒になった。

広都は地面に座り込んで屋敷のほうをぼんやりと見つめている。不安に思って顔を覗《のぞ》き込むと、弾《はじ》かれたように抱きついて大声で泣き出した。誰の泣き真似でもない、小動物が母を呼ぶような切ない声だった。茜も抱き締めて泣いた。

「ごめんね……本当にごめんね……」

茜は彼の耳元で聞こえない謝罪の声を何度も繰り返す。助かって良かったなどと言えるはずもない。約束を果たすことができなかったのだから。真実にもっと早く気づいていれば、もっと適切に行動していれば、もしかするとこの惨事は避けられたかもしれない。最初から全て手遅れだったと分かっていても、その後悔はずっと残り続けるだろう。

がらがらと、屋敷の一部が崩壊した。煙がわっと盛り上がり、雲となって月を隠した。この煙は狼煙《のろし》のように麓《ふもと》の町からも見えるかもしれない。山が燃えていると気づいたら夜明けには救助も駆けつけるだろう。

鬼の体液で心を奪われて、【ひだまり】の正社員となった女たちはどうなるのだろう。指導者を失って元に戻るのか、心的ケアが必要になるのか。医師に鬼の存在を説明したところで分かってもらえるとは思えない。恐らく集団催眠を受けたように扱われると想像した。


ぞっと、何かの視線を感じた気がして茜は振り返る。

しかし、そこには深い夜の森が広がるばかりで何の姿もない。

いや、たとえ何かが潜んでいたとしても、この暗がりでは見つけることもできないだろう。


人間を操り、人間を食らい、人間に卵を産み付ける、鬼。鬼子母神が残した千人の子の末裔《まつえい》。彼らは人里離れたどこかに隠れて、あるいは街の中で堂々と生き続けている。

高砂藤子と神原椿の母娘《おやこ》が種族の最後だとは思えない。宮園妃倭子の前には真田駒子が犠牲になり、引田千絵子は【今はお子さんも生まれて幸せになられた】と話していた。

引田は神原に洗脳されていたが嘘ではないだろう。鬼の子供たちは、間違いなく今もどこかにいるはずだった。

茜は再び屋敷を見つめる。高砂藤子がこの惨状を目にすれば、必ず恨みを晴らしにやってくる。どこに隠れていても捜し出して、どこまでも追い詰めて、最も相手が苦しむ方法で復讐《ふくしゅう》を成し遂げるに違いない。絶対にそう考えている。鬼と人間は天敵だが、母の愛は変わらないと知っていた。

しかし、茜も殺されるつもりはない。何が何でも逃げ切って、生き延びなければならない。もう自分一人の命ではない。両手で抱き締めた胸の奥に、広都の体温が伝わる。たとえ自分が犠牲になっても、この子だけは守らなければならない。それが彼の母と交わした最初で最後の約束だったから。

逃げよう。逃げ続けよう、どこまでも。

茜はそう心に誓った。

終

本書はＷＥＢ小説サイト「カクヨム」に発表された「屍介護　－シカバネカイゴ－」を加筆・修正し、一部タイトルを変更のうえ文庫化したものです。

屍《しかばね》介《かい》護《ご》
三《み》浦《うら》晴《はる》海《み》

角川ホラー文庫　23231

令和４年６月25日　初版発行
令和６年10月25日　再版発行

発行者——山下直久
発　行——株式会社KADOKAWA
〒102-8177　東京都千代田区富士見2-13-3
電話 0570-002-301（ナビダイヤル）
印刷所——株式会社KADOKAWA
製本所——株式会社KADOKAWA
装幀者——田島照久

●お問い合わせ
https://www.kadokawa.co.jp/（「お問い合わせ」へお進みください）
※内容によっては、お答えできない場合があります。
※サポートは日本国内のみとさせていただきます。
※Japanese text only

ISBN978-4-04-112299-0　C0193

角川文庫発刊に際して

角川源義

第二次世界大戦の敗北は、軍事力の敗北であった以上に、私たちの若い文化力の敗退であった。私たちの文化が戦争に対して如何に無力であり、単なるあだ花に過ぎなかったかを、私たちは身を以て体験し痛感した。西洋近代文化の摂取にとって、明治以後八十年の歳月は決して短かすぎたとは言えない。にもかかわらず、近代文化の伝統を確立し、自由な批判と柔軟な良識に富む文化層として自らを形成することに私たちは失敗して来た。そしてこれは、各層への文化の普及滲透を任務とする出版人の責任でもあった。

一九四五年以来、私たちは再び振出しに戻り、第一歩から踏み出すことを余儀なくされた。これは大きな不幸ではあるが、反面、これまでの混沌・未熟・歪曲の中にあった我が国の文化に秩序と確たる基礎を齎らすためには絶好の機会でもある。角川書店は、このような祖国の文化的危機にあたり、微力をも顧みず再建の礎石たるべき抱負と決意とをもって出発したが、ここに創立以来の念願を果すべく角川文庫を発刊する。これまで刊行されたあらゆる全集叢書文庫類の長所と短所とを検討し、古今東西の不朽の典籍を、良心的編集のもとに、廉価に、そして書架にふさわしい美本として、多くのひとびとに提供しようとする。しかし私たちは徒らに百科全書的な知識のジレッタントを作ることを目的とせず、あくまで祖国の文化に秩序と再建への道を示し、この文庫を角川書店の栄ある事業として、今後永久に継続発展せしめ、学芸と教養との殿堂として大成せんことを期したい。多くの読書子の愛情ある忠言と支持とによって、この希望と抱負とを完遂せしめられんことを願う。

一九四九年五月三日